涸萎

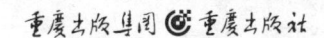

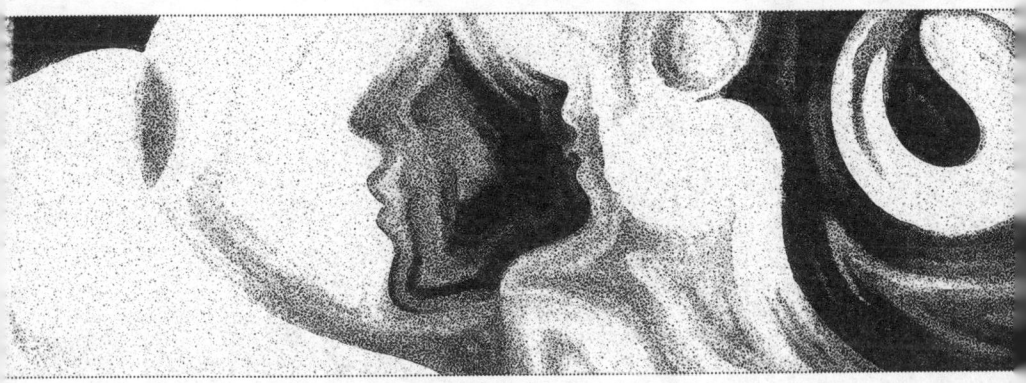

贝客邦 著

重庆出版集团 重庆出版社

图书在版编目（CIP）数据

海葵 / 贝客邦著. — 重庆 ：重庆出版社，2021.3
（2024.11重印）
ISBN 978-7-229-15380-9

Ⅰ.①海… Ⅱ.①贝… Ⅲ.①长篇小说—中国—当代
Ⅳ.①I247.5

中国版本图书馆CIP数据核字（2020）第214065号

海　葵
HAIKUI
贝客邦　著

选题策划：李　子　李　梅
责任编辑：李　子　李　梅
责任校对：刘　艳
装帧设计：何海林

重庆出版集团
重庆出版社　出版
重庆市南岸区南滨路162号1幢　邮政编码：400061　http://www.cqph.com
重庆天旭印务有限责任公司印刷
重庆出版集团图书发行有限公司发行
E-MAIL:fxchu@cqph.com　邮购电话：023-61520646
全国新华书店经销

开本：890 mm×1240 mm　1/32　印张：10　字数：300千
2021年3月第1版　2024年11月第1版第10次印刷
ISBN 978-7-229-15380-9
定价：49.00元

如有印装质量问题，请向本集团图书发行公司调换：023-61520678

版权所有　侵权必究

目 CONTENTS 录

001| 消失·楼道中的孩子

021| 掩盖·藤椅上的父亲

039| 查访·邻居的迟疑

066| 辗转·意外的阻挠

094| 追寻·少年的渴望

114| 周旋·女房东的秘密

141| 锁定·指纹的推演

176| 交错·手帕和水族箱

205| 突破·另一侧的试探

221| 挣扎·迷雾中的海岸

257| 重塑·花朵与触手

消失·楼道中的孩子

杨远从被窝里伸出胳膊，把手机的闹铃关了。额头和颧骨两处的皮肤一上一下奋力拉扯，他艰难地睁开眼睛。七点二十分，只睡了三个小时。卧室的门开得很大，炒鸡蛋的油烟味从厨房一直飘到被子上，餐厅里持续传来陶芳训斥儿子的声音。

　　小莫昨晚大概又漏了什么作业吧。杨远艰难地穿好衣服，走到餐桌旁，看着正在写字的杨莫。

　　"每次只要我回来晚了，总得出岔子。"陶芳拉开窗户，把刚煮好的一碗面条搁在窗沿，用筷子反复挑起，动作迅捷有力。升腾的热气被卷成白丝状，在寒风里显得格外清晰。

　　杨莫穿着厚重的羽绒服，脑袋和紧握的铅笔蜷缩在一起。杨远按住他的额头往上扳，让他的眼睛和本子保持距离。杨莫故意用力反抗，眉毛被高高吊起来。他仿佛能看见自己滑稽的模样，忍不住吃吃地笑了。

　　天亮之前，杨远勉强完成了今天必须提交甲方的宣传海报，检查作业的事情就全然抛在脑后。最近一年以来，恩怀每天陪伴小莫做功课，作业的正确率已经无须担心，杨远要做的只是核对一下老师发来的短信，确认是否有遗漏的内容。

　　"你们两个，真的是什么事情都做不好！"陶芳的声调几乎夹杂着一丝哭腔，杨远懒散的动作使她的情绪进一步恶化。

　　杨莫转过头，鼓起嘴巴朝杨远挤了挤眉毛。

　　杨远默不作声地走进卫生间，看着镜子，努力提起脸颊两侧的肌肉，让下颌骨的线条显现出来，然后突然放松，对比前后轮廓的差异。一张怪异的笑脸转瞬即逝。

　　"你究竟什么时候才能明白哪些是你自己的事情？一天到晚稀里糊涂的，三年级了，每天还要恩怀姐姐陪着你写作业，她回家还有很多事情要做。"

　　杨远刷牙的时候不敢太用力。最后一颗智齿生长了十多年，仍然没有突破牙床。每当疲劳时，牙龈就会浮肿发炎，疼痛难忍。从北窗望出去，对面的楼体占据了大部分视野，阳光在每扇飘窗下方拖出一道边界清晰的斜影。连日的大雾完全消散，今天是个好天气。

"恩怀姐姐只能帮你检查错题，如果你连自己的作业都记不全的话，谁也帮不了你。"

杨莫在自我管理方面有很大的障碍：隔三岔五地丢东西，回答问题颠三倒四，难以要求自己做没兴趣的事情。杨远起初认为这是身为孩子的正常秉性，不是什么大不了的问题。直到一次杨莫同学的生日聚会上，他发觉其他孩子的不同：他们很有礼貌，具备一些与年龄无关的生活常识；相互有了冲突，会考量计较的分寸；听到大人讨论时下流行的话题时能有所回应。相比之下，杨莫更像是幼儿园尚未毕业的孩子。

若差距仅限于此，还不至于让陶芳终日怨天尤人。杨莫的学习成绩也很糟糕，这让陶芳心里时常焦躁不已。

餐桌上传来吸溜面条的声音，作业已经补完了。陶芳把凉好的温水倒入杨莫的保温杯，不断催促他快点吃。即便是喜爱的食物，一旦成为上学日的早餐，杨莫也会觉得难以下咽。

平板电脑中播放着英语对话，这是陶芳为杨莫创造的语言环境。对话是老外的原声，语调亢奋而惊奇，让人感叹其生活是如此丰富多彩。杨远只能听懂大约四分之一的内容，他念完高中便踏入社会，近二十年的工作经历也没有让他再接触过英语。

"沙发上有件衣服，晚上恩怀回去时让她带走。"陶芳在餐厅里大声说。

隔了几秒，杨远才意识到这句话是对他说的。他慢吞吞地从卫生间门口探出脑袋，用喉咙发出一声疑问。

"衣服！看到没？我昨晚买的。"

沙发上放着一个印有一头长颈鹿标志的白色纸袋，拎环是用细麻绳编成，看起来颇为高档。如果不认识这个牌子，还真猜不到里面装的是衣服。陶芳时常买东西送给恩怀，作为她帮忙照顾杨莫的答谢。

"要不然，还是等她爸在家的时候，你亲自送过去。"她又改变了主意，"走一层楼梯而已，你也借机会多跟人打打交道，老是闷头干活能有什么前途。邻居之间嘛，有来有回是应该的。"

礼尚往来的事情一般都由陶芳出面，但恩怀家里只有她和父亲，陶芳因此觉得不太方便。

杨远洗漱完毕，在玄关换上加绒的棕色皮鞋，拎起杨莫的书包和自己的公文包先下楼去了。

人一钻进车里，窗户上立刻起了雾。发动引擎，打开暖气，清晰的视野从前挡玻璃的下沿晕染开来，杨远把车从车位上开到紧挨着楼梯口的位置，拉起手刹，等待杨莫下楼。

广播里一男一女两位主持人正在谈论各地的人们今天应该吃什么。杨远听到"桂圆烧蛋"这个词时，才意识到今天是冬至。乡下老家那张掉漆的八仙桌在脑海中浮现——他已经很久没有回去了。杨远滑开手机，低头查看设计平台上的消息，没有发现新的客户需求。

陶芳在闹市区经营一家化妆品店，主要的生意都集中在晚上，回家时杨莫多半已经睡了。杨远不得已承担起辅导家庭作业的任务。两年前，他主动向公司请求降职，由项目管理退回到技术执行，以此获得相对自由的工作时间。为了弥补减少的薪水，又在当时流行的网络设计平台上接一些零散的活计，代价是长期睡眠不足。直到偶然与恩怀结缘，尴尬的处境才得以缓解，像昨晚这种连夜赶工的情况已经很少出现了。

杨远想起恩怀看书时专注的样子——为什么别人家的孩子就这么懂事？小莫如果有她一半乖巧，那真是谢天谢地了。

中控台上的电子钟显示七点四十六分。

每次都这么磨磨蹭蹭，杨远拨通了陶芳的手机。

"再不下来要迟到了。"

"嗯？"陶芳好像没听清楚，"还没下来？小莫还没下去吗？"

杨远脖子上的肌肉一紧，后脑勺离开座椅靠背，转过头去望了一眼空荡荡的楼梯口："……是啊。"

"怎么可能？他早就出门了啊！"

杨远握着手机跨出车门，听到楼上窗户被拉开的声音。他抬起头，与正伏在窗口向下望的陶芳对视了一眼，立即跑上楼梯。电话没有挂断，听筒里传来陶芳趿着棉布拖鞋小跑的声音，然后是开门声，和越来越近的鞋跟撞击台阶的声音。

杨远和陶芳在二楼会合，两人脸上诧异的神情仿佛一瞬间认不出彼此的容貌。

小莫在楼道里消失了。

青岚园是以多层住宅为主的安置小区。十七号楼总共五层，没有电梯。杨远一家住在401，上面仅有一层。

杨远大跨步跑上四楼半的位置，看了一眼空空如也的五楼平台，然后立即掉头返回楼下。

"上面没有吗？"陶芳的呼声从底楼传上来，她觉得杨莫出去了。

这不可能，车一直停在楼梯口，杨远坐在驾驶位上可以清楚地看到每一级台阶，就算踱下来一只猫，余光也能捕捉到。

他定了定神，把刚才的行动回想一遍，猛然发现其中存在时间差。杨莫出门后可以先躲在五楼，等陶芳手忙脚乱地冲出门后，立刻返回四楼，这时两人才刚刚在二楼碰面。等他自己跑上五楼时，小莫早已钻回家里了。就是这么回事！

"杨莫！你还要不要去上学了？"杨远冲进家门大喊一声。然而家里安静得几乎能听到回声。

如果这是恶作剧的话，到此为止应该收场了，这孩子没有这么强的定力。

杨远挨个房间搜寻每个可以藏身的角落。床底下，柜子里，水槽下，能藏身的地方无非就这么几个。杨远的心很快凉了下去，忽然又想到什么，走到阳台上检查窗户。

厨房和卫生间的窗户都开着。这栋楼只有最下面两层的住户安装了防盗窗，这里是四楼，可供攀爬的不锈钢窗框在下方五六米远的位置。

不会的，小莫没有这样的胆量。杨远甚至怀疑他有轻度恐高，面对游乐场里超过两层楼高的设施他便会踌躇不前。

想错了，儿子没有再回到家里。

这究竟是怎么回事？小莫遭遇了什么？下楼时被某个躲在门后的家伙一把拖进了屋里？

九户人家的十多张脸在杨远脑中一一闪过，大多数他都叫不上名字，但每天抬头不见低头见，几年下来，这些人大体的脾性还是有所了解的。谁会这样做呢？这不合常理。

杨远返回楼下。陶芳在楼前空地上持续呼喊儿子的名字，不时望向小区中间的车行环道。环道上接连不断有车辆驶过，这时正值上班高峰期。

"别喊了，他没下来。"

"没下来？没下来人在哪儿呢？！"陶芳穿着臃肿的睡衣，瞪圆了双眼，额前的头发仍是起床时散乱的样子。

"你确定他出门了吗？"

"当然啊！鞋子都是我帮他穿的。"她说话的音量维持着呼喊时的分贝，发白的嘴唇不住地颤抖。

杨远抬头仰望面前的楼房，游移的视线一时不知该往哪里聚焦。楼梯间每层都有窗户，然而窗户周围光秃秃的墙壁根本无处着力。匪夷所思的错愕感被压制下去，无助和惊恐席卷而来。

"你倒是说话啊！"

别慌，别慌——杨远扶住车顶，深吸一口气——五层楼，总共十户人家，去掉自己家，还剩九户，小莫就在其中一户家里。楼梯间是一条垂直的死胡同，没有别的可能了。

"你说……会不会去恩怀家了？"一丝亮光在陶芳湿润的眼眸之中闪过，不及杨远回应，她已经朝三楼奔去。

恩怀父女二人住在302室。正常情况下，恩怀在一个多小时前就已经出门了。初中生必须在六点五十分之前到校，这一点杨莫也知道。

"小莫……小莫……"陶芳边喊边用手掌拍门。

良久无人应门，恩怀的父亲也不在家。

陶芳拍门的势头渐渐弱了下去："怎么会有这样的事情……"

对面301室的门忽然开了，三个孩子和他们的父亲堵在门口东倒西歪地穿鞋子，最外面的那个孩子被挤了出来，铁质的绿漆门向外摆动，"咚"的一声撞在墙壁上。室内涌出一股暖烘烘的酸味。

孩子们原本在嘟囔着什么，看到门外有人后都闭上了嘴，推推搡搡蹦着下楼去了。孩子的父亲正在咀嚼最后一口早餐，他扭过腰单脚跳了两下，拔出踩扁的鞋后跟，有些困惑地看了一眼陶芳。

这户人家大约五六年前搬进来。男主人在一家汽修店打工，妻子在超市做导购员。每次遇上前来光顾的杨远一家，妻子总会尽可能地去试吃柜台找点东西给杨莫品尝，取来的分量也远远超过"试吃"的概念。这仅仅是因为杨远在他们搬家时搭过一把手。

"早。"身穿黑色毛领夹克的男人笑得有些尴尬，顺手关上了门。

"哎！"陶芳在他走下半层楼梯的时候叫住他，"有没有看到我家的孩子？"

"什么时候？"对方停顿几秒后反问，明显一头雾水。

"就刚才，有没有去……有没有看到？"陶芳大概是想问"有没有去你们家？"但这么问可能会使对方越发混乱。

"没有。怎么了？孩子不见了？"他停止咀嚼，单薄的脸颊上撑起一个鼓包。

"刚才下楼的时候，不知道跑去哪了。"杨远回答。

"会不会跑到外头去了？"

杨远无心解释。这一幕再度提醒他，无论多么难以置信，逐户询问杨莫的下落是现在唯一能做的事情。

杨远让陶芳去楼上，自己跑下二楼。

201室住着一对老夫妻和他们大龄未婚的儿子，开门的是儿子。

"我家孩子来过你们这儿吗？"

"没有。"谨慎起见，他后仰身体朝客厅的方向问道，"四楼那家的小孩来过吗？"

他的母亲走了出来，手里拿着一节剥开的毛豆。"四楼那家的小孩？"她托了托老花镜，以极其困惑的语调重复了一遍。

202室的户主已经八十多岁，罹患糖尿病多年，卧床不起。开门的是上了年纪的女佣，她的回答如出一辙。

同样，一楼两家住户的反应也不例外。

"怎么会这样的啦？那么赶快报警呀！"

这个响彻楼道的尖锐嗓音来自501室的女主人，她的惊讶程度似乎超过了站在她面前的陶芳。随后"赶快报警，快叫警察"的声音此起彼伏，有如回音一般上下扩散。楼梯间里一下子站满了人。杨远透过扶手中间的缝隙向上望去，一个狭长的旋涡直通楼顶。他感到浑身燥热，一摸发际，竟全是冷汗。

忽然想到昨晚那件事时，杨远刚刚坐进车里不久。

起初他往小区中心的方向走了一段，每走几步就回头看一眼楼道口，不出三十米便又折回去。他怕杨莫会冷不防地冲出来，为他的恶作剧得意地画上句号。

警察为什么还不来？

他看了眼手机，才发现报警到现在只过了四分钟。

陶芳和501室的女人不知接受谁的建议，一起去保安室查监控了。她离开时没有理会杨远，俨然已将事件起因归咎于丈夫的疏忽。

邻居们围在杨远身边反复询问来龙去脉。杨远不堪其扰，借点烟的时机走开几步，顺势钻进了车里。

刚才就是这个位置，这个视野，怎么会把一个大活人看漏眼？

楼梯间里没有可以躲藏的地方，家里已经找过了，邻居们的眼神中也察觉不到一丝异样的气息。当然，还有恩怀家没有确认。但这又能说明什么问题呢？除非小莫有钥匙。

钥匙？

昨晚的一幕就在此时回闪。

恩怀从杨莫的房间里走出来，经过书房门口时向杨远告别。那时将近八点，杨远正忙着赶工，只是象征性地回过头，让她下楼当心。

开门声迟迟没有响起。杨远走出书房，看到恩怀站在门口轮番摸索着外套的口袋。

"一下子找不到钥匙了。"恩怀用一个膝盖顶住书包，拉开拉链低头翻找，马尾辫垂到了脖子一侧。

杨远大声问杨莫有没有看到恩怀的钥匙，杨莫正在自己房间里捣鼓一块吸铁石。

那时候小莫是怎么回答的呢？还是没有回答？

"可能是落在学校了。"恩怀说。

"是吗？那……"

"没事，我爸应该已经回来了。"她换上白色运动鞋下楼去了。

杨远等在门口，确认她进了家门，回到书房继续工作。

杨远每天重复着耗费大量脑力的工作，生活节奏一成不变。这一幕是确切发生在昨晚，还是更早之前，一下子有些难以分辨，但这不重要。

那么……是小莫偷了恩怀的钥匙!

不及细想,杨远再次来到302室门前,收起手掌用指关节以正常的力度敲门。

"小莫,你这是在做什么啊?小莫。"他不由自主地喊出声,耳朵贴住冰冷的铁漆门。鼻息在门板上留下一小片白色的水汽,又瞬间消失,周而复始。他只听到了自己的心跳声。

"来了来了!"邻居的叫喊声从楼下传来,和汽车喇叭的噪声混在一起。

一辆白色的警车被堵在狭窄的车行道上。现在这个时间段,小区的车辆由内向外涌出,警车犹如逆水行舟,已经无法动弹。杨远快步迎上。

副驾驶座上下来一位女警,制服外面披了一件下摆齐膝的淡褐色风衣。她紧缩着脖子,双手抓住被风吹开的衣襟交叠在胸前,钻过车辆间的空隙向杨远小步跑来。

"你报的案?"

"对。"

"怎么一回事?"

杨远三言两语把事发经过讲了一遍,邻居们在一旁补充细节。随着细节的完善,女警的眼睛越睁越大。

"有这种事?"她退到空地上抬头仰望十七号楼,视线缓缓横扫,仿佛正在观察一只飞鸟。她没戴帽子,头发剪得又碎又短,下巴很尖,年纪大约二十七八。

另一位民警停好车赶了过来,闷声不响地跟着女警一同仰望,黝黑的肤色配上一脸稚嫩的神情,完全是个刚毕业的毛头小伙子。杨远心中一寒,他本以为女警只是个副手。

"楼顶上找过吗?"女警问。

"这个楼梯到不了楼顶。天台的入口在另一个单元。"杨远指向楼的西侧,"一栋楼只有一个。"

"嗯……"女警用修长的食指轻轻地挠着鬓角,"每一户都找过了?"

"除了302室没有人在,其他都问过了。不过,只是站在门口问了几句,没有进屋去找。"

邻居们听出杨远话里有话,相互对望之后按捺不住了,纷纷表示大家都是诚信的居民,没人会做绑架孩子这种伤天害理的事情。其中一人起了个头,开始描述某户人家的生平,另外几人随即前赴后继,把左邻右舍的温良习性说了个遍。

女警双手插在风衣口袋里,视线在众人脸上来回移动,不耐烦地撇着嘴。

"警官,我猜他有可能躲在302室。"杨远把昨晚恩怀丢了钥匙的情形简单陈述了一遍。

"哦!那么就是这样一回事了,肯定错不了。"一位邻居重重地拍了一下围裙,为她的结论增加气势。

"是啊,没准是你家孩子看中那姑娘什么东西,人家不肯给,就到她家里去偷。"另一位老妇人接上话茬。其他人可能觉得她有些口无遮拦,犹豫着要不要附和。

"先上去看看。"

女警跑上三楼,盯着302室的门板,突然急促地连续敲了三下门,视线始终盯着猫眼的位置。

她是在观察猫眼之中的光线变化!

如果小莫正躲在门后窥探,会因为受到惊吓而下意识退缩,猫眼就会突然变亮。杨远想起儿子踩在鞋柜上看猫眼的样子。

"联系过户主吗?"女警没有得到预期的结果,转头问杨远。

"还没有,我也是刚刚才想到这一点。我没有联系方式。"

每天与恩怀碰面,却连她父亲的手机号码都没有保存,杨远自己都觉得有些说不过去。

"阿义,你去找一下物业,让他们联系这家户主,叫他马上回来。"女警吩咐她的助手。

男警员阿义掉头下楼,往小区大门的方向跑去。

楼外的嘈杂声越来越大,附近楼的居民也都被吸引过来了。

"最近和邻居之间有过摩擦吗?"女警压低声音问杨远。

"没有,从来没有过。"

"和孩子之间呢?"

杨远犹豫了,他无法定性何为"和孩子之间的摩擦",但就此沉默下去只怕会令对方浮想联翩。

"他很调皮,不听话的时候多少会有些责骂吧。但他不会因为这个就……就离家出走的,他还小,没有这么强的自尊心。"

"是吗……不一定吧。大人意识到自己的孩子长大了,往往是因为他们做了出人意料的事。"

"是的呀!"邻居们连连点头,"现在的小孩子,心里在想什么你根本就不知道。"

"现在的问题根本不是这个,不是孩子为什么要走。"杨远提高嗓门,两手举着空气向302室的门板砸了过去,"如果他不在这里面,他是怎么离开这栋楼的?!"

女警绕着十七号楼转了一圈,回到原地双手叉腰,无可奈何地舔着上唇。然后跑上四楼冲进杨远家,把杨莫的写字桌翻得一片狼藉。除了作业和草稿,什么也没有发现。

男警员阿义带着陶芳和501室的女人一起跑上来,后面还跟着一个中年男人,501室的女人正和他争论着什么。

"联系过户主了,说是四十分钟能到。"阿义向女警汇报。

"小莫拿了恩怀的钥匙?他要干什么啊?"陶芳抓住女警的袖口,"快想想办法呀,能不能把门打开?"

"孩子在里面，也只是你先生的猜测。"女警按住陶芳的肩头，"我们不能单凭这一点就给别人制造麻烦。"

陶芳垂落手臂，脸色看起来就像许多天没睡过觉一样。

"警察同志……"501室的女人跨上楼梯，看到女警后微微一愣，确认没有搞错对方的身份之后继续说道，"同志，你看看，这件事情物业要负责任的！"

"这可真是难为死我了……"紧随其后的中年男人气喘吁吁，他是小区的物业经理，头发油腻，一脸苦相，"安装探头那会儿，方案都是大家认可签字的，对吧。现在出了事情让我们负责，这怎么也说不过去啊。"

"就那一张通告，我们怎么知道具体怎么装的？你好歹出张图纸啊。钱倒是收得快，谁知道花哪儿去了。"501室的女人不依不饶。

阿义走到女警身旁，慢吞吞地向她说明情况。

几年前，小区向所有业主集资，加装监控设备。业委会经过商议选择了最为廉价的方案，只在大门口及环形主干道上安装摄像头。让业主签字的协议书上只写明了摄像头的数量和单价，并无具体的实施方案，所以没有受到监控覆盖的业主难免心存芥蒂。

这栋楼在小区东部，位于环形主干道的外围，紧挨主干道的第二单元出入口恰好处于监控范围的边缘，而靠近东侧围墙的第一单元，也就是目前所在的位置则在监控范围之外。

阿义亲自核实了回放视频，从七点半一直到刚才，大门口的监控画面内都没有出现独自经过的孩子。

"那孩子下楼后只要往东走，翻过围墙，探头就拍不到。"501室的女人皱起眉毛一脸嫌弃，"你说这围墙，铁栏杆一条一条的，明摆着就是让人随便翻的嘛！"

"你这是什么话？你翻一下试试。"物业经理上下扫视501室的女人肥胖的身段。

"行了！"女警打断正欲发作的501室的女人，"现在说这些有个……有什么用啊！"

两人相互白了一眼不再说话。

女警问陶芳有没有孩子的照片："最好是穿着跟今天一样的。"

陶芳滑动手机屏幕，很快找出一张合适的正面照：夜空下，杨莫站在广场上，穿一件蓝灰相间的羽绒服，一手扶着自行车一手比出剪刀。他上周刚刚学会骑自行车。

"鞋子是另一双，衣服和裤子跟今天穿的一样。"陶芳的声音和手都在颤抖。

"把照片发到这个邮箱。"女警递过一张名片，指着最下面的一行小字。

杨远接过名片。她叫张叶，职务是治安民警。

"麻烦你提供一份清单。"张叶转向物业经理，"业主的姓名和身份证复印件，这十户都要，没问题吧？"

"没问题没问题，我现在就去安排。"物业经理连连点头，一副巴不得早点离开的样子。

"孩子说不定还躲在小区里，阿义，你去找人。"

"好。我一个人去找？"阿义指着自己的鼻子。

"别啰唆，我会再派人过来。顺便向前后楼的住户打听一下，有没有看到孩子爬窗户。"

张叶当即打电话回派出所请求增援。

陶芳决定跟着阿义一起去找，501室的女人表示赞同。

"等一下。"张叶匆匆挂掉电话拦住陶芳，"今天早上，孩子有没有什么反常的表现？"

陶芳不太明朗地摇着头。

"特别兴奋或者特别沉默，都没有吗？"

"他早上精神都不太好，懒洋洋的，今天也看不出来有什么不对劲。"

"孩子出门那会儿的准确时间,你有没有注意到?"

"准确时间?"

"或者这样说,你先生出门之后,隔了多久孩子再出门的?"

陶芳拨了拨额前乱蓬蓬的头发,一时答不上来。

"一分钟?"

"不,那肯定不止。他爸走的时候,他还在吃早饭。我给他削苹果,然后……他边吃苹果边戴红领巾,最后在门口穿鞋,我帮他系好鞋带……可能有三四分钟吧。"

"三四分钟……"张叶别过脑袋喃喃地重复。

"咦?那姑娘回来了!"靠近窗口的一位邻居忽然说。

一个熟悉的身影,正从北面两幢楼中间的石子小路上走来。

看到当前的景象,恩怀的脚步迟疑了。她抬头望向窗户,和杨远目光相接。

陶芳跑下楼去,抓住恩怀的双臂,一边把她拉上楼梯,一边急切地问着什么。

恩怀缩着脖子一个劲儿地摇着头。周围的人们向她投来莫可名状的目光。她穿着鹅黄色的棉外套,像只受到惊吓的小鹿一般左顾右盼。

"你怎么突然回来了?"杨远在楼梯上问她。

"我忘记拿课本了。"

恩怀得知杨莫可能躲在她家里,惊讶得说不出话来,双脚被机器操控似的跨上台阶。

锁舌发出柔滑的金属摩擦声后,门打开了。恩怀、杨远和陶芳先后进入室内。张叶站在玄关处,有意无意地挡住了向内窥视的邻居们。

室内陈设简约,干净整洁。客厅的窗帘高高束起,阳光在茶几前的地毯上投映出金色的四边形。厨房是半开放式,与餐厅、走廊及客厅组成一个一览无余的宽大空间。

两间卧室都关着门。书房和卫生间的门是打开的，但里面显然无处藏身。

恩怀推开主卧室的门，三人一起进入。一张箱式床，两个床头柜和一个靠墙安装的衣柜，房间里别无其他。恩怀拉开衣柜滑门，里面只有垂挂的衣服和几个叠放的收纳箱。箱式床没有床脚，四周都是封闭的木板，床尾有两个宽扁的大抽屉，里面放着两床棉被。谨慎起见，杨远蹲下身将抽屉整个拉出，床底下空空如也。整个卧室光线充足，亮闪闪的尘屑在杨远周身飘浮。

陶芳回到走廊，尝试转动另一间卧室的门把，但门上锁了。恩怀慌忙取出钥匙开门。这是她自己的房间，和主卧相比，多了一张书桌，桌上放了一些女孩子喜欢的手工艺品、文具及成堆的书籍。床上浅紫色的被子叠得整整齐齐，有淡淡的香味。搜寻的结果和刚才一样。陶芳瘫坐在松软的床沿，仿佛陷入一个泥潭。

杨远来到厨房，检查水槽下的橱柜，里面堆满了各种杂物和工具。卫生间也同样如此。501室的女人和其他邻居不知不觉地也都跨进客厅，帮忙一起检查各个角落。

还有哪里可以藏人？杨远站在走廊环视室内，马上注意到了客厅东南角的立式空调，斜侧的空调和墙角形成一个三角形的空间。他走过去探头一望，里边只有两卷靠墙竖立的凉席。

杨远一直紧收的心脏慢慢放大，如同瞬间遭遇黑暗的瞳孔一般扩散开来，眼前的焦点失去了，周围的一切变得茫茫无绪。

张叶从厨房的北窗探出上身，上下扫视外墙，然后转回身对杨远摇了摇头。

"恩怀。"杨远回到房间，清了清嗓子，"你的钥匙找到了吗？"

"找到了，在学校里。"

推测完全错了。杨远觉得自己像个傻子。

"小莫他有没有跟你说起过什么？"陶芳拉过恩怀的手，"想要离家出走这样的话说过吗？"

"没有，没说过。"恩怀摇头。

"现在怎么办……"陶芳望着张叶眼泪直流。

"你先去派出所配合查监控。这里还有些问题，我需要跟你先生再核实一下。"张叶说完向501室的女人使了个眼色。

"哦！那，那我陪你去吧，反正我也闲着。"501室的女人像是突然打了个激灵，硕大的发髻颤动了几下，"走吧，没事的。上楼换件衣服，坐我车去。"

她搀起陶芳的胳膊走到门口，和正要进门的男人撞了个满怀。

恩怀的父亲许安正惊讶得半张着嘴，目光依次落在众人脸上，跨进门槛的脚步十分犹豫，好像这里反倒成了别人家。他身材高大，面庞白净斯文，脸上出了点汗，金框眼镜滑落鼻翼。

"不好意思，因为事出紧急。"张叶立刻明白了对方的身份，"你女儿恰好回来拿东西，所以……"

恩怀从房里走出来，手里捧着课本。父女二人对视了一眼，并没有搭话。

"小莫这孩子怎么会跑这里来？刚才电话里听物业说……"许安正看了看杨远，"他拿了恩怀的钥匙？"

"不，现在看来并不是这样。他可能是在楼梯间失踪的，我们正在排查所有住户。抱歉，没有经过你的允许。"张叶尴尬地摸了下耳垂。

许安正脸上的肌肉放松下来，点点头表示无妨。他穿着陈旧的淡蓝色工装服，袖口和肘部的位置还有些石膏粉没有掸去，翻毛的皮鞋在地砖上留下灰蒙蒙的脚印。应该是正在工作的时候接到电话，还没来得及换衣服。

"事不宜迟，你们赶紧出发。"张叶催促陶芳。

恩怀低着头，紧随陶芳和501室的女人离开。邻居们也自觉地跟着张叶退出门口。

"抱歉，耽误你工作了。"尽管心乱如麻，杨远还是习惯性地向许安正致歉，"家里翻得一团糟。"

"没事，打扫一下方便得很。"许安正露出释然的笑容，轻轻地关上了门。

杨远跟着张叶走到楼下，他的车仍停在原位。张叶让他解锁车门，一扭身坐进驾驶座。聚集在楼下的邻居们一直以目光相随，此时以为她要开车，都向两边散开。她透过车窗看着杨远，指了指副驾驶座。杨远打开右前门，也坐进了车里。

车头朝向西面的环形主干道，后面不远处就是围墙。驾驶座和楼梯口的距离不超过三米，也就是楼边花坛的宽度。

"这真是一件怪事啊……"张叶抱起双臂，捏着尖尖的下巴，"你的车一直停在这里吗？"

"是的。"

车里有股明显的烟味，连杨远自己都闻得出来，张叶却没有开窗的意思。比起烟味，她可能更难忍受寒冷。此刻阳光已经照耀大地，但他们所处的位置却一直处于阴影之中，车里没有丝毫暖意。

"你先下楼把车开过来，然后等孩子下楼，每天早上都是这样的情形吗？"

"对，基本上是的，这样能节约一点时间。"

"是吗？"张叶的口气有些不以为然。

杨远的车位其实就在楼前的空地上，只不过靠近围墙，对出行来说是反方向，提前下楼挪车确实能节约一点时间，但这点时间也就是倒杯水的工夫。杨远喜欢独自坐在车里的感觉，哪怕就这么一小会儿。

"三四分钟……"张叶自言自语，转头看着后方的车位，"出门走下楼梯，走到车位上，怎么也不需要三分钟啊。"

"什么意思？"

"我在想，孩子溜走的时机，会不会是在你走出楼梯口到启动汽车之间。在这段时间里,你一直背对着住宅楼,他是有机会的。但是,这段时间太短了,他要得逞的话,必须紧跟在你后面出门。这就跟你妻子所说的'三四分钟'产生了矛盾。"

杨远倒没有想过这种情况。

"那个女孩儿跟你们家什么关系?"

"你说恩怀?就是邻居而已。她爸平时回家晚,就待在我家写作业。"

"她妈呢?"

"离婚了。"

"她家里打扫得可真干净啊。"张叶没来由地冒出这么一句。

"那怎么了?"

"嗯。你停好车之后等了一会儿,发现孩子一直没下来,然后给妻子打了电话。是这样?"

"对。"

"等了多久?"

"大概有六七分钟。"

"这期间有没有人出来过?"

"没有。"

"你当时在做什么?"

"什么也没做,听了一会儿广播。"

"没打瞌睡吗?"

"绝对没有。"

"有没有看手机?"

"看了。不过……"

"怎么看的?"张叶拿出自己的手机,在胸前来回移动。

"手机还能怎么看!"杨远着急了,不知不觉吼了起来。

"这样吗?还是这样?"张叶先把手机放在肚子和方向盘之间,

再以肘部支住方向盘,把手机高高举起。

　　杨远闭起眼揉捏眉心,呼出一大口气说:"从这个楼梯口出来,不管往哪个方向走,都要从车头旁边蹭过去,就算是低着头看手机,也不可能察觉不到。不信试一下。"

　　"不用试了。"张叶叹了口气,"真是没办法,走。"

　　"去哪儿?"

　　"还剩八家,从头到尾再查一遍。"她推开车门跨了出去,风衣下摆在皮质座椅上迅速划过。

掩盖·藤椅上的父亲

傍晚，袁午走出"大友"门口，面对喧闹的车流，身体摇晃了一下。也可能没有摇晃，"摇晃"只是他自己的感觉。

街上照旧是白茫茫的一片。早上开始起了大雾，中午的时候稍好一些，路面上偶尔会泛出淡金色。到了傍晚，白白的云团又凭空涌现出来。车辆从左边的云团里冲出来，拖着扰动的烟，在袁午面前匆匆经过，又钻进了右边的云团。雾很干净，没有掺杂一丝灰色，大概只是异常的昼夜温差所致。

袁午觉得没有安全感，快步朝附近的公交车站走去。

"大友"是一家棋牌室，占了一栋老旧写字楼的整个底层，可以放下五十多张桌子。宽敞的大厅里只有一根根粗壮的柱子，一面隔断墙也没有，如果把桌椅全都撤去，差不多就是个停车场。小红给客人倒水的时候很方便，径直来回即可，就像在院子里给排列整齐的盆栽浇水一样。

小红是老板雇的掌柜，看上去最多二十七八岁。她大概很喜欢袁午，常常给他提供免费的午餐。通常来说，这里不太欢迎陌生的年轻人。年轻人容易冲动，输红了眼就会闹事。袁午不会，他瘦瘦高高、不声不响，打牌的时候就像一头鹿。说他是年轻人，也只是相比其他常客而言，过完年他也三十五岁了。

"老板是做什么生意的呀？"

第一次来的时候，小红叫他老板。

袁午当时只打了两局麻将，就穿过大厅，摸索着推开了包厢的门。包厢里玩的是扑克，这和他搬家之前常去的那家馆子是一样的。扑克的玩法很多，但基本都是直接以牌面大小定输赢，毫无技巧可言，因此钱的流转很快。能在这里坐下来的人，都是"老板"。

"我是做软件开发的。"袁午一字一顿地回答。

他一直以来都这么描述自己的职业，说完有些胆战心惊。这个描述只适用于四年之前。从那以后，他再没有工作过。

所以袁午不是"老板",相反他非常拮据,玩扑克只是因为喜欢把左右输赢的因素交给运气。比起承受用尽全力最后却可能一败涂地的那种惶恐,运气真是让人备感惬意的东西。赢了就是惊喜,输了只是倒霉而已,倒霉是不会带给人挫折感的。

眼前的浓雾迫使他努力辨别原本熟悉的方向,穿过一个十字路口就能抵达的车站变得比平时更远。他担心公交车会在这样的天气下停运,如果打车回去,剩下的钱是不够买菜的。

父亲的膝关节已经磨损变形,走楼梯时,必须靠双手拽着栏杆把身体拉上去。四个月前搬进住宅楼之后,买菜的任务就由袁午承担。父亲把每周的食材写在一张纸条上,按天细分,就像小时候的课程表一样。这张纸条就夹在袁午的钱包里,在"大友"前台兑换筹码时,小红无意间看到过。

"唉?你每天这么早回去就是为了买菜呀!"

小红很聪明,她由此猜测袁午仍是单身,并且和父母住在一起。而且,在袁午这个年纪每天混迹于棋牌室,单身的原因多半是离异。小红猜得八九不离十。

大雾天选择开私家车上路的人不多,公交车里显得特别拥挤,行驶速度大概只有平时的一半。袁午赶到菜场时已接近六点。

"今天有点晚呐,礼拜一是芹菜和金针菇吧?"蔬菜摊的大妈已经把袁午的菜单背熟了。

"金针菇不要了。"走进菜场前,袁午再次确认了皮夹里的钱,他正为明天的牌局发愁。

大妈受了打击似的,慢慢把刚放进塑料袋的一把金针菇又拿了出来。"那么换点啥?"

"不用了,上次买的还有。"袁午说完立刻感到脸颊发烫,上次买的金针菇如果还有,已经隔了整整一个星期,"还有……一点豆腐干。"

其实根本没有解释的必要。说假话就会脸红,说不合适的话就会后悔。袁午常常这样告诫自己，但还是会无意识地陷入尴尬。他总会对陌生人说一些多余的蠢话，对熟悉的人反而无话可说。

家里还有半斤咸肉，再买块豆腐一起蒸了，今天就这么对付吧。袁午走出菜场，小区就在马路对面。贴着围墙的几栋仅有五层高的住宅楼，在浓雾的映衬下仿佛高耸入云。

"就在家乐福门口……不过，对方的车尾基本上看不出被撞的痕迹，他心地不错，直接让我走了。"

袁午打开家门，听到一个年轻女人柔和的话语声，是他们的房东来了。

"这种天气还是不要自己开车出门了。"因为常年饮酒，父亲沙哑的嗓子像在风里抖动的麻布袋。

"是啊，车子交给修理店补漆了，一会儿只好打车回去了。"女房东听到声响，从客厅撤回一步，对着门口的袁午展开笑容，"是儿子买菜回来啦。"

她应该是过来收水电费的，每个月中旬都会来一次。袁午一边换鞋，一边低头看着自己提着的两个塑料袋。

"回来晚了吧，你爸有些着急，要不然，你还是给他配个手机吧。"女房东三十左右，穿着高领白毛衣，长发染成栗色，挂在肩上的小包只够放下一个手机。

"我哪会用那种东西。"父亲半躺在藤椅中，拒绝什么似的把脸别向一侧。

"那我就不打扰了，你们也该吃饭了。"她转过身，指着餐厅一角的水族箱，"对了，这个大家伙，放着碍事的话，我会尽快叫人搬走。"

水族箱的长度和西餐桌差不多，算上底下的橱柜有一人来高，已经闲置多时，里面既没有鱼也没有水。

"这无所谓,家里就我们两个人,不碍事的,放着吧。我还想着将来也试试看,感受一下养鱼的乐趣。"父亲生硬地笑了起来。

"真的吗?那我就不担心了。"

"哦对了,那个……"父亲用手撑住藤椅的扶手,颤颤巍巍地站起来,"淋浴器好像有点问题,点不着火了。"

女房东一脸惊讶地走到厨房,打开悬在墙角的橱柜门,歪着脑袋看向里面的淋浴器。

"现在天冷,我这腿脚,去公共浴室也不太方便。"父亲讪笑着。

"真的,连点火的声音也没有呀。"她打开水龙头试了试,"真难为情,这个我也不太懂,明天让我哥过来看看,要是修不好,就直接换一个。"

"应该用不着整个换掉,估计是里面的水气阀坏了。我现在是哪儿也去不了,换了以前三下五除二就解决了。"父亲不由自主地看向袁午,"修理的费用我们来出就好了,说起来是我们用坏的。"

"那怎么可以?"女房东连连摆手,也跟随父亲的目光快速瞥了眼袁午,"你们才搬来四个月。我会解决的,你们就别操心了。"

两人客套了几句,女房东走到玄关推开门。

"唔……要是不介意的话……留下来吃个便饭吧。"父亲吞吞吐吐地说。

女房东略显诧异地半张着嘴,然后突然像咳嗽一般笑了:"我已经吃过了,你们太客气了。"

"也是……"父亲装模作样地看了一眼墙上的挂钟,"已经六点多了啊。"

父亲的厨艺已经大不如前,无论什么菜,象征性地翻炒几下,最后总是倒入一大碗热水煮透了事,几乎没有煎炒的油香味。不过,也可能是袁午已经忘了从前的味道,父亲的菜一直以来都是这样。究竟是哪一种情况,他说不清楚。小时候每天都吃什么菜?除了一顿不落的鲫鱼之外,其他完全想不起来了。因为母亲说过吃鱼健脑。童年的记忆与母亲无关的部分总是一片朦胧。

"咸肉应该先用水浸一下的,一粒盐都没放,还是有点咸。"父亲咂咂嘴说,"不过今天太晚了,也没时间。这豆腐吃着倒是正好。"

像这样的自说自话,袁午不知该如何搭理。他迟疑了一下,接着闷头吃饭。

父亲一直在努力尝试说点什么,然而每天都能说上几句的,也就是菜的味道。母亲去世之后,他试图填补一些空白,哪怕只是餐桌上的声音,不像以前总是自然而又惬意地沉默着。

"芹菜这么光烧,味道还真是有点古怪啊。"

"金针菇卖完了,今天过去的时候没剩几个摊了。"

"嗯。"父亲喝下一口白酒,"下个月转正了吧?"

袁午点点头,从胸腔里发出微弱的闷响。

两个月前袁午告诉父亲,他在一家私企找到了工作,但对方的条件比较苛刻,三个月试用期内没有薪水。父亲只好继续提供他每月三千五百元的花销,其中的一千五百元是家里的伙食费。剩余的两千元则是袁午的个人生活费,转正之后便会中断。

找到工作的事情倒没有说谎,那家私企也是真实存在的。不过袁午只上了九天班,就主动离职了。其实连离职也算不上,他没有知会任何人,更准确的说法是永久性旷工。在其他同事看来,他就是毫无理由地忽然消失了。

第十天的上班路上,公交车在中途某一站停下,打开中间的下客车门。袁午刚好站在门口,于是他就跨了出去。秋天的风贯穿他敞开的夹克衫,随风摇摆的感觉真是舒服。他走了一个多小时,走进"大友"那扇暗灰色的卷帘门。小红在柜台后面一边吃零食一边看电视剧。

还是老样子啊,已经没办法好好工作了。双手搁在雪白的桌面上,眼前是黑色边框的显示器——或许跟颜色没有什么关系吧——只要被这样的环境包围，小腹间便会聚集起一股寒意，紧接着阵阵绞痛袭来，一个上午要跑五六次厕所。他试过不吃早饭，但无济于事。

从什么时候开始出现这样的症状，袁午自己也弄不明白。妻子若玫却很明确地告诉医生：是在他母亲去世之后。

起初看的是消化科，吃了两个疗程的药也不见好转，只要一进单位大门，就不由自主地弯下腰来。若玫一开始觉得难以置信，直到某天偷偷跟着他上班，看到他脸色煞白，才果断搀着他去了医院。

"这个啊，就是神经官能症。"之后转到神经科，主治医生面无表情地定下了结论。

"那是什么？"

"一旦发病，患者就会感到不能控制的自认为应该加以控制的心理活动。"医生绕口令般重复了两遍，为自己的流利表达感到心满意足。

若玫呆呆地望着对方。

"你看，肚子痛不能控制对吧？但是他却认为需要控制，越是这么认为，越是会感到肚子痛，肚子痛了就要上厕所。当然，上厕所的感觉是真的，但肚子痛是假的，明白了吗？"

袁午对着妻子咧嘴笑了："不需要明白，总之就是心理有病吧。我们回去吧。"

若玫紧紧地握住了他的手。

父亲倒酒的声音中断了袁午的回忆，袁午看着自己的掌心，多年前的触感已经模糊了。

"转正之后，能拿多少薪水，老板还会找你再谈一次吧。可别姿态太低了，这里离老家远，你以前赌钱的事没人知道的。"

"试用期到了，会有一次测试。"袁午觉得要给自己找条后路。

"测试？"父亲的筷子停在空中。

"嗯，通过了才能留下来。"

"怎么搞得像学生考试一样？你，应该没问题吧？"

袁午原本打算利用三个月的缓冲期再找一份工作，现在看来已经全无希望。他用手抹了一把脸，表示对这个话题很厌烦。他担心脸又会不由自主地红起来，早知道刚才也应该喝点酒。父亲好像打算对此深究下去，袁午决定扯开话题。

"刚才为什么留她吃饭？"

"嗯？噢，你说小林啊。没啥，我就是顺嘴一说。"父亲连喝了几口酒，他平时只喝一杯，这会儿颧骨的位置开始泛红了，"你觉得小林这个人怎么样？"

袁午吃了一惊："不，不知道。我都没怎么跟她说过话。"

父亲自顾自地点点头，好像是在考虑如何将这个话题继续下去。

袁午望着水族箱上的玻璃鱼缸。饲养观赏鱼应该是女房东的一个爱好，但这个庞然大物显然轻易无法移动，把它留下来也是迫于无奈。他回想女房东的面容，确实算得上美丽，但不知为何，温婉的笑容里总夹杂着一丝倦意。

鱼缸里只剩下一层底沙和结满灰的装饰物，他们搬进来时就已经是这个样子。袁午想象着女房东凝视鱼缸的最后一眼。原本那些鱼，不知她是如何处理的。

父亲喝了一阵又开口了："她这个人，对老人家还挺关心的。这点看着像若玫。"

"她过来跟你收钱，不能冷冰冰的不说话，一看你腿不好，就会聊跟这个有关的话题，这个不代表什么。"

"说得倒也没错。不过，我觉得，她看你的眼神，挺温柔的。"

四个月以来，父亲几乎没有出过门。日常两顿烧酒，都是喝完就睡，除了上午那几个小时，一直都是醉醺醺的。每个月来收水电费的女房东是他唯一接触的外人。或许是这种定期的仪式般的造访，使他产生了奇异的念想。温柔？年轻女人的眼神，父亲真的懂吗？

"你说没人知道我的事，但她至少知道我们没房子，我们租的还是她的房子。她有房子,而且不止一套。"

女房东会看上自己的话,简直跟少奶奶和长工谈情说爱一样。

"你现在有工作了,我们也没那么差。再攒点钱,首付买套房子,我的退休金可以还贷款。"

"按现在的房价,首付要攒到什么时候?"

"我还有点钱……"

袁午瞪大眼睛看着父亲。

"寄放在你大伯那里。"父亲忽然流下了眼泪,"我没办法呀,你一直赌……"

为了偿还袁午欠下的巨额赌债,父亲不得已把两套房子都卖了。一套是三十多年的老房子,另一套是袁午结婚时置办的新房。新房一直在母亲名下,母亲去世后作为遗产给了父亲。

心灰意冷的若玫带着女儿离开了家。父亲因此受到的打击似乎比母亲去世时更大。父子两人窝在袁午大伯家里,半个月没有说话。某一天父亲忽然从堆积如山的空酒瓶中爬起来,带着袁午搬到了现在的城镇,开始重新生活。

原来父亲还有所保留……

袁午只是瞬间感到有些意外,找不到任何生气的理由。事到如今,怎样都无所谓了,放在大伯那里的钱具体有多少他也不打算再问。只不过,就大伯的为人而言,把钱寄存在他那等同于赠送。父亲当时一定觉得,就算送人,也比让袁午在赌桌上输光强。

父亲用粗短的手指抹着眼睑,抽了几下鼻子。杯子又见底了,他侧下身,像在水里捞什么东西似的去摸脚下的酒瓶。

"你可别认为,你一点机会都没有,不要这么悲观。你想,一个姑娘,房子里有点什么事都是自己过来处理的,对吧?租房子的时候,中介是直接联系她的。我们搬进来之前,她请工人修过墙面,每天都过来盯着。水电表也是自己抄,不要说一般的姑娘了,就是你,恐怕也看不来水表吧?刚才你也听到了,她说让谁来修淋浴器来着?是她哥,对吧,不是朋友,不是老公,是她哥……"父亲打着饱嗝,举起筷子在空中一点,"依我看,她肯定还没结婚,就算有正在处的对象,也没到谈婚论嫁的地步。"

"我知道了。"

"呵,你知道什么?你啥也不知道。昨晚我又梦到婷婷了。"

父亲说了"又",可袁午从没听他说起过梦到孙女的事。

"她到这儿来看我,她来看我,她现在住的地方,嗯,离这儿可远着呢。她走了很远的路,衣服也没换,直接来看我。她长大了,像个大姑娘了。"父亲的舌头变得黏滞而厚重,"唉,等买了房子,你把若玫,把我的儿媳妇接回来,你说怎么样?"

"一会儿这样,一会儿那样,你到底在想些什么啊?"

"我在想我们这个家……"

袁午把手掌按在大腿上,转过头去看着鱼缸,良久才说:"她可能已经是别人的儿媳妇了。"

"没有!"父亲吼了一声,"没有,这个我知道,我比你清楚。你放心,绝对没有。"

袁午一愣:"你去找过她们了?"

"我要见我的孙女,有什么不可以!"父亲的身体摇晃了一下,"你……你不想婷婷吗?"

父亲的泪水再次涌出眼眶,顺着深深的法令纹挂到嘴角。他丝毫没有察觉,也没有哭泣的神情,好像眼泪只是按照本身的意愿自顾自地流淌。

袁午离开餐桌,走到客厅打开电视机,坐进了沙发里。

不一会儿,父亲喝光了第三杯酒,脑袋枕在藤椅背上,立刻打起了呼噜。

电视里正在播放关于鸟类迁徙的纪录片,大雁穿梭在雾霾遮天的城市上空，倒是跟现在的环境十分搭调。

"阿霞……我走不动了，歇会儿吧。"

袁午吓了一跳。父亲一直闭着眼对着天花板，但这句话吐字清晰，完全不像是梦话，仿佛家里还有第三个人。

阿霞是母亲的名字。

只有这一句。父亲不再开口。

纪录片里，拍摄的角度渐渐与高飞的雁群平齐，摄像师大概是乘坐在某种飞行器上，稀薄的云雾向画面右侧飞速掠过。镜头慢慢推进其中一只大雁，直到形成头部特写。大雁的眼神坦然而无畏。

字幕升起的同时，袁午察觉到某种异样的安静。

父亲的呼噜声似乎变轻了。变轻了吗？袁午按下电视机遥控器上的静音键。

不，是完全听不见了！

袁午慢慢地把脸转向藤椅上的父亲。父亲仍保持刚才的姿势：双手十指交叉放在下腹的位置，后脑压住椅背上沿，脸颊上的酒红已经褪去了。

怔怔地看了好一会儿，袁午从沙发上站起来，一步一停地靠近餐桌。他确认了刚才观察良久得出的结论：父亲的胸口已经没有丝毫起伏。

"啪"的一声，有什么东西掉落到脚边，低头一看，是电视机遥控器。

这个声音仿佛重新打开了一个音量按钮，袁午听到打鼓的声音，拍门的声音，和自己心跳的节奏重叠在一起，带动眼前的视野上下跳跃。

这样不知站了多久，袁午终于从外套口袋里摸出手机。

1……2……0。

他的右手大拇指悬停在绿色拨号键上方，然后慢慢往下，压住了屏幕外侧的主页键。

袁午把手机放回口袋。那些砰砰作响的声音消失了。

父亲停止了呼吸。在关掉电视声音的那一刻就已经……或许比那会儿还要提前一些。

来不及了，叫救护车已经来不及了。

袁午发觉自己许久没有端详过父亲的面容。

眼睛和嘴巴都自然闭合，没有痛苦，没有留恋。黑色的棉外套是若玫买给他的，穿了许多年，褪色的领口好像覆了一层薄霜。

没有父亲，袁午无法独自生活下去。

现在该怎么办？妈妈，我该怎么做呢？

那个炎热的夏天，母亲躺在冷气柜里，柜壁内侧的两排小孔中缓缓流出白烟，白烟融作一片，成了一条蠕动的棉被。

冷气柜放置在丧礼大厅的角落，就像一件普通的家具，没有人关注。客人跪拜的对象是两个烛台中间的黑白遗照。

尸体和照片，哪一个才是母亲呢？一旦失去生命体征，反而是一张硬纸来得更实用啊。

照片忽地晕染上色彩，母亲的嘴动了起来。说的是什么？完全听不见啊，太吵了。音箱里播放的诵经声在脑中无限循环起来，还有若玫的哭声，木鱼敲打声……

小腹间一阵绞痛袭来——不能留在这里。去找小红吧，现在就去！

袁午推门而出，想起身上的钱包几乎已经空了。

父亲的口袋里有钱吗？要把手伸进父亲胸前的口袋？不，没有这个必要。这么长时间没出过家门，钱放身上没有意义。

餐厅与厨房的隔柜上只有几枚硬币。他走进父亲的卧室，拉开床头柜的抽屉，里面放着几盒药和一副老花镜。另一个床头柜的抽屉被锁住了。

环顾四壁，最显眼的就是那个衣帽间了。刚来看房时，袁午就对衣帽间心生好感，原木色的柜格大小皆具，三面环抱，让人感到安心。如果能当成房间住在里面就好了。

拉开柜门，摁亮筒灯，父亲洗干净的几件外套和裤子挂在一侧，袁午掏遍所有的口袋，什么也没找到。

退出衣帽间，看到床上高高蓬起的枕头，剥下枕套，里面却只有一个枕芯。袁午失望地坐在床沿上，马上意识到了什么，抬起床垫一角，终于发现一叠现金。粗略一数，大约有五千元，是平整的新钞。

袁午在通往"大友"的浓雾中疾走。刚刚走出小区时，还有三三两两的汽车出现。其中一辆贴着他的身体掠过，像瞬间遭遇横风似的扭动了一下。隔着紧闭的车窗，还是能听见司机尖叫了一声。走到半道，这个世界就只剩下路灯了。

路灯成了悬空的光晕小球，连灯罩和灯杆都难以分辨。灯光的投射距离明显变短了，留在地面的光圈比平时小，边界也更模糊，相邻的路灯之间出现了完全的黑暗。

是不是走错方向了？他有点想回去，然而回头一望，前后的景象毫无分别。还能回去吗？现在回去，回到一个小时以前，抢下父亲手里的酒杯……

不能再喝了。

或许只要说这么一句，父亲就会放下酒杯。为什么一直沉默呢？

前方的上空总算出现了红绿交替的弱光，是交通信号灯，已经到路口了，两旁的樟树枝杈呈现出袁午熟悉的形态。穿过路口再走一段，拐进一旁的小巷，"大友"的入口就在那里。

卷帘门拉上了三分之二，白光从下面洒出来，在水泥地上铺了一层银粉。袁午猫腰钻进去，感到通体温暖。里面是七八平米大的小隔间，作为接待使用。小红正挂着耳塞面对电脑屏幕。

"唉？怎么这会儿过来？真是难得。"她拔掉一个耳塞，从前台后面探出脸。

袁午觉得回到了真实的世界,一看墙上的钟,居然已经九点多了。除去吃饭和路上的时间,自己在父亲的尸体旁至少站了一个小时,那时却感觉不到时间的流逝。

"怎么了?"小红皱着眉笑起来,"被人追杀呀?"

袁午惊觉自己呼吸急促,他精神一凛,马上摇头。

"打牌吗?"小红拔掉另一个耳塞。

袁午点点头,摸索上衣内袋。刚才走得仓促,一大叠现金卷成一团放在一起。他只想抽出五张,颤抖的手指却难以拿捏,纸币像撒落花瓣一样掉出来。

小红连忙绕过柜台,蹲下身帮他把纸币拢在一起,幸好没有别人在场。

"哪来的钱呀?老实交代。"等袁午把钱重新收好,小红故意贼声贼气地问。

袁午低下头,答不上来。

小红叹了口气:"去吧。"

掀开角落的门帘,里面就是麻将大厅,骨牌碰撞的声音和人群的嘈杂声让他松了一口气。此时的"大友",就像风雪漫天的荒野中一家孤立的客栈。

烟雾缭绕的包厢里共有六张牌桌,两张空着,排风扇在天花板上嗡嗡作响。袁午独自坐到空桌旁,一个五十来岁的秃顶男人马上兴冲冲地坐到对面。

"玩梭哈对吧?"男人把自己的塑料水杯放在桌上,里面的茶叶和水面一样高。

袁午认得他,但不知道名字。男人的牛仔夹克褪成了浅灰色,领子像薯片一样翻卷着,夹烟的手指满是污垢,让袁午想起小时候路边的修车师傅。

玩了几把，袁午始终无法像平时那样集中精神。他连牌面也记不住，输赢都是对面说了算。手边的筹码忽高忽低，对方大概也没有做手脚。

父亲仍然坐在那里吧……一定是的。

围观的人换了一批又一批，也可能一直就是那几个人在牌桌之间游荡。男人不时抓挠着自己鸟窝似的头发，但无论怎么挠，杂乱的形态始终保持一致，他的头发摸起来应该和棕绷差不多。

"要夜宵吗？"

耳畔传来小红的声音，袁午努力将视觉焦点落在她脸上，周围的声音清亮起来。

他摇摇头，看着桌上排成一条线的纸牌，感觉像突然从水里探出了脑袋。

当前这一局已经进入最后一轮投注，十张牌都发完了。袁午的牌面上有一个七对，他记得底牌也是一张七点，而对面全是单牌，最大一张是九。

男人试探性加了一注，双手抱着膝盖等待袁午回应。

袁午慢条斯理地将所有筹码推到桌面中央。对方大不了是个九对，这局必胜。

男人看傻了眼，支在椅子上的脚后跟向前一滑，整条腿弹了出去。筹码片倒塌的声音吸引了邻桌的看客。

"跟啊，别尿！"

"眼睛一闭冲了，又没多少钱。"

这些人都熟悉袁午的牌风，没有十足的把握他绝不会孤注一掷。他们围成一圈，探头弯腰，在牌桌上方形成一个半球，都等着看那男人的好戏。

男人放弃了，大骂一声，抄起杯子从人缝中挤了出去。围观者们嘘声四起，水花一样散开了。

袁午默默捞回筹码，顺手翻开自己的底牌。

不是七点！

记错了，七点是上一局的底牌，也许是再上一局。如果男人跟注，自己就输了。

一阵燥热涌上脸颊，就像刚刚撒了个弥天大谎。他看向四周，人们纷纷沉浸在自己的或是别人的希望之中，已经没有人关注他了，没有人知道这张底牌不是七点。

这种程度的心理战，在牌局中是司空见惯的小伎俩。但打牌的人是袁午，袁午不会耍这种伎俩，所有人都知道这一点。若非如此，对手也不会果断投降。

那么，只要永远不翻开那张底牌就行了。这样真的可行吗？

"今天运气不错呀。"小红收回筹码，从前台下的抽屉里取出现金递给袁午，看起来是真心为他高兴。

袁午接过纸币塞进口袋，也没看多少钱。

"我爸他，今天回老家去了。"

"嗯？"

"你刚才不是问我为什么晚上还过来嘛。"

"哦……"小红做出恍然大悟的表情，"这么说，以后晚上也会常来？"

"到时候看吧。"袁午盘算着接下来的行动。

"你今天脸色不大好。"

"有吗？"

"也对，整天泡在这儿，脸色能好才怪。"小红为自己的结论点了点头。

刚才输掉对局的男人撩开门帘走过来，手肘支着前台。

"我说你么，还是把头发放下来好看，有女人味。"他笑嘻嘻地掏出一叠对折的纸币，抽出十五元放在桌上。

"关你什么事？"小红白了他一眼，从抽屉里拿出两包廉价烟，"我剃光头也跟你没关系。"

"那是，老板喜欢就好。"

"去去。"小红赶鸡似的把他轰了回去。

顾忌到老板的威慑力，这里的熟客对小红有所垂涎的虽不在少数，可大多也只能像这个男人一样，止于口舌之快。

"大友"的老板是镇上的头脸人物，据说本行是经营贷款公司，开设"大友"是为了孕育市场，类似的网点在全市还有好几家。在这里，除了小红之外，还有一批人只看不玩。他们是老板手下的放贷人，同时也负责维持现场秩序，是"大友"真正意义上的掌控者。他们终日在数十张赌桌之间游荡，发现有人输净口袋，便上前兜售月息惊人的贷款。袁午败光家产之后一直囊中羞涩，也就没有受到过这批人的照顾。而小红，实际上只是个兼顾端茶倒水的收银员。

老板似乎从来没有出现过。关于小红和他的关系，这里的人整天在念叨，但谁也说不清楚，于是化繁为简，归结为"情人"了事。小红由此获得了一道屏障，她自己也就懒得解释。

既然大家都这么想，也没什么不好。

小红曾对袁午这么说过。言下之意，她和老板并不是那种关系。

"你……有话要跟我说吗？"小红赶走男人，看袁午仍站着不动。

"没有。"袁午慌忙收回眼神，"不是……"

"什么呀？"

"最近可能要忙一阵子。"

"有项目做？"

"嗯，挺棘手的。"

"那就好。"小红凑上来小声说，"在这里待久了，人会烂掉的。"

"你说这样的话好像很奇怪。"

"奇怪的是你吧,来得比谁都勤快,偏偏从头到脚都不像个赌鬼。"

"怎么样才像赌鬼呢?"

"就像刚刚那家伙。"

这时连续有四个人走出来,大声讨论着惊心动魄的牌局。其中两人找小红退筹码,粗暴而又不自知地将袁午隔开了。

见小红忙于应付,袁午便转身离去。

雾气丝毫没有消散,袁午低着头,步履迟缓地朝住处走去。这条路他已经走过上百遍,闭着眼睛也不会迷路。

接下来,要无声无息地处理掉父亲的尸体。

父亲已经离开人世。这条信息写在牌面上,但只有袁午一个人看见,他现在要做的,就是把这张牌翻过去。

查访·邻居的迟疑

项义在红灯路口踩下刹车,服役超过十三年的警车进入怠速状态,越发明显的抖动让人感觉像是坐在按摩椅上。

张叶拿着一叠文件窝在副驾席,满脸沮丧,刚才的会议部署让她备受打击。随着汽车启动,她又开始抱怨。

"你看老刘那副嘴脸,一听案情,马上酒醒了,好像自己儿子丢了一样。"

"一大清早的,人家也不喝酒吧。"

"反正就是那状态。"张叶一甩文件,"以为是小孩儿恶作剧就找我去处理,现在定性为诱拐事件马上就亲自坐镇,这凭什么呀,就因为我是个女的?女警就只能满大街找人?"

"不会吧,这种时代早就过去了。"项义资历尚浅,也不好随便评价领导。

张叶是所里唯一一位治安女警,比项义早入职三年,平时被委派的多属鸡毛蒜皮的任务,她一直深信此种待遇与她的性别有关。

失踪案可大可小,有时比刑事案更棘手,尤其当失踪者是孩子的时候,需要短时间内调动大量警力,会让原本的工作计划大乱。身为治安队长,刘广同揽下重任也是无可厚非。

只不过,老刘对于张叶的后续指派,仅仅是协同巡警队搜寻市内的游乐场所,及其他一些儿童可能感兴趣的地点。诸如可疑住户、非法车辆、人际关系等一系列更接近事件核心的调查工作,全都交给了其他同事。作为案件第一接手人的张叶彻底失去了主导权,也难怪她愤懑不已。

"不会是因为那个吧?"项义小心翼翼地问。

"因为哪个?"

"前天老刘邀请你吃晚饭,是不是……结果……?"

"啊?你怎么知道有这回事?你跟踪我!"张叶的细眉竖了起来。

"没有没有,档案科的同事告诉我的。"不赶紧解释的话她好像要扑上来掐脖子了,"老刘在追你,所里的人都知道啊。"

老刘其实只有三十八岁,单身至今。光论外表,也仍然保有对适婚女性的吸引力。

张叶一脸难以置信的表情。

"你这把年纪也不处对象,老刘对你有所表示也不算很突兀吧。"

"你这人最近怎么……他让我换工作,你说这不算突兀?"

"换工作啊,也对。虽说现在观念开放了,但领导追求下属还是有点那个什么。况且,两个警察在一块儿过日子确实行不通。以他的能力,给你安排一份更好的差事完全不在话下。嗯,他这么开门见山,急是急了点,不过这就是老刘的风格,目标明确,当机立断。你……"项义调整方向盘,留意着前方穿马路的行人,"觉得老刘这人怎么样?"

"我觉得他的脑袋被枪打过。"

"这么说你拒绝他了?"

"能不能别扯这个了?"张叶恢复平时冷冰冰的口吻。

难怪开会时气氛不太对劲。项义回想刚才的情景,老刘和张叶从头到尾没对过眼。

青岚园周边的道路监控中仍然没有发现杨莫的身影,小区内部的搜查工作大致完成,现在还剩两名同事留下来询访住户。

孩子单独行动无法避开监控,基本上可以排除离家出走的情况。调查小组成员一致认为,有人开车带走了杨莫,这很可能是一起诱拐案件。

意见分歧在于对杨远口供的判断。

"十七号楼一单元总共十户,因为是安置小区,住户以中老年人居多。事发当时时间较早,除了302室之外,其他几户都有人在家。"负责后续搜查工作的警员陆仕明挺直腰板朗声汇报,"如果孩子的父亲所言属实,孩子没有从楼梯口离开,那么,除去302室之外,其他邻居都可能和孩子的失踪有关。"

"邻居家已经搜遍了？"老刘问。他明知搜查的人是张叶，却直直盯着陆仕明。

"是，孩子没有躲在邻居家里，包括302室。户主接到电话后赶回家开门，并没有在里面找到孩子。"陆仕明说完瞥了眼坐在会议桌远端的张叶。

换作平时张叶一定会接上话茬，那会儿却似听非听地低头看着面前的本子。

陆仕明继续说道："防盗窗只到二楼为止，理论上来说，孩子可以从三楼以上的窗户离开。不过考虑到实际情况，四楼五楼难度较大，窗外没有任何可攀附的东西。如果是从三楼的窗户爬出，可以轻松地站到二楼的窗檐上，再抓住下面的窗杆爬下去。"

"那这样的话，302室不在，301室就值得引起注意了。"坐在陆仕明对面的一位资历较老的警员说。

"不过，我们检查过二楼的防盗窗，不管是窗檐还是窗杆，都没有发现攀爬的痕迹。窗檐是涂漆的薄铝片，很容易留下脚印，踩踏后会有一定程度的变形，这些迹象都没有。"

"嗯，不能轻易就把范围缩小到301室。"老刘沉稳地说，"不管从哪一家离开，必须得到那户人家的帮助，至少是得到他们的允许。光从这一点看，就让人感觉这件事不简单。"

"没错！"老资历的警员立马转变看法，摸着下巴说，"如果使用工具，比如绳索一类的东西，就算从五楼吊下来，也不见得有多困难。有必要彻查每一户邻居和那孩子家的关系。"

"确实有这个必要，已经委派下去了。"陆仕明谦虚有度地回应，缓了缓又补充道，"最近的大雾天气持续了整整一周，今天突然放晴，当时有不少住户正在晒被子。经过我们调查，北面的十五号楼至少有七个人在阳台上干活。两栋楼距离很近，中间也没有遮挡物，孩子如果从楼的北侧离开,要同时避开他们的视线几乎是不可能的。而从南侧下去的话,必须经过阳台,就得从同一栋楼邻居的眼皮底下溜走……"

老资历陷入尴尬,憋了一阵,没好气地说:"说来说去,如果是孩子父亲看走眼了,这些都没必要讨论了。"

"是,据孩子母亲说,杨远——就是孩子父亲——前一晚赶工到凌晨四点多才睡觉,守在车里时很可能有所疏忽,没有看到下楼的孩子。"

陆仕明的谈吐冷静客观,宛如一台人工语音机器。项义这才听出他的判断倾向——杨远看漏眼了。张叶依旧沉默着,关于这一点,不知她是怎么考虑的。

"既然是这样,这事就没这么邪乎了。"老资历仿佛赶走眼前的苍蝇一般挥了挥手。

"我是觉得……"另一位戴眼镜的同事说,"身为孩子的父亲,如果有这样的疏忽,没必要不承认。毕竟找人要紧,这么误导我们没有任何好处啊。"

项义在心里叫"好",想到一起去了。

"孩子父母的情况掌握清楚了吗?"老刘转头问陆仕明。这个问题本来也应该是问张叶的。

老资历马上领会了老刘的想法,连忙放下刚拿起来的茶杯说:"说不定是这对夫妻报假案呐,现在这个社会,什么稀奇古怪的事都有。小两口吵架,其中一方想不开就把孩子藏起来,这是哪里的新闻来着?"他用指尖点着太阳穴,随即表情变得异常严肃,"或者就是教训孩子的时候失手把孩子打死了,想这么一出来脱罪。"

老刘没有当即表态。

"这种可能性并没有排除。"陆仕明回应道,"我向周围的邻居打听过,大家普遍的印象是那孩子比较顽皮,经常听到母亲训斥儿子的声音。这一点我会留意。杨远夫妇的人际关系已经着手调查了。"

其他与会人员稀稀拉拉地讨论了一阵后,老刘分配各项任务。最后在搜寻市内重要场所的任务中提到了张叶的名字。

张叶不可思议地半张着嘴,最终也没吐出一句话来。

市内最大的儿童乐园就在前方。今天是周五,大门口冷冷清清。项义减缓车速,准备靠边停车。

"你干吗?"张叶问。

"不是要去里面找人吗?"

"这种地方,自然有人会去找,我们去建材市场。"张叶把手里的文件递过来。

"建材市场?这是什么?"

"许安正的资料。"

"302室的……那个女孩的父亲?"项义踩住刹车,惊讶地来回看着文件和张叶的脸,"他有问题吗?"

"就是不知道有没有问题,所以才要去查。"

"你这话……不等于没说嘛,为什么只盯着他查?"

"我有说只盯着他吗?走吧,开车!"

"不去这里真的没关系吗?"

张叶抢回文件,对着项义的脑袋拍了下去。

建材市场的格局宛如棋盘,由政府统一规划的店铺横平竖直地排列在一起,每一家除了门头有所差异,看起来都一样。

档案附件中有工商部门提供的信息,许安正注册的一家名为"融合装饰"的公司位于十二排。

店里只有一位员工模样的年轻男子,看清造访者是两位警察,刚刚绽开的笑容又缩了回去。

张叶只顾着打量店内的环境,项义只好主动开口询问。

大约一周前,融合装饰承接了一家超市的工装项目。超市打算赶在年底开业，工期十分紧张。许安正每日早出晚归，一直留在施工现场。店里的业务暂由这位姓孙的员工代理。

"这么说，你有一个礼拜没见过你们老板了？"

"是的，差不多。"

"身为老板，有必要一直待在现场吗？"张叶突然问。

"我们老板呢，是木匠出身，既是老板，也是工匠。他的手艺可是没话说。"孙工露出赞叹的表情，手掌在空中平直地划过。大概是感觉民警态度平和，情绪渐渐放松下来。

"他还有个女儿要照顾吧。"

"是的。最近一段时间，听说是寄放在邻居家里。"孙工脸上闪过一丝迟来的疑虑，"警官，我们老板不是犯了什么事吧？"

"他和那位邻居的关系怎么样？"

"哎哟，还真没听我们老板提起过。既然女儿在他们家，关系应该不错吧。"孙工耸了耸肩。

"你们公司业绩怎么样？"

"嗯？嘻，这怎么说好呢？作为员工，当然不能满足于现状对吧……"对方的表达扭捏起来。

张叶咂了下嘴："那家超市在哪儿？"

"在宁湾。"

张叶怀疑许安正的理由，在于其返回青岚园的时间。接到物业经理的电话后，他清楚地告知她将在四十分钟后到达。开车从建材市场赶回青岚园，不会超过十五分钟，说明当时许安正并不在自己公司。

"这下清楚了吧。"两人回到车里，项义扬着声调说。

宁湾镇距离市区二十五公里，加上市内的一小段早高峰路线，四十分钟的行程完全合理。

张叶看着档案右上角许安正的一寸照，用中指弹了一下。"有必要核实。"

"什么?"

"许安正早上的行踪。"

"现在去宁湾?"

"不行吗?"

"张姐,你可别钻牛角尖啊。"

"你要是怕领导问罪……那行,我自己坐车去。"张叶扳住门把作势下车,但没有下一步动作。

项义一声悲鸣,发动了引擎。

今天的阳光分外耀眼,像是成功驱散连日的大雾后急需庆祝一般,金色的针芒在前挡玻璃上跳跃不定,县道两旁的树木向后飞速掠去。车里热得有些喘不过气,项义关了空调。张叶马上又打开。

"张姐,我是这么考虑的。"项义看着前方,脑袋微微侧向张叶,"查案子跟画画差不多,得从整体到局部。一片空白的情况下,应该先考虑大概率事件,不能盯着一条线深挖下去。说不定,其他同事已经找到孩子了。我说的有没有道理?"

他等着张叶反唇相讥。可张叶只是白了他一眼,恢复支着脑袋的动作,没理他。

"刚才会上有人提到报假案这一点,你怎么看?"沉默一阵,项义又忍不住问。

"报假案?不太像,他们不像那种人。"张叶摇头,"再说了,作假也不能假到这个份上,说孩子在楼道里消失了,你会这样报假案吗?说出来谁都不信。"

"嗯,确实很诡异啊,这不就是密室逃脱嘛。"项义在写着"宁湾"的路牌下转动方向盘,"你信不信杨远说的话?"

"我信。但这并不代表他说的就是事实。"张叶用手指缠绕着鬓角月牙一般的短发,"说不定,他是受到了某种干扰。"

接待室的门开着，正低头翻看记事本的民警微微欠身，示意杨远夫妇入座。他约莫三十五六岁，脸形瘦长，身板笔挺。身旁另一位戴眼镜的民警头也不抬地操作着便携电脑。四人隔着一张白漆长桌相对而坐。

"搜寻工作还在进行。现在看来，孩子已经离开小区。我们增派了大量警力，配合各个社区在全城范围内寻找，通往高速和县道的出口也都部署了检查点。因为有诱拐的可能性，所以要控制车辆。"

脸形瘦长的民警自称姓陆，杨远刚才见过他。张叶针对剩余八户邻居的搜查即将结束时，他带队赶到，像是不信任张叶似的，又将整栋楼里里外外搜了一遍，连晒在阳台上的被单都掀起来看过。

陶芳用掌心摩擦着膝盖，上身前后摆动。她此前已在监控室待了将近两个小时。以青岚园为中心，监控范围已经向外扩散至方圆四公里的区域。

"有没有谁和你们有过节，出于报复心理带走孩子？"陆警员嗓音低沉。

"没有，怎么会呢？我们都是平民百姓，过着很普通的日子，不会的。"陶芳哽咽着回答。

"容我提醒一句，如果接到索要赎金的电话，请一定告诉我们。"对方恳切的眼神一闪而过。

杨远看了眼手机，现在是十一点半，距离杨莫失踪已经过去了三个半小时，没有接到过电话。如果是绑架，绑匪为了防止家属报警，应该会在第一时间联系家属。

"杨莫自己有没有说过想要离家出走？"

"没有。"夫妻两人同时回答。

"确定吗？有时候在你们听来觉得只是一时冲动，或是发泄情绪，通常是在打骂之后，这种情况也没有吗？"

陆警员似乎是在表达另一层含义。杨远毫不迟疑，仍是回答没有。

"他最近有没有接触过什么特别的人?"

"除了上学的时间,一直跟我们在一起。"杨远一边思索一边摇头,"要说能接触到别人的话,也就是在学校里。"

"嗯。学校那边我们已经了解过了,除了杨莫,班上学生今天没有人缺席。"

杨远默默点了点头,这就排除了和同学一起出走的情况——一种更为乐观的情况。

"那么,和老人家在一块儿的时候接触到了其他人,有可能吗?"

"不,父母都住在乡下,身体一直不太好,孩子上了小学之后,就没再让他们照顾了。"

"周末呢?有什么安排?"

"周末会去上培训班。"

"哪一家?"

杨远报出了四家少儿培训班的名字和地址。

"这么多。"戴眼镜的民警一边打字记录一边小声咕哝。

"好的,这些情况我们会逐一调查。"

"警官。"杨远吞了口唾沫,"邻居们的情况,查得怎么样了?"

"正在查。因为任何一户都没有明显的疑点,所以需要一点时间。杨先生……"陆警员见杨远欲言又止,便补充道,"我明白你的想法,你一直守在楼下,所以你认为孩子是在下楼时发生了意外。"

"对!突然被挟持了。"

"然后呢?这个挟持者怎么才能带着一个孩子离开那栋楼呢?"

杨远答不上来,对方的口气有种压迫感。

"我觉得这种可能性不大,风险太高了。他为什么非要选在这个时间点行动?等于是把自己关进了一个死胡同。"陆警员说着取出夹在本子里的一张纸,摊平在桌上,"我们现在的推断,倾向于孩子事先受到了诱骗,自己离开住宅楼后,主动坐上了某辆车。这是你们小区的平面图。"

青岚园的外轮廓呈长方形，被四条马路包围起来。

"除了北门，也就是小区正门口有一个探头之外，其他的探头都设置在车行环道上。"陆警员拿起水笔，在内部画了一个扁长的椭圆形，"这个椭圆范围往外一直到围墙，这片区域监控覆盖不到。这是你们家，十七号楼一单元，就在这片区域。孩子出去后直接往外走，沿着围墙绕到别处，再钻进事先停在这个区域的一辆车里。这是目前最有可能的情况。坐在后排的话，摄像头是拍不到的。对此，我们正在排查当时停在这个区域的车辆。"

"可是他跑出楼梯口……"杨远说了半句话，即被对方强行打断。

"另一种情况是，孩子顺着围墙内侧一直绕到南边，然后翻出围墙离开小区。"陆警员在南墙中点的位置画了个小箭头，"外面的十字路口都装有高清摄像头，但因为小区东西方向的跨度很长，中段存在监控盲区。围墙是铁栏杆，要翻过去不难，他继续往外走到人行道边，就能坐上别人的车。"

陶芳怔怔地看着图纸，半响才有了反应。

"他……如果是在那儿坐公交车呢？或者打的？"

"那个地方没有公交站点，打的的可能性微乎其微。"

"为什么？"

"我刚才说的这些，恐怕连你们都不清楚吧。一个孩子是不可能知道的，必然是受到了某个人的指示。"

陶芳掩面啜泣，沙哑的嘶吼从指缝间传出来："你们在搞什么！为什么不多装几个探头？找个孩子怎么会这么复杂？！"

"两种情形的本质并没有区别。不过的确，如果是第二种，调查难度会成倍增加，但办法还是有的。"面对陶芳的责难，陆警员仍然处变不惊，声调平稳如初，"可以根据两个路口信号灯的状态，判断每辆车通过这段路大致需要多少时间，如果发现某辆车花费的时间特别长,就说明曾经停留过。"

"这么个查法要查到什么时候?"杨远觉得这无异于大海捞针。

陆警员抿了抿嘴,算是回应。

"我当时一直守着楼梯口……"

"杨先生,"陆警员皱起眉再次打断,"人的主观判断有时候并不可信,小憩片刻而自己浑然不觉的情况也是有的。你昨晚熬夜工作,有所疏忽很正常,不用太在意。"

杨远诧异地侧过头看着陶芳,懊恼又无奈的情绪让他彻底失去了争辩的欲望。

在事业和家庭两方面,杨远的表现都迟迟没有达到妻子的要求。几年下来,陶芳对他的信任日渐稀薄。这种信任与感情无关,只是对于生活中出现的种种分歧,她不再相信杨远的判断。

"现在还能做点什么?"陶芳无视杨远的目光,红着眼盯住陆警员,"别让我这样干坐着,我会疯的。"

"你先生所说的情况我们也没有完全排除,有关住户的调查工作已经分派下去。"陆警员合上本子站起身,"监控的范围还在扩大,那么,请继续协助我们吧。"

陶芳跟着陆警员走出接待室,501室的女人在外面等她。戴眼镜的民警捧着电脑紧随其后。三人的谈话还在持续,但已经变成模糊的"嗡嗡"声。

阳光通过百叶窗在桌面上留下渐渐变宽的平行线。杨远撑着扶手站起来,走到窗前,努力回忆自己在车里的状态。可是要在脑海中重现百无聊赖时的具体行为并不是一件轻松的事。

在他低头看手机的时候,如果小莫猫下腰贴着车身经过,是否有可能避过他的视线呢?当时车窗紧闭,车子没有熄火,发动机怠速的声音不算小,车外的蹑足声大概是听不到的。

杨远真想现在就找个人试验一下。

但不管怎样，杨莫已然失踪是不争的事实。这个消息如忽降大雨一般正在这座城市里激起涟漪。不久之后，杨远一家将会成为社会关注的焦点。

根据刚才陆警员的说法，不管是谁带走了小莫，小莫自己必须有出走的意愿才会让对方有机可乘。这让杨远难以认同。

他是个缺乏安全感的孩子。直到去年夏天，仍然不敢独自睡一个房间；傍晚散步时总会下意识地拉住杨远的手；只要遇上令他兴奋的场面，就会想尽办法使其重现，以便让身边的人一起感受。是啊，就连无法分享快乐都会觉得遗憾，小莫他是那么害怕孤独，怎么会产生离家出走的念头，甚至还与某人达成了约定呢？

究竟谁会做这种事？这个约定几乎没有达成的时机。学校不允许外来人员进入，连家长也没有机会。难道会是老师吗？

还是那些雨后春笋般冒出来的培训机构呢？那里的老师多数是兼职，没有教师从业资格证的不在少数，机构不会对这些人的履历背景——核实。某个老师趁课间休息的时机蛊惑了小莫，这并非不可能。而那些频繁进出的家长，真的每个人都是孩子的家长吗？

这是个有预谋的计划，诱拐者不会是毫无关联的陌生人。小莫不是被随意选择的。

突然间，一个念头像被强压入水的木块瞬间摆脱束缚，"咕咚"一声弹出水面。

会不会是恩怀？

正如他不会怀疑陶芳一样，他也不会怀疑恩怀。杨远早已把这个女孩当作半个家人。

她绝不是这样的孩子。但换个角度考虑，如果被蛊惑的人是恩怀，她就有可能成为诱拐杨莫的中介。

杨远掉头走出接待室，受到某种召唤似的穿过走廊，脚步越来越快。

去年冬天的某个下午,杨远和往常一样从学校接回杨莫。

车还没完全停进车位,杨莫就打开车门蹦了出去,书包留在后排。一旦出了学校,书包就跟他没关系了。杨远两手各拿一个包,踢上车门走向楼梯。杨莫捡起地上的一根树枝,奋力抽打着路边枯萎的杂草,嘴里呼呼有声。杨远懒得喊他,过一会儿他就会自己上楼了。

转过二层半的平台,一个女孩出现在302室的门口。她用左手把摊开的本子摁在门板上,正站着写作业。看到杨远走上来,连忙把脚边的书包挪到墙角,低头侧身让他走过。女孩穿着米色的连帽外套,皮肤略黑,但五官清秀。马尾辫有点松了,一缕头发弯弯地垂到了嘴角边。

杨远见过这个女孩几次,知道她正在念初中,和父亲两人住在302室。他想起来应该说句什么的时候,已经走到自己家门口了。

"爸爸,那个人是不是忘了拿钥匙啊?"杨莫跟上来,进门后边脱鞋边问。

"应该是的吧,你看看人家多努力,不愿意浪费一点时间。"

杨莫只当没听见,找出零食窝在沙发里吃了起来。

杨远还有堆积如山的工作,但若放任不管,杨莫自己是无法完成作业的,陶芳回来后必定又是一场血雨腥风。

杨莫患有注意力缺陷综合征,按医生的说法,是涉及神经与心理层面的脑发育延迟。转换成杨远自己的认知,就是一种说不上来是不是病的顽疾。

"可以吃药治疗,不过选择权在你们。"医生说。

那种药吃了,效果是有,不过会像中风的老头一样目光呆滞。陶芳的一个朋友曾十分夸张地提起过。

"可他并不是在任何事情上都无法集中注意力啊。"对于杨远的说辞,医生的回应是:玩耍是不需要集中注意力的,就是在做不愿意做的事情时，才能体现病情。

无法在自己厌恶的事情上保持专注度，原来这也是一种病。

不知道为什么，如果给杨莫吃那种药，杨远总觉得像对待某种动物一般对待儿子。在这一点上，陶芳意见倒是与他一致。

医院算是白去了。每天傍晚，杨远仍然坐在杨莫身旁，每隔四五分钟提醒一次，把他从神游的状态中拉回到作业本上。整个过程异常艰辛，父子二人都深陷无比焦躁的情绪之中。

五点半一过，杨远开始做饭。菜是陶芳上午买的，并且已经洗过切好。第一个菜正要出锅时，发现今天依旧忘了买盐，盐罐的内壁已经被刮得像洗过一样干净。他向杨莫交代一句，换上皮鞋出门了。

那个女孩仍然在楼梯上。

冬天的傍晚楼梯上已经十分昏暗，按下楼道灯的瞬间，杨远吓了一跳。女孩坐在台阶上睡着了，这会儿惊醒过来，也吓了一跳，连忙站起来给杨远让路。

"忘带钥匙了？"

女孩点点头。

"你爸还没下班吧？"

"嗯。"女孩发出了一点声音。她拍了拍外套的下摆，但实际有点脏的是沾到墙灰的头发。

"他大概什么时候回来？"

"可能快了吧。"她的身体好像在发抖。

"要不去我家待一会儿吧，这儿太冷了。"杨远不太确定她是不是认识自己，这个年龄段的女孩对异性是有戒备的。

女孩抬头看了一眼黄色的灯泡，仿佛能透过楼板望见杨远家的布置。

"没关系的，我再等一会儿吧。"

外面正下着细雨。杨远懒得回去拿伞，一路小跑着从小区门口的杂货铺买回两袋盐。脸上沾了雨水,感觉越发寒冷了。跨上楼梯后,他打算再试一次。

"这么等下去不是办法,会着凉的。现在天黑了,也不太安全。"

女孩还是固执地摇头。

"或者你把你爸的电话告诉我,我打给他。"

"他现在正在忙吧。"

"是吗……那好吧。"

杨远无奈地走上四楼,只见自己家的门开了一条缝。

"你在跟谁说话?"杨莫推开门问。

"楼下的姐姐。"

"她还在家门口啊?"

"是啊。"杨远关上门,换了鞋走到厨房,"我想让她来我们家,她不愿意。"

刚剪开盐袋,杨远就听到了开门的声音,杨莫穿着拖鞋跑下楼去了。杨远喊了一声,瞬间又打消了喝止他的念头。

杨莫只花了半分钟就说服了女孩,他拉着女孩的手走进门,笑嘻嘻地向杨远炫耀他的成果。

"不用换鞋了,快进来吧。"杨远穿上了围裙,这个形象多少能消除一些威胁感吧。

女孩还是坚持换上了陶芳的拖鞋,正合脚。杨莫把她拉进屋,像安放一个大号洋娃娃似的让她坐在沙发上,急匆匆地从柜子里拿出一大袋零食,递到女孩面前。

"我不用,你吃吧。"

杨莫不依不饶,非要让对方品尝。女孩只好拆了包饼干。杨莫笑逐颜开,向她大事形容各种零食的口味。杨远让他回房写作业,他完全听不见。

"快去写作业吧。"女孩说。

杨莫悻悻然走回自己的房间。女孩把饼干放回茶几上，打开书包，拿出一本书看了起来。

冰箱里还有一棵完整的冬笋，把原本准备夹在芹菜里的肉丝分一些出来，就能多一个菜了。

油烟机的声音很大。杨莫在房间里不停地喊某个字该怎么写，杨远听不清楚，让他自己查字典。

杨莫拿着本子跑出来，让女孩写给他看，然后干脆跪在茶几旁写剩下的作业。杨远忙着翻炒，也就不再理会。

四个菜全部端上桌，杨远摆好三副碗筷，招呼两人吃饭。

"我一会儿回家吃就行。"女孩挣脱杨莫的手。

"一会儿肚子都饿扁了。"杨莫抢先说了杨远想说的话。

女孩犹豫起来，杨莫把她拉到餐桌边的椅子上，夹起一筷菜放到她面前的碗里。

等父子两人吃开了，女孩才终于拿起筷子，小口吃着米饭。

杨莫不停地给她夹菜，但因为他自己偏食，只盯着一个菜吃，给女孩夹的也始终只有一个菜。杨远看不下去，给她夹了块鸡腿肉。

"谢谢。"她低下头轻轻地说。

吃完饭，杨远钻进书房回复一个邮件。没多久听到碗碟碰撞的声音。

"别别，一会儿我会洗的。"他冲向厨房。

按照惯例，洗碗的工作是留给陶芳的。

"马上就好了。"她脱了外套，袖子捋到肘部，动作相当娴熟。

洗好碗，女孩一直陪着杨莫在房间里写作业，直到八点多陶芳回家。

女孩的父亲经营着一家小型家装公司，兼顾设计、施工及建材零售,常常早出晚归,临近年底更是忙得不可开交。三年前与妻子离异后,买下楼下的房子和女儿一起生活。陶芳很快打开了女孩的话匣子。

她在辅城中学念初中一年级,生活起居已然完全独立。父亲的一日三餐基本都在外面解决。她每天晚上只做一人份的饭菜,吃不完的留到第二天当早餐。此外,打扫卫生、整理房间等其他家务事也都一手包办。杨远对女孩父亲的生活羡慕不已。

女孩在九点左右告别,陶芳送她下楼,向她父亲解释了情况。

"爸爸,我想让这个姐姐明天还来。"杨莫上床之后过了半小时居然还没睡着。

"开什么玩笑。"

第二天傍晚,女孩敲开了杨远家的门。她背着书包,手里拎着一袋东西。

"小莫爱吃这个。"她递过袋子,里面应该是某种高档面包。这显然是作为昨天晚餐的答谢。

杨远下意识地想拒绝,但又有些于心不忍。

杨莫冲了出来,要把女孩拉进屋,两人形成了拔河的局面。

"姐姐自己还有作业没做呢。"杨远控制住杨莫的胳膊。

"在这儿做不就行了!"

杨远看着女孩,手上的劲松了。女孩也看着杨远,跟跟跄跄地被杨莫一直拉到写字桌前。她放下书包,从里面拿出本子和笔,坐到了杨莫身旁。杨莫转过头对杨远做了个鬼脸。

那时是二零一六年的冬天,恩怀开始了每天陪伴杨莫的日子,到现在已经过去了一年。

巨大的玻璃幕墙宛如一片竖起来的湖面,周围的建筑相对低矮,反射出来的只有扭曲的云朵。楼顶的铁架子上焊着四个立体字:宁湾广场。这幢三十多层的写字楼想必会成为宁湾的地标性建筑。

乡镇的发展也是不容小觑啊，还学会了城里那一套，明明只有一栋楼，非要称为广场。项义仰望楼体，不由心生感慨。一低头，只见张叶的风衣下摆已经被抽进大门之内，他连忙快步跟上。

一楼的装修工程开始没多久，空旷的室内回音阵阵，六七个镶贴地砖的工人正蹲着忙活。项义扫视一眼，其中没有许安正。

一位瘦小的工人抬起头，看到两人的着装，双眼像近视似的眯起来，连忙用手肘顶了一下身旁的人。

"你们……"那人转过身，表情僵硬。

张叶板着脸与在场的每个人逐一对视。项义觉得有些尴尬，便向对方说明来意。

"哦，是找安正啊，真不巧，他早上来过，后来有急事走了。"对方大概五十多岁，看情形是这批人的工头。

"到现在还没回来？"张叶扭头问。

"啊。"

"具体是几点走的？"项义问。

"这个嘛……"工头侧过脸思索片刻，向远处的另一人高声询问，"你几点来的？"

被问的小伙子回答："八点一刻。"

"那大概就是八点十分左右，我记得安正走了一小会儿，他就来了。"工头指了指小伙子。

这和物业经理打电话给许安正的时间是吻合的。项义偷偷瞄了一眼张叶，继续问工头："有没有说是什么急事？"

"这个没有说，接了个电话就跑出去了。"

"嗯，早上几点来的？"

"那早了，六点三刻就已经扯开场子干活了。"

"他中途有没有离开过？"

"没有离开过。"工头摇了摇头，脸颊上的肉一阵抖动。他神情质朴,不像在说谎。

六点四十五分到八点十分,许安正一直在这里,杨莫失踪是在七点四十分左右——办不到。

"真是个大工程啊……"张叶装模作样地扫视天花板,冷不防地来了一句。

"是啊,安正拿下这个项目,可是花了不少心思。"

一说到工作,工头一下子兴奋起来,滔滔不绝地介绍项目背景和设计方案。张叶姿态陡变,和对方一边走着一边聊起了过往。她和别人拉家常的本事很拙劣,幸好工头甚是健谈。其他人也松了口气,继续埋头干活。

工头是泥瓦匠,姓马,六年前结识许安正,之后一直作为下线工队与他合作。融合装饰的工程品质有口皆碑,公司规模虽然没有扩大,客户的等级却越来越高,近几年的收益相当可观。

张叶适时地将话题引向许安正,老马除了一句言不由衷的"安正人挺好"之外,似乎说不出太多关于他的信息。

项义暗自着急,一心想着抓紧回市里,好歹找几个地方象征性地兜兜圈子。明摆着欺瞒上级这种事,他做不出来。

"这怎么说呢,也只有两口子自己才明白,作为外人,我也不好评头论足。"

当被问起许安正与前妻的离婚缘由,老马如此回答。

"一个男人带着女儿,生活也不容易。"张叶又一次提起许安正的女儿。

"说的是啊。不过他女儿特别乖,学习很好,完全不用安正担心。"老马难掩羡慕之情,"比起她妈妈,反倒把家里照顾得更好,这孩子也是命苦。"

这句话说明老马对许安正之前的家庭并非一无所知。

"嗯……他们父女之间,有没有什么矛盾?"

"没有吧,为什么这么问?"

"哦,一般来说孩子都会跟着母亲。我只是在想,他女儿会不会对现状有所不满。"张叶的解释很牵强。

"说起来,安正离婚之后,我就没见过他女儿了。"老马望着窗外说。

"最近这段时间,有没有听他提起过某位邻居?"

"邻居?啊,有的。住楼上的一对夫妻,好像在帮他照顾女儿。"

"还有没有说别的?那对夫妻的儿子,他有提到过吗?"

"这倒没有。呃,张警官,"老马用布满干泥的袖口蹭了下脸,"安正他……出了什么事?"

憋到现在才问这个问题,老马真是沉得住气。也对,再不问就显得不自然了。

张叶随口编了个核实信息的理由,对方明显起疑,她也毫不在乎。

走出大楼,张叶环顾四周,视线很快落向悬在路口的摄像头。不出所料,她的下一个目的地是宁湾派出所的监控室。

"还有必要看监控吗?你觉得刚才那老头的话不可信?"项义苦着脸问。

"不知道,总觉得不像是结交了六年的样子。"

"就算是被警察问话,毕竟说的是别人的隐私,有所保留不是很正常吗。你难道认为他们统一口径,集体演戏?"

"去确认一下监控,能花多少时间?"张叶不耐烦地咂了下嘴,"现在都过了中午了,许安正还没有回到这里,你不觉得可疑吗?明明说赶着年底交差,忙得连家都不回。"

"身为一个公司的老板,总会有些别的事情要处理吧。大多数男人都不爱回家,不见得真的有多忙。"

"他家里又没有老婆,为什么不爱回家?"张叶皱起细眉故作嫌恶,"你怎么老是跟我唱反调?"

· 059 ·

"我不是唱反调。"项义看着后视镜轻踩油门,"我觉得你吧,现在就是在怄气。"

"怄什么气?没有!"张叶把脸别向窗外,"你别整天装出一副很了解我的样子,看着就讨厌。"

"我知道你在想什么。"项义不急不缓地说,"许安正和他女儿两个人,一起诱拐了杨莫。"

张叶向他投来惊讶的一瞥,眉毛抬了起来。

"看吧,没猜错吧。如果许安正这边没问题,你是不是还打算去找他女儿?"

"你也不是没脑子呀。"

"这是什么话……"

"你想想,打听下来,几个人都说他女儿乖巧懂事。作为女孩儿,乖巧懂事的第一个条件是什么?"张叶靠过来伸出食指。

"成绩好?"

"不对,是细心。"

项义仔细体会,觉得有道理。

"昨天忘了钥匙,今天又忘了课本,这不是个马大哈吗?"

"还真是有点……"项义歪了歪脑袋。

"她说把钥匙落在学校了,对吧。家里的钥匙,为什么会落在学校呢?从头至尾都不会用到啊。除非没有口袋也没有包,必须一直拿在手里,否则,钥匙这种东西,只会遗落在刚刚使用完或者即将使用它的地方。"

"也没这么绝对吧。"项义只是条件反射地说,一时也想不到反例。

"还有,你不觉得她和杨远一家的关系很特殊吗?"

"嗯,是不多见,但要说有多特殊也不见得,她可以算是杨莫的家庭教师吧。"

"相比之下，我觉得许恩怀更像是杨远的女儿。"

"啊？你的意思是，两个孩子调了包？许安正才是杨莫的亲生父亲，所以要把他拐走？你是电视剧看多了吧。"

"不是这个意思，你没有孩子，你不懂。"

"说得好像你有孩子似的。"项义说完觉得哪里不对劲，眨了眨眼问，"你有过吗？"

"神经病！"

宁湾派出所就在附近，项义只来过一次，张叶则是熟门熟路。前来接待的民警油头粉面，一看是张叶，仿佛见到稀世珍品，暧昧的笑容怎么也退不干净。

监控室很小，有股难闻的焦煳味。张叶找了台机器坐下，示意自己操作即可。油头民警却赖着不走，站在身后握着鼠标，上身下俯，有意无意地盖住了张叶的肩膀。项义觉得此人十分讨厌。

时值深冬，六点四十五分的时候天色刚亮。一辆丰田车驶入画面，停在宁湾广场门口。车上下来的人脱去外套，穿上从后备箱取出的淡蓝色工装服。金框眼镜在弱光下甚是扎眼，除了许安正不可能是别人了。

录像以八倍速快进，直到八点零九分，许安正再次出现。他握着正在通话的手机走回车旁。电话的那一头，应该就是青岚园的物业经理。

老马说的是事实。

项义叹了口气，这一瞬间，他竟然也有些失望。

张叶好像不忍就此罢休，来回播放着最后许安正上车的画面。

慢慢地，项义隐约察觉到了异样，盯着显示屏探出脑袋。

许安正站在车门前，直到打完电话，手臂慢慢垂落下来。然后拉开车门侧身坐了进去。不过，从挂掉电话到伸手开门之间，有一小段时刻，他的身体没有任何动作，只是在怔怔地注视着车窗。视频里看不清他的表情。

这个停顿大约在两到三秒之间，粗看之下不易察觉。然而当有了先入为主的意识之后重新再看，越看越不自然。

"他是在看什么？车里有什么奇怪的东西吗？"项义推开弹回来的玻璃门，追上走出门的张叶。

张叶在廊檐下停住脚步，凝望对面的楼房缓缓摇头。

"不是。他的车一直没人动过，车里当然不可能凭空生出什么东西来。让他发愣的不是车，是那通电话。"

"突然接到那样的电话，难免会很意外，但是……"

"你也觉得不对劲吧。物业经理给他打电话的时候，你应该就在旁边。"

"是。不过我当时正在看小区的监控，没注意仔细听。"

"不需要听，想想也知道会怎么说。物业经理一开始说明让他回家的理由：杨莫失踪了，可能躲在他家里。正常来说，他不会马上答应。"

"对，换了是我，我也觉得不可能有这种事。"

"然后，物业经理说出杨远的猜测——杨莫偷了他女儿的钥匙后躲进他家里——以便让他无法拒绝。这时他才作出回家的决定，走出大楼。也就是说，我们在监控里看到许安正的时候，物业经理的陈述已经完成了，接下来还能说些什么呢？无非就是'麻烦你了''不好意思'之类的客套话。这时候应该抓紧开门上车才对，又不是只有一只手。"

"而且他挂了电话之后，还在愣神。"

"那不是愣神，而是如临大敌前的准备。"

"如临大敌？你这说的，有点夸张了啊。"

"非要说大喘气你才明白吗？你考试考砸了，站在家门口会不会这样？"

"这……"

"许安正有某件事情搞砸了。而让他确认这个消息的,就是那通电话。"

"请等一下!"杨远刚打开车门,一个身穿玫红色短外套的女人立刻追了上来。

"您是杨先生吧,你好,我是记者。"她被冻得脸色煞白,看来已在派出所门口等候良久。

"不好意思我现在有急事。"杨远坐进了车里。

女记者抓住车门上沿:"我们是一家时事类的自媒体平台,您放心,如果觉得不方便,我们可以只对您进行文字采访。"

"我真的有急事。"杨远把手放到了门把上。

"是孩子有消息了吗?"

杨远急着去找恩怀,这个问题他回答不了。

"我采访过多宗儿童走失事件,如果有媒体的介入再加上网络传播,找到孩子的希望会大大增加。"

"对不起。"杨远迟疑一秒,用力关上车门,发动了引擎。

女记者出现在后视镜里,化着淡妆的脸被寒风吹起的长发挡了一半。

杨远不太关注时事,偶尔会听陶芳说起一些新闻,其中不乏儿童走失案。他也曾为当事人揪心不已,没想到现在轮到了自己。要对着话筒说出自己孩子走失的情况,真是让人难以接受。

此时临近十二点,路上车辆很少,杨远加大油门,向恩怀就读的辅城中学驶去。

正在读报的门卫见有人走近,拉开窗户,摘掉老花眼镜。

"麻烦你联系一下二七班的老师,我找孩子有点事。"

"给孩子带东西是吧?把东西放这里就行了,我会给老师打电话。"门卫抖了抖手里的报纸。

"不是忘了东西,恐怕得让孩子出来一下,我有急事找她。"杨远从口袋里掏出烟盒。

"我不抽。"门卫连连摆手,"哪个老师来着?"

"二年级七班的班主任。麻烦你了。"

门卫用手指沿着一张清单上的条目往下滑,然后拿起听筒按下号码。

"孩子叫啥?"

"许恩怀。"

电话通了,门卫小声与老师沟通几句,按住话筒对杨远说:"孩子请假回家了。"

杨远一愣:"能让我跟老师说几句吗?"

门卫咂了一下嘴,把听筒递出窗户。

"老师你好,我是……许恩怀的家长。"杨远的心怦怦直跳。

"啊,她早上已经回去了,好像身体不太舒服。"听筒里传来一个中年女性的声音。

"身体不舒服?"杨远暗暗吃惊。

"是的。"

"她自己这么说的吗?"

"对,大概就是……常见的肚子痛吧,应该没什么大碍。"对方以为杨远提高声调是因为担心孩子的身体,于是含糊其词地解释。

"她是什么时候回去的?"

"第一节课考完试就回去了。她现在应该在家里,你不妨回家看看。"

杨远把听筒递回给门卫,内心剧烈地翻腾起来。

恩怀没有再回学校,她一开始就没这个打算,回家拿书完全是胡扯!

恼怒与失望交织袭来，杨远低下头，张开手掌用力按压着太阳穴。

她去了哪里？既然回家拿书是借口，那她回去是为了什么？她必然另有目的，但因为遭遇了始料未及的场面，只好临时说谎。

杨远又觉得自己反而应该庆幸，小莫没有被诱拐，他只是和恩怀一起制造了一出恶作剧，只要找到恩怀，就能找到小莫。

手机突然响了，杨远吓了一跳，是陶芳，他滑向通话图标。

"我发现恩怀了！"陶芳的喊声从听筒里传来。

"什么？"

"监控里，我在监控里看到她了！"听筒里同时传来隆隆的嘈杂声，"她没回学校，她乘了三十二路公交车。"

"她，她一个人吗？"

"是的。"

"在哪儿上的车？"

"你等一下……"陶芳与身旁的人交谈几句后说，"在绿亭站，在绿亭站上车的，九点十七分，往北湖方向。"

辗 转 · 意 外 的 阻 挠

袁午回过神,已经走到小区门口了。保安趴在靠近窗口的桌子上打瞌睡,后背均匀地起伏着。

大门边立着一根漆成白色的铁柱,袁午知道那上面安了一个摄像头。他不敢仰头看,现在接近午夜,这个动作被拍下来多少会让人觉得可疑吧。

"青岚园"三个漆成墨绿色的大字深深地刻在门后的石碑上。路灯很亮,石碑表面被照得颗粒分明,宛如湿透的沙子。

为了摆脱过去,父亲带他来到这里重新生活。这短短四个月的时间里,有谁会知道一个足不出户的老人的存在呢?

小红算一个。但对她而言,父亲只是袁午口中的一个称呼。这个"称呼"今天回老家去了。

初来这里时,为了租房子不得不找中介,但那不过是一锤子买卖,那个油头粉面的中介拿了提成就再没出现过。

真正与父亲打过交道的人,只有女房东。她今天刚来抄过水电表,距离下一次还有足足一个月,处理的时间足够了。不过,她与父亲的交流不知深入到什么程度,父亲居然会对她抱有期望。如果她知道变卖房产的事,回老家的说辞在她这里就很勉强了。

不会的,父亲连这点城府也没有的话,又怎么摆脱过去呢?父亲真正挂念的人是若玫,女房东只是他喝醉之后的情感投射而已。

剩下的,就只有老家那边的关系了。

父亲排行最小,两个姐姐都已因病去世,只剩一个哥哥。

大伯那一家子,眼里只有钱,因为奶奶那份将资产均分给兄弟俩的遗嘱,常年与父亲关系不和。寄宿在大伯家的那段时间,袁午一直很纳闷为何不曾遭受白眼,原来父亲为了躲避追债,将剩余的资产都转移给了大伯。有这一层因素在,大伯绝不会主动联系父亲。

至于母亲娘家那边的关系,早已随着母亲的离世中断多年了。

父亲没有什么朋友,年轻的时候也一样,家里的大小事务都由母亲做主。父亲的人生，原本就只是一盏微光。若非如此，他也不会产生一切重来的念头。

袁午走到住宅楼下，发现只有自己家窗户亮着。浓雾之下，一片孤零零的方块在高处泛出边界模糊的白光。刚才离开的时候没有关灯吧。

走上三楼，取出钥匙插入锁眼，手腕剧烈地颤抖，门锁像被齿轮驱动一般咔咔作响。

袁午没有换拖鞋，柔软的牛筋底踩在地砖上悄无声息。为什么要这么小心翼翼？明明没有什么需要担心惊动的事物啊。

父亲背对袁午，依旧坐在餐桌的主位上。原本放在下腹的双手垂到了两边，夹在大腿外侧和藤椅扶手之间。椅背的顶部是一个中段凹陷的竹枕，使头部稳当地处于直立状态。透过藤条的间隙可以看到脖子，好像镀上了一层淡紫色的薄蜡。

袁午走近藤椅，蹲下身，把手伸进靠背和坐面之间的空隙，撩开父亲的外套下摆，在腰部位置顺着皮带摸索。父亲身上不仅没有一丝余温，甚至还在向外辐射寒气。

指尖传来金属的触感，袁午压下环扣，取出一串钥匙，然后走进卧室，用其中最小的一把成功打开了那个锁住的床头柜抽屉。里面整齐地叠放着各种证件，证件下压着一个印有人参图案的宽扁铁盒。

果然，那张银行卡躺在铁盒中。父亲会在每月十号前后将这张卡交到袁午手中。

"把钱都领出来，别剩。"

他总会这么交代一句，这是父亲对他的防备，只要每次余额清零，袁午就没法浑水摸鱼。

父亲十六岁参加工作，工龄长达四十多年。这张卡上每个月都会自动生成四千五百元的退休金，往后还会增加。现在一旦叫救护车，就什么都没了。

尸体不能留在家里，邻居会闻到气味。

带出去也不行，到处都有监控，就算是在大雾天的晚上，背着一个人形大小的包裹也很显眼。

不过，这只是对于完整的尸体而言。

尸体——可以不完整吗？一阵战栗从心口传来。

那时候，袁午身披丧服，托着遗照迈进火葬场大门，亲戚们抬着母亲的棺木跟在后面。管理员拿出一张价目表，指着第一个选项问袁午，选哪种炉子。

"有什么区别？"若玫问身旁负责操办丧礼的老婆子。

"平板炉便宜，不过呀——"老婆子压低音声，"烧得粉碎，骨灰是扒拉出来的，会和人家的混在一起。另外那个炉子高档一点，烧完还是一副完整的骨架，你们可以进去看，自己动手把骨头敲碎了装骨灰盒里。不过价格么稍微高一点。"

若玫觉得不可思议，谁会选这么吓人的方式。

"哎呀，有什么吓人的，人死了什么都不是。"老婆子嘿嘿地笑了起来。

尸体是物体，不是父亲。如何对待物体，和如何对待父亲无关，切成碎块与化成灰烬没有本质区别。

尸块要丢弃在哪儿呢？埋起来？上哪儿去找适合的地方？挖掘土坑需要时间，挖得不够深容易暴露——一场大雨，或是好奇的野狗。这不稳妥。

沉入河底吧。找些碎石，和尸块一起封在保鲜膜内，经过河边时随手一扔即可。最好不要找市里的人工河，走远一些，到乡下去。

袁午想到自己那个已然无法对焦，但外壳仍保有八成新的单反相机。带着相机去乡下采风，旁人看来只是在小河边取景，不会有什么问题的。

可是，沉入河底的保鲜膜时间一长会失去吸附力，然后慢慢散开，脱离了碎石的尸块会浮起来的吧？

不，不会的。人能浮在水上是因为胸腔内存在空气。人体的密度略小于水这个说法，是考虑了所有构成后的平均密度。一条单独的手臂是浮不起来的。

他站起身，一边揉捏着鼻尖，一边在父亲的卧室里来回踱步。

真的要这么做吗？

袁午不断地喃喃自语，他分不清"自语"是确切的说话声还是内心的独白。一直握在手里的银行卡变得又凉又滑，手心里满是冷汗。

他把卡收入钱包，刚要盖好铁盒，却瞥见盒底躺着一个黄色的信封。

信封里有一张对折的彩色打印纸，袁午拿起来，从夹缝里掉落一张扁长的小纸条。纸条上是一个表格，上面一行写着五个科目名称：语文、数学、英语、物理、化学。下面一行是对应各科的分数。

这是袁午的高考成绩单，总分高达六百九十五分。彩色打印纸是当时排名全国第五的东江大学的录取通知书，抬头写着"袁午同学，东江大学欢迎你"的字样。

如果只用成绩作为衡量标准，袁午的学生生涯完全可以用璀璨来形容。不止如此，这阵耀眼的光芒一直波及袁午的工作和婚姻，直到母亲去世，便瞬间熄灭。

"填报东大的信息技术专业吧，你觉得呢？"

高考成绩出来后，母亲替袁午选择方向，她认为那是当时的热门专业。

袁午点头说好。选什么专业都无所谓，信息技术大概就是成天和电脑打交道吧。"你觉得呢"这四个字，袁午会像平常那样自动过滤。

"那么……剩余的志愿，就勾选服从院校分配吧。"母亲拿着笔，在志愿单的某一栏内打上钩。

服从院校分配的意思是，不再选择东大以外的高校，如果自己的成绩没有达到信息技术专业的录取分数线,则由学校任意分配其他专业。除非连分数最低的专业都不够格,否则这个方案一定能让袁午成为东大的学生。

"好啊。"正在看电视的袁午对着突起的玻璃屏幕回答。

母亲的选择一如既往地稳妥,没有意外发生。

开学第一天,母亲拜托熟人开车将一家三口送到学校。在寝室安顿好行李之后,父亲先行离开,母亲留下来等待其他三位室友全部到齐,将买来的水果和零食分给他们,聊了一个多小时后才离去。

第二天去教学楼的路上,袁午诧异地看到母亲的身影。母亲面朝人流相反的方向,宛如伫立在流沙中的石柱。

"你没回去吗?"

"看看你有没有按时起床。"母亲面带微笑。

她在学校对面的招待所住了三个星期。这期间,除了帮助袁午规范大学生活的作息之外,还通过袁午对其他三位室友的描述,加上当时的第一印象,分析出三人的性格特征,告诫袁午应该亲近谁,疏远谁,和谁应该聊何种话题,和谁绝不能触及何种底线,诸如此类。并由此及彼,传授袁午分析班上其他同学性格的方法。

"大学生活和中学不一样,不是拿个好成绩就能解决所有问题。"

"嗯。"

"一半学业,一半社会生活,大学就是一个小世界。要在世界上转得开,一定要学会和人打交道,什么时候都是一样。这个社会说到底,任何规则都是人说了算。"

"这样啊……"袁午不知该说什么。

"你的学习不会有什么问题,这点妈妈有信心。但你也别理解成可以对此不当回事,专业能力是敲门砖,没有这个,你连与人平等交流的机会都没有。"

这番说辞让袁午困惑。母亲似乎将他分别对待成两个人,分界线就在进入大学的这一刻。在这之前,同学的概念只是字面上的意思,之后则被赋予了更为复杂的含义。

这些含义袁午终究没有弄明白,现在也是一样。他有时候会想,他大概是错过了能明白的年龄。

抽屉里再没有别的东西,父亲的遗物和他的生命之旅一样简单。

袁午走进卫生间,拉开淋浴房的玻璃移门,低头凝视着里面的空间。

抱起僵硬的尸身,放平在淋浴房的地砖上——多半已经放不平了,用剪刀剪开衣服,面对全身蓝紫色的皮肤,第一刀应该从哪儿切下去呢?

想象戛然而止,袁午觉得自己下不了手。他跪坐下来,十指深深插入发际。

不行,果然还是不行。报警吧,然后通知大伯,他愿意怎么处理,愿意花多少钱办丧事随他说了算。自己只要在遗像旁静坐两天,待火化之后,捧着骨灰盒放入安息堂就没事了。

没事了?接下来的日子该怎么过呢?

袁午跪在地上无声地号哭起来,腰腹间的肌肉极力收缩,额头抵住了面前的墙壁。

墙壁上的瓷砖光滑透亮,成了一面阴暗的镜子。袁午呆呆望着其中反射的景象:一个面如死灰的人,像是被缚住了手脚,正试图以头部破墙而出。

渐渐地,他被"镜子"里的影像震住了。他忽然想到什么,像只受惊的疯狗倒退着爬了一段距离。

没错,这是后来装修时才加砌的墙体,目的是包住两根位于墙角的下水管。但是,只是为了包住下水管是不需要这么宽的,砌到现在的距离完全是为了与淋浴房的宽度齐平。

袁午从书房搬来一把椅子,站上去顶开角落的铝扣板,将头探入吊顶上部的空间。不出所料,这堵墙的高度只到吊顶为止,上方裸露出两根白色的圆管。

灯光从方形的缺口投射上来,袁午看得清清楚楚,圆管紧贴着墙角,这堵墙至少还有五十厘米的多余宽度。他缩回脑袋弯下腰,张开手指丈量墙体的厚度,超过了二十厘米。这里面隐藏着一个半个书柜大小的空间!足够了!

袁午欣喜若狂,从椅子上跳下来,竖起食指在下巴前不停地上下晃动。

太好了,这太好了!我们就静静地躲在这里,谁也发现不了。

"啊?车子被撞了啊?"在厨房准备水果的嫂嫂轻声惊呼。

"是我撞了别人,车头掉了点漆。"林楚萍在沙发上转身回应。

"人没事吧?"

楚萍觉得嫂嫂是出于真切的关心,低头看手机的哥哥却故意说:"人有事,还能来这儿吃饭?"

"那也未必,人家可没你这么娇贵,楚萍你说是哇?"

林楚萍笑了。哥嫂的关系真好,每次来听他们斗嘴也能排遣烦恼。

"叫保险了吗?"哥哥问。

"没有,对方直接放我走啦。他的车一点看不出被撞过,到底是美国车好啊。"

"是他人好。"哥哥郑重其事地看了楚萍一眼,似乎表示要对此心怀感激。

"今天的天气也是活见鬼了,突然那么大雾,事故估计很多吧?"嫂嫂维持着高亢的嗓音,她是个脸庞瘦削、身材健硕的女人,"你就把车停这儿,明天让你哥去修。"

"已经放修车行了。灯也撞碎了一个,我不敢开了,人家老远望过来以为是摩托车呢。"

哥哥点点头，对妹妹的谨慎感到满意，忽地又疑惑起来，望着壁钟说："你撞了车，把车开到修车行，然后呢？打的过来的吧。可是你只迟到了十分钟。"

"说得我好像在做贼似的。"楚萍给了个白眼，"我去了趟青岚园，所以提早下班了。"

"哦，去收水电费？"

"嗯。"

一说起那套房子，气氛便不知不觉凝重起来。

哥哥沉默了一小会儿，低声问："那对父子住着还习惯吧？"

"应该还行。老人家腿不好，年纪跟咱爸差不多，但完全走不了楼梯。要说不习惯的话，可能会觉得三楼太高吧。"

"住了多久了？"

"四个月。"

"时间过得真快啊。"

那位姓袁的老人家已经六十多岁，沉默寡言看起来甚至有些阴郁的儿子年纪也不小了，家里却没有女人，这种租客还真是少见。哥哥顾及两人来历不明，出租时有些犹豫。但老人家为人和善，礼数周到，不像是混日子的人。

也许是儿子有某种缺陷，迟迟未能成家，可怜的老父亲只好照顾他一辈子。楚萍一开始猜测是自闭症，但几次接触下来发觉并非如此。儿子除了不爱说话，行为举止与常人无异，据说在市中心一家还算不错的私企上班。

"老家的房子嘛，住了快四十年，翻新了几次，一直觉得不满意。这回干脆推倒重来。"老人家如此解释租房的缘由。

也就是说，租房是暂时性的，这点符合楚萍的心意。如果有合适的机会，青岚园这套房子迟早还是要卖掉的。

那种事不可能会发生第二次。

这点楚萍也知道,但心里那道关始终过不了。一想到有人曾在床前凝视自己,像摆弄人偶一般肆意蹂躏自己的身体,她就无法靠近那间独自居住了两年的卧室。

水果端上来了,嘴里还留有豆豉烤鱼的香味。嫂嫂的手艺堪比五星大厨,楚萍很久没在哥哥家吃饭,忍不住来了个大扫荡。这盘玫红色的火龙果肉,实在吃不下了。

"太撑啦。"她摸着肚子说。

"要吃的,这个东西减肥排毒,刚才吃的那些可全是毒。"嫂嫂指了指丈夫,偷偷做了个鬼脸。

哥哥是医生,加上性格本就循规蹈矩,对饮食的要求越发素淡。"煎烤一类的东西尽量少吃",只要饭桌上出现这类菜肴,这句话就会像基督徒的餐前祷告一样免不了。偏偏烹饪是嫂嫂最大的爱好。

"我每天都深陷在辜负美食的痛苦之中,只有楚萍你来了,我才能痛快地吃一顿呐。"

她不止一次假装要哭了似的这么说,好像是有意无意地以此为理由让自己常来做客。最近半年还打过好几通电话,"一个人老在外面吃也不是办法,想吃什么嫂嫂给你弄",温柔又真诚的口气,让人感到温暖。

嫂嫂原本就是乐观温柔的女人,只是楚萍一直对嫂嫂见生,这种程度的关心在那件事发生之前从未有过。

楚萍隐隐感到,嫂嫂已经从哥哥口中知道了那件事。当然,这也无可厚非。

厨房传来洗碗的声音,楚萍走到水槽旁撸起袖子。

"你赶紧回去坐着。"嫂嫂一扭胯把楚萍顶开了。

哥哥结婚前那段时间,楚萍内心空落落的,却不明白怎么回事,只好整天拿父母撒气。

"不就是帮你们烧了几个菜嘛,头几次来总要表现一下,长得又不怎么样，性格也不知道好不好，你们什么意见也没有呀？"

父母一顿饭的时间都在谈论未来的儿媳，楚萍听不下去，扔下半碗饭气鼓鼓地走回自己房间。

"你哥做事很稳，从小就知道哪种选择最正确。"妈妈走进来坐在床沿说，"他选的姑娘不会错的。至于长相嘛，跟你是没法比。"

"哼，他之前都没谈过恋爱，被人家骗了都不知道。"

"恋爱再多，不比婚姻。反倒是像你哥这样，才会义无反顾，因为他没有其他选择，不会犹豫。"妈妈出神片刻又说，"你呐，马上三十了，你那几个轮子，哪个是全尺寸，哪个是备胎分清了没有呀？"

楚萍被逗乐了："没一个合适的，安不上。"

"干吗非要找你哥那样的，真是的。"

"我，谁说我……"

"哎哟……"妈妈挥手打断，"你这点小心思我还不知道。你哥那样的，人是好，可是个木头，跟你爸差不多，凡事四平八稳，要不是你妈我这样的性格，耐不住一辈子的。你呀，你就是没有认认真真跟人家相处，浪费了这么多追求者，真正没谈过恋爱的人是你哟。"

要是当真和谁到了谈婚论嫁的地步，妈妈必然会从中干预。她就是那样的性格，整天调侃自己的家庭，在关键时刻却绝不含糊。

嫂嫂也是那样的性格，这是楚萍后来渐渐发现的。所以哥哥在义无反顾之前，必然拿嫂嫂和老妈做过比较。这么说来，自己以哥哥为择偶标准也没错。一家子可都是一根筋啊。

哥哥林文昭长楚萍六岁。楚萍刚刚进入青春期，文昭已然玉树临风。再也不能走累了趴在哥哥肩上了，上学路上手牵手也会被人笑话。自己吃剩的包子，哥哥也不会怕浪费一口吃光了。童年的感受渐渐远去，但潜意识中的习惯却没有改变。

那天早上醒来，首先感到的是宿醉般的头疼。翻了身，发觉下体湿滑，依稀有肿胀的感觉。脱下底裤一看，不像是白带。可就在低头这一会儿，身体无法控制地战栗起来。

扣子！睡衣最上面的扣子竟然扣起来了。

这不是自己的习惯，是别人扣上的，有人来过！

楚萍立刻明白自己遭遇了什么，她拿起床头柜上的手机，用毯子裹住全身，把脑袋也埋了进去，就这样拨通了哥哥的电话，但一句完整的话也没说出来。

文昭把楚萍送到自己就职的医院。结果很快出来了，下体残留精液，性侵痕迹明显。

"报警吧。"

"不，不要……"楚萍痛苦地抓住了哥哥的衣袖。

那个玷污自己的人，那个禽兽，一定会在半夜笑醒吧。

笑吧，别让我听到就好。

比起接受他人怜悯的目光——以后说话要注意哦，林楚萍可是个被侵犯过的人啊——不如把这件事永远埋在心里吧。

"你考虑清楚了吗？"哥哥的眼里布满血丝。

楚萍点点头，抬眼朝医生离开的方向看去。

"如果你决定了，我会让化验科的同事保守秘密。"

楚萍趴在哥哥的肩膀上啜泣不止。

电视里一档脱口秀节目结束了，楚萍觉得算是个告辞的时机。

"文昭，你开车送她回去。"嫂嫂朝丈夫挥手，然后把餐盒装进塑料袋递给楚萍。

为了方便直接用微波炉加热，嫂嫂特意购买了玻璃制的分格餐盒，里面的饭菜足够楚萍吃一天。

"对了，再过几天是冬至。我看看，对，就是下个周五，你过来，我做桂圆烧蛋吃。"

"嗯，好。"

哥哥运气真好啊。楚萍有时会拿自己和嫂嫂比较，怎么比都自愧不如。

大雾弥漫的夜晚，街上比平时安静许多。车灯好像顶着两根白亮亮的大圆柱。

"如果跟同事住得不习惯，你干脆住我那里。"文昭向前伸出脖子，仿佛这样更能看清道路。

"知道啦，你说了一百遍了。"

嫂嫂并没有跟楚萍这样提议过。再怎么关心一个人，到了与之共同生活的时候，关系就会不自觉地改变。屋檐下的日常琐碎足以击垮姑嫂情谊，楚萍心里很明白。

"你现在还是单身？"

"什么啊，我们上次碰头到现在才半个月吧，哪有这么快啊！"

"这种事说快也很快。你都老姑娘了，还不让你嫂子给你介绍。"

找个人嫁了，就能快速抹平内心的伤痕吗？

半年多过去了，楚萍发觉自己并没有好转。表现出惯有的开朗必须刻意提起精神，偶尔也会发自内心地笑起来，但完整的愉悦尚未到来，笑容便加速收敛。而且，她不会再向任何人撒娇了，她觉得自己失去了被人宠爱的资本。

楚萍在大学期间交过男友，感情不算深厚，在好奇和迁就之下品尝过性爱的滋味。尽管内心有所不甘，但身体是全然接受的。

可是现在该如何接纳这个现实呢？

对方是无形的，正因为无形，所以无处不在。

"早知道，当初就不该支持你一个人住外面了。一个单身姑娘，急着买房做什么。"

楚萍转头看了眼哥哥。她自己也曾这样后悔过，但后悔是没有道理可言的，如果这种小概率的意外都需要防备，人生便寸步难行了。

哥哥并不是后悔，而是自责。

"哥，你一直在查吧。"

"嗯？"刹车被轻轻点了一下，"什么？"

"没事的，不用瞒着我。我也想找出那个人。"

文昭像遇到大麻烦似的咂了下嘴。

"虽然知道了那个人是谁，也改变不了什么，可能我还是不会报案，但是……"楚萍低下头，"我想看看那张脸。"

文昭面色凝重，陷入了长久的沉默。

楚萍目前和一位要好的同事合租一间两室的套房。文昭一直把车开到楼梯口。楚萍下车告别。

"楚萍。"关上车门之前，哥哥叫住她。

"嗯？"

"那个人，是叫阿骏吧。"

"阿骏？他……怎么了？"

"他好像有抽烟的习惯。"

"什么……"楚萍完全摸不着头脑。

"找个机会，把他丢掉的烟蒂拿回来。"哥哥朝副驾驶附过身，"我留着凶手的DNA样本。"

楚萍内心一阵酸楚，泪水在眼眶里聚集起来，稍稍冷静之后，立刻摇头说："阿骏，他连表白都不敢，怎么会做这种事？"

阿骏是隔壁办公室的同事，对楚萍很执着，公司里其他的追求者陆续放弃，唯有他，仍然每天透过磨砂窗户透出的身影守着楚萍的下班时间，追到电梯口尴尬地聊上几句。楚萍对他毫无感觉。

"要把那个人找出来，任何线索都不能放过。身边的人要首先排除，人心难测，只要是男人，就有嫌疑。"哥哥的口吻听起来甚至有些可怕，"准备好塑料袋和镊子，不要直接用手抓。"

楚萍点了点头。只在雾中站了一小会儿，发梢竟然有些湿漉漉的了。

"上去吧,今天寒气重,洗个热水澡早点休息。"

"啊,差点忘了。"一听到"热水澡"楚萍才想起来,"那个热水器坏了。"

"哪个?青岚园的?"

"对,才用了两年多,质量真差啊。"

"是吗,是父子俩不会用吧?"

"不是,我傍晚试过,点火的声音也没有。"

"那可能是水气阀坏了。行,明天下了班我过去看看。"

袁午被日常设定的手机闹铃惊醒。

现在是早上七点半。喉咙里涌上来一股苦味,脑袋也阵阵酸疼,但不能再睡了,今天要做的事情很多,父亲的尸体很快会腐烂。

昨晚睡下之前,他找了条毯子,站在父亲的身后,像一个理发师那样,将毯子在空中甩平、落下,罩住尸体的上半身。他始终没有勇气看一眼父亲的脸。

洗漱时他看到镜中的自己,胡茬满腮,头发乱糟糟的,和昨晚打牌的男人竟有几分神似。他走进衣帽间,挑了几件父亲早年的衣服,穿上还算合身。床头柜上有一顶深灰色的鸭舌帽,戴上之后,袁午站在镜子前端详片刻,拎起空空如也的公文包出门了。

大雾并未缓解寒冷,颤抖从胃部扩散开来,已经有十几个小时没吃过东西了。

小区内的摄像头会拍下他的行踪,不过录像只能保存一个月。只要一个月内相安无事,袁午此刻的行动就是安全的。

出了小区往西走,沿着大马路穿过密集的住宅区,眼前出现一栋只有三层高的崭新商务楼,占地面积很大,远端隐没在白雾中。外墙上贴着"红联大厦"四个立体字。初来这里找房子时,父子两人曾路过这里。

从外面透过窗户望进去，可以看到天花板和立柱仍是毛坯。整栋楼只有二层靠东的位置入驻了一家不知什么类型的小公司，现在看起来也还是这个状况。

袁午走进空荡荡的一楼室内，脚步声激起阵阵回音。这么大的面积用来经营商场正合适，可惜无人问津，这里地段实在太偏了。

匆匆转了一圈之后，袁午回到门口，记下门牌号码，转而向北，朝着建材市场的方向走去。

建材市场集中了数百家店面，规整地排列成庞大的方阵，多数店铺门可罗雀，入口处一家饭店的玻璃门上贴着转让告示。袁午径直走到市场最深处，才开始抬头确认各个门头的招牌。

一家店铺吸引了他的注意，店门口堆放着抽屉大小的灰色砖块。

"要啥？"一脸浮肿的老板穿着睡衣从里间走出来。

"想买点砖。"袁午侧过脸，佯装扫视店里的环境。

"哪一种？"

袁午答不上来。

"做什么用？"

"砌墙。"

"隔断墙呗，现在都用轻质砖。"老板走到门口朝砖块堆一指，"块儿大，轻便，结实。要多厚的？"

"有没有小一点的？"

"嫌大？这个砖都是标准尺寸，再小就是水泥砖了。"

"水泥砖……是怎么样的？"

老板哑然失笑："就是水泥做的砖头呗。"

"我是说，有多大？"

老板不耐烦地比了个手势。

"你这儿有吗？"

"有啊，没有我跟你费什么劲啊，在仓库里。"

"就要这个。"袁午觉得自己很狼狈，这样下去，会给人留下特殊印象的。

"要几片？"老板用了"片"这个量词。

摧毁空墙，直立尸体，然后重新修砌。

从对方比画的形状来看，水泥砖的尺寸应该和常见的红砖一致。卫生间吊顶离地两米五，那堵墙的面积大约是两个平方。以红砖的大小计算，至少需要七十二块。

"八十片。"

"八十片？"老板像被人猛拍了一下后脑似的伸出下巴。

"没，没有吗？"

"不是……你，你买这么点，运费都比砖钱贵啊。"老板看出来袁午是个老实人，口气越发肆意了，"大哥，你随便找个工地，捡几块回去就完事了。"

有着四十多岁面相的老板叫他"大哥"，草率的乔装并不是完全没用。

"连运费，总共要多少钱？"

老板抹了把脸："送到哪儿？"

"红联大厦，一楼。"

"红联大厦？"老板朝右上角翻了几下白眼，"海西路那个红联大厦？"

"对。"

"还要一袋胶泥吧，总共四百。"

"胶泥？"

"没胶泥你拿什么粘啊？犯不着用水泥吧。"

胶泥和水泥的差别袁午一窍不通，他"唔"了一声，不便多问，当即付了款。

"要中午才能送过去，现在这天气，车不好开，送货都来不及。"

老板拿出收据，在上面写下砖块数量和配送地址，"留个电话。"

"这两天手机坏了……"

"你说啥？"老板窝起手掌放到耳边示意他大声一点。

"手机坏了！还，还在修。我一直在那儿，你送过来就行。"

袁午打算将红联大厦作为运送材料的中转站。如果直接让货车把砖块送到住处，一定会有邻居猜测其中的原委。从红联大厦走到住处只需十五分钟，自己分批带回即可。八十块砖堆放在空房的角落里，没有任何不自然的地方。

接下来，还有一件更为重要的事情，必须找到镶贴在那堵墙上的瓷砖。

万一女房东下个月过来时察觉到墙面异常，就说自己不小心撞碎瓷砖后进行了修补。但袁午不希望出现万一，即使找不到一模一样的，至少也要非常接近。

这种瓷砖近乎纯白，抛光的表面下，隐约可见经络般的纹理。他拿出手机仔细对照昨晚拍下的照片，沿着市场内横平竖直的道路挨家寻找。

让人沮丧的是，每家瓷砖店展架上的样品看起来都差不多，不是纹理完全对不上，就是颜色有差异。直接出示照片询问有些冒险，他只好自己默默分辨。

两个小时后，袁午在一家精致整洁的店铺内找到了目标。他一阵头晕目眩，有些难以置信，差点惊呼出声。

老板正坐着打电话，他向袁午微微欠身，示意稍等片刻。

袁午走开几步，拿出手机再次确认照片，其中一块的纹理和照片完全一模一样。

"不好意思。请问需要什么？"老板放下手机走上前来，他身材高大，戴着金框眼镜。

"这款瓷砖多少钱？"

"七块五一片,意大利进口的,价格偏高一些。买得多可以优惠。"

"七块五……"袁午装模作样地盘算着,他其实并不在乎价格。

"嗯,这是三十乘三十的规格,要多少呢?"

两个平方,二十多片就足够了。有了刚才的经验,袁午不想让对方起疑。

"五十片。"

老板的眉毛轻轻上扬,仍然觉得有些意外:"是用在厨房还是卫生间?"

袁午一阵紧张:"厨房……"

"哦,是要做修补吧,五十片的量大约只能贴四个平方。你还要考虑贴在边角位置的部分需要切割。"

"嗯,应该够了。"

"那行,你有开车吗?五十片放后备箱就行。"

"没有。"

"那么,送到哪儿?"

"红联大厦。"

"是海西路上那个写字楼吧?"

写字楼?对啊,是写字楼。袁午只觉头皮一麻。写字楼需要修补厨房的墙面?哪个写字楼里会有厨房啊!

"是,是的。"

"这样吧,我自己开车帮你送过去。"

袁午仍处在惊恐之中,连拒绝都来不及。

"我正好要赶去宁湾,顺路,省了运费了。你还有别的东西要买吗?坐我车一块儿回去吧。"

老板爽朗地笑了几声,交代正在整理仓库的员工清点货物,自己则步履轻快地走向停车场。

"最近的天气,也真是够呛。"瓷砖店老板从后视镜里望着坐在后排的袁午。

"嗯。"

袁午仔细端详对方的背影,他骨架宽大,比自己厚实了一圈。年纪应该和自己相仿,人生境遇却是天差地别。

如果我也成为这样的人,母亲是否会感到满意呢?

尽管自己的路途一片迷蒙,但在昨晚之前,袁午从未羡慕过别人的人生。

从此以后,真的只剩我一个人了。

安分地守着一家店铺,进货出货,没有客人时可以静静地发呆,这种日子似乎也不错。但该从哪里起步呢?需要一大笔钱吧。

他不由自主地隔着裤袋按了按钱包,仿佛能感受到那张银行卡的厚度。

"这款瓷砖是从意大利原厂进货,货源比较少。其他店家都没得卖,你眼光不错。"

"唔……"

"那边的房租现在多少价格?"

"嗯?"

"红联大厦。"

"我……不知道。"袁午慌张地摁紧帽子。

老板无声地笑了,后视镜里只能看到他堆起皱纹的眼角。

"是我们领导租的房子,我只是帮忙打打下手。"袁午连忙补充。他早先一直在国企工作,习惯称上级为"领导"。

"原来如此。"

以为对方会就此安静下来,谁知刚转过一条街他又开口了。

"红联大厦建好到现在有四五年了吧。"

"差不多。"

"这么长时间一直租不掉,直到去年才有一家贷款公司搬过去。"看来他对那边的情况很熟悉。

"大概是太偏了吧。"

"确实。你们在那里开饭店,也是有魄力啊。"

饭店?对了,开饭店自然就需要厨房啊!

"也不知道将来生意怎么样。"袁午顺势附和。

"还需要再等几年吧,那边有好几个小区同时在建,周围的配套设施说快也很快。你们领导考虑的是长远利益。"他说完,好像知道袁午不会有所回应似的兀自点了点头。

因为大雾天的关系,车开得很慢。车里强劲的暖风一吹,袁午有种想要呕吐的感觉。

"租了多大面积?"

真是太煎熬了!早知如此,刚才就应该借口说还有别的事情要办。

"三百多个平方。"他干咳一声,随口说了个数字。

"已经在装修了吗?"

"还没有。"

"那也不算小。可是……"他抬起手用大拇指对准后备箱,"这么点砖真的够吗?"

"这个也是,也是领导的意思。"

把饭店的经营者称为领导实在太别扭了。

几分钟后,车子减速,同时靠向人行道。红联大厦的轮廓在右前方显现。终于到了。

老板打开后备箱,抱起一摞瓷砖往门内走去。

"放门口就行了,我一会儿再整理。"袁午想尽快结束交谈。

两人一起搬运,五十片瓷砖很快卸完。

老板一边拍掸手上的灰尘,一边透过玻璃门望向黑魆魆的室内。随后从口袋里取出银色的名片夹,抽出一张递过来。

"如果还有其他需要,可以随时联系我。"他优雅地托了一下金框眼镜,转身离去。

名片上写着:融合装饰　许安正。

看这个名称,对方的主业应该是室内装修,售卖建材只是顺带生意。难怪一直问房子的事情,应该只是为了拉客户吧。

袁午仔细回想一路上的攀谈内容,连他自己都觉得矛盾重重。在尚未施工的毛坯房内,首先置办用于镶贴厨房的瓷砖,而且数量远远不足,这究竟有何意义?只要对方逻辑正常,必然会这么思考。

所幸没有透露任何与自己有关的信息,也没有留下电话。既然如此,那就随他去吧。

正要把名片丢入垃圾桶,他一转念,又放回口袋。那上面有自己的指纹,难保以后会出什么麻烦,还是带回家处理吧。

路边偶有行人经过,都低着头自顾自赶路。他定了定神,小心翼翼地将瓷砖全部堆放至室内最深处的角落。往返多次后,背上已经渗出些许汗水。

在阴影中蹲坐下来休息片刻,一下子觉得浑身无力,心窝处隐隐阵痛,大概是太久没吃东西的缘故。现在正值中午,他不敢离开,水泥砖可能很快会送过来。

袁午把脑袋枕在灰墙上,望着空荡荡的场地呆呆出神。这里如果放上几张桌子,倒是跟"大友"的麻将大厅很像。今天没有过去,不知道小红会怎么想。

不远处的地面上散落着残破的一次性饭盒和几个烟头,这里有时会成为流浪汉的避难所。如果现在选择放弃行动,自己最后是否也会沦落至此呢?

朦胧之间,门口出现了一个仿佛正在融化的身影,袁午定睛望去,视线却怎么也无法聚焦。那身影向他走来,竟穿着和他一模一样的衣服。啊,是父亲!袁午想爬起来,却感觉身体里灌满了铅。

父亲走到跟前，弯下腰好奇地看着他，好像正在观察一种未知的生物。看了一会儿，轻轻推动他僵硬的肩膀，另一条胳膊伸直了指向门外，开口问道：

"是你的货吗？"

袁午像被电击一般惊醒，把对方吓得后退两步。

"对……对。"

喉咙里填满了黏稠的液体，说出的话自己也听不明白。袁午清清嗓子后重复一遍，扶着墙摇摇晃晃站起身。

"那，就放这旁边呗？"送货的小伙子指着一旁的瓷砖。

袁午点点头。他全身又潮又冷，鼻间呼出的气息却是一股股热流。天色比之前暗淡许多，一看手机，已经三点半了，自己竟然在这里躺了三个多小时。

小伙子一走，袁午立即打开公文包，将水泥砖放进包内排列整齐。最多可以装下八块，但出乎意料地沉重，一只手几乎提不起来，拎环与包身的连接处已经严重变形。

他反复尝试，装五块砖勉强可以接受。

七十二块水泥砖，意味着他必须折返十五个来回。距离倒是不远，可频繁出入小区总会引人注意。按平日的规律，他早出晚归，一天只出入小区一次。如果中午和傍晚各增加一次——回家吃午饭以及晚上出去散步，也属于正常作息——还是需要五天。

五天之后，父亲的尸体会变成什么样呢？真是每一步都困难重重啊……

袁午坐到地上，双手抱膝，前后摇晃着身体。

暮色很快降临，漫长的黑夜即将开始，再过几天就到冬至了吧。

"桂圆煮鸡蛋，红豆糯米饭。冬至肚里藏，来年有吃穿。"

袁午想起小时候，父亲说过的家乡谚语。

"不管一年到头日子过得怎么样，冬至这天就得吃这些，吃下去，就能过个好年。"

袁午觉得甜食当饭吃实在难以下咽,父亲便如此解释。

"这么简单就好了,日子好与坏,跟这个有啥关系。"母亲向来对习俗不讲究,"不想想办法找领导沟通,指着老天爷赏饭吃,真是瞎扯。"

当时正值国企改制风潮,父母都面临下岗危机。

之后母亲借助原单位的关系争取到少量的客户资源,风风火火地经营起了一家副食品店。从那时起,母亲每天有做不完的事,时间只能叠起来用。袁午回想起她坐在马桶上洗脸的样子。

尽管忙到这种程度,母亲仍然在每天傍晚准时回家。"吧嗒吧嗒",袁午一边听着母亲记账时拨动算盘的声响,一边埋头做算术题。

"这个家呀,全靠我。"这成了母亲的口头禅……

街灯不知何时亮了起来。高空出现细长的灯带,一边不停游走一边切换各种颜色,勾勒出遥远的建筑轮廓。不能再待下去了。袁午把水泥砖从公文包取出,放入八片瓷砖,悄悄走出红联大厦。

尽管天气不好,小区里的广场舞区还是喧嚣如常。传达室门口熙熙攘攘,老头老太们一惊一乍地闲聊,年轻人忙着取快递,和平日没什么两样。

袁午忍着从右臂扩散到肩膀的酸胀感,若无其事地走进大门,坚持了一段路才把包换到左手。十来分钟的行程,他已经换了不下二十次。

要不然,还是租辆车吧。

租车时可以登记真实信息,然后随便找个附近的旅游景点住上一晚,这样就有了租车的理由和与之相符的行踪记录。等第二天回来,找个空当一口气把砖块运完。

他边走边留意着小区内的监控探头,从大门口开始到自己住的楼下，一共有六个，楼下那个几乎正对楼梯口。

不行，就算用车运，最后还是得把砖搬上楼。这个过程会被监控拍摄下来并保存一个月。如果被人看见就糟了，人的记忆保存可不止一个月。

袁午拿不定主意了。

他把包放在底层台阶上，站定休息片刻，却听到楼梯上传来脚步声。黄色的楼道灯一盏盏亮起，有人下来了。他只好咬紧牙关，拎起公文包登上台阶。

来人侧过身，与他擦肩而过。

袁午始终低着头，他当然不会跟对方打招呼，平时也不会，现在更是连目光也得收起来。但似乎有某种怪异的感觉在干扰他。跨上半层平台转身之际，他看到了已经位于下层的男人。

他看到的是男人的眼睛——男人转过头来，也在望着他。

眼皮猛地抽搐起来，袁午连忙躲开视线，把拎环抓得更紧了。

不认识，可有些面熟，却又不像是这里的住户。他忽然明白了怪异的感觉从何而来。

没有关门的声音！

男人由轻渐响的脚步声响起之前，袁午并没有听到楼道内响起关门的声音。

这个男人不是正要外出的住户，而是一位刚刚吃了闭门羹的访客。

那么，被访者是哪一家呢？袁午不由得心跳加速。

打开家门，门缝间透出一股难以形容的臭味。屋里一片漆黑，楼道灯透过半开的门仅仅照亮了玄关的地面，袁午瘦削的影子被拉长，头部混入黑暗的客厅。

别犹豫了，气味正在散出去。袁午闪进屋里关好门，打开电灯。

被毯子兜住上身的父亲好好地坐着。袁午轻轻放下公文包，伏下身，看到坐面下方的网状藤条上粘连着下滴状的半流体。

父亲的脸上——准确来说是毯子接触脸部的位置，晕染出一片红黑色。从头部的轮廓判断，是在口鼻处。

袁午没有绕到父亲正面，这片红黑色倒映在那口硕大的水族箱上，和玻璃上的灰尘叠加在一起。

父亲成了一个正在痛苦呐喊的幽灵。

袁午一直捂着鼻子，呼吸穿过指缝，发出刺耳的气流声。家里的布局看起来没什么变化，餐桌上的残羹冷炙还是昨晚的样子。蒸咸肉的汤汁凝成了白玉的颜色。

充斥房间的并非腐烂的气味，藤椅下那堆渐渐干结的东西是因为括约肌失去自然收缩力而排出的秽物。现在是冬天，腐烂没有开始，还有处理的余地。

袁午像在钢丝上慢慢恢复平衡那样一点点安慰自己。他坐进沙发，拿出手机打开搜索应用，输入关键字：尸体防腐。

在跳转后的页面中，除了低温冷藏之外，出现频率最高的词是"福尔马林"。

浸泡在试验瓶中的畸形儿，失重般漂浮旋转着……

哪里可以弄到福尔马林呢？这世上根本就没有这么大的瓶子吧。袁午看着父亲的背影喏嚅着，目光越过铺盖着餐桌的碎花布，停留在墙角那口硕大的水族箱上。

他轻轻走过去，抚摸着结满灰尘的玻璃。玻璃足有一指厚，手掌滑过的地方变得清晰起来。

然后，他紧挨着水族箱躺平在地上。头部与底座一端平齐，双脚超过了另一端，但只超出一点，稍稍屈膝就没问题了。父亲的身材比自己矮小，肩宽如果不够的话，侧卧即可。

这分明是一口玻璃做的棺木啊……可以注入福尔马林的玻璃棺木。埋入墙体之前，就在这里过渡一下吧。

袁午走进卫生间洗了把脸，看着镜中布满血丝的双眼，发觉自己体内正在发生某种变化。

走出这一步，就再没有退路了。可是为什么——

破釜沉舟的牌局、淋浴房的空墙、罕见的瓷砖、废弃的水族箱。这些东西像是事先被设计好了一样等着让他去发现。每次走进死胡同，总有一股神奇的力量让他看到另一个方向。

是母亲，仍在冥冥中指引着自己吗？

冰凉的自来水在灼热的脸颊上干得很快，他低头注视着闪着寒光的水龙头，突然全身起了一层鸡皮疙瘩。

"真的，连点火的声音也没有呀。"

女房东的原本婉转悦耳的声音此时像呼啸而来的火车一般冲入袁午的脑袋。

热水器坏了！为什么完全忘了这个事情？

"这个我也不太懂，明天让我哥过来看看……"

袁午用掌根使劲按压着太阳穴，听到一阵悠长而尖锐的耳鸣。

楼梯上擦肩而过的男人，他的双眼和女房东一模一样，他是女房东的哥哥！

她哥哥，会有钥匙吗？

袁午咽下一口唾沫，握住冷暖一体的水龙头，抬向左侧的热水位。白色的水柱沙沙作响，不断冲刷着洗脸盆的弧面，他将食指探入水流。一分钟过去了，水仍是冰凉的。

热水器没有修好，他没进来。

袁午刚缓过一口气，又觉得自己的想法可笑至极。就算他进来过，难道会在一具尸体旁修理热水器吗？

不过……从他走下楼梯时的步伐节奏来看，并不是惊慌失措的样子。没有人会在见到尸体后如此镇定，是的，他确实没进来。就算有钥匙，租客不在家，房东也不能随便进屋。

可这个男人一定会再来。该怎么办呢？

必须找到女房东。找到她，告诉她热水器已经修好，父亲已经回老家。可袁午没法联系到她。父亲租房时曾把袁午的手机号码留给女房东，但租房协议当场敲定，双方后来一直没有通过电话。

袁午翻看手机上的通话记录，空空如也。若玫走了之后，就再没有人会打他电话了。

他攀住洗脸台的边缘，慢慢跪倒在地。

好了，到此为止了，现在报警吧。

"是啊，车子交给修理店补漆了，一会儿只好打车回去了。"

慢着，女房东昨晚还说过什么？

袁午极力思索着，退出卫生间，来到玄关的鞋柜旁。

当时手里拿着装有芹菜和豆腐的塑料袋，正准备换鞋。再倒回去一点，刚刚推开家门的时候——

"就在家乐福门口……不过，对方的车尾基本上看不出被撞的痕迹，他心地不错，直接让我走了。"

是了，女房东来这里时发生了交通事故，追尾了别人的车辆，并且把车停在汽修店。家乐福，应该是一家超市吧。

袁午打开手机地图，就近搜索"家乐福"，结果显示本市只有一家。就是这里！女房东在这个路口撞了车。从这个位置到青岚园之间的某家汽修店里，就停着她的车。

现在是五点五十分，下班的女房东正赶往那家汽修店取车。

一定是这样的！只能是这样……

袁午夺门而出。

追 寻 · 少 年 的 渴 望

道路监控显示,恩怀离开青岚园之后,直接赶赴绿亭站乘坐三十二路公交车。上车时间是九点十七分,到现在已经过去三个小时,全市没有超过三小时的公交线,而且绿亭也不是始发站。她必然已经抵达目的地,或者中途换乘其他车辆。

然而,后续站点的监控中却看不到她下车的身影。

三十二路自西向东行驶,经过长途客运中心后转而向北,进入没有监控的郊区地界,剩余还有七站。终点是北湖风景区。

警方正围绕这七个站点展开调查。陆警员接过了陶芳的手机,一如语音机器般地向杨远说明情况。

"我们已经联系上那辆公交车的司机,他没有留意到独自乘车的少女。车内的监控设备目前没有联网,我已经派人去拿硬盘。"电话那头的监控室因为这一发现变得嘈杂起来,"女孩是一个人乘车,她的行踪和杨莫有没有关系现在还不明朗,如果你想到什么,请及时和我们联系。"

回家拿书的借口是临时编造的,恩怀留给学校的请假理由是身体不适。乘坐公交车去某个地方,这显然是事先计划好的。而在这之前,她要回家一趟——为了带小莫一起走,一定是这样的!

难道说,小莫已经事先抵达了那个地方?这两个家伙到底在干什么!

杨远钻回车里,打开手机上的地图应用,仔细分辨那七个站点周围的建筑与单位名称。地图每放大一级,细小的文字就增长数倍,密密麻麻地冒出来。

看得头晕目眩之际,一个熟悉的地名一闪而过,他往回滑动屏幕,确认那个地名:溪田山舍。

篱笆、田埂,散落分布的八间木屋,以及山脚下的密林。这些画面犹如逐渐平静的水底景象一般清晰起来。杨莫在田间奔跑,张牙舞爪地做出各种失去平衡的动作。一只雪白的萨摩耶围绕在他身边。恩怀坐在木屋廊檐下的秋千椅上看着他，脸上挂着淡淡的笑容。

他们去过这个地方！就在今年春天的一个周末。

杨远把手机扔到副驾驶座，踩下油门直奔溪田山舍。

春节期间，杨远因为加班只休息了三天，筹备了两个月的远途旅行最终化为泡影。陶芳素来对杨远忙而无果的工作状态心存抱怨，得知他无法兑现假期，几乎精神崩溃。

"怎么又是这样。你知道我关店一个星期要损失多少钱吗？我能下这么大决心，你怎么就不能把项目推了？大过年的还要加班，这种公司简直没有人性！"

一周后，陶芳发来一条信息，是当地某家民宿的推广链接。杨远意识到颇为自在的冷战生活结束了。两人化干戈为玉帛，一同坐进沙发里讨论新的出行计划。

"带上恩怀一起去吧。"陶芳提议。

杨远也有这个想法。

恩怀并不是第一次跟着杨远一家外出，但平时只限于超市、商场、海滨公园一类的公共场所，活动范围没有出过市区。这次的距离倒也不远，但毕竟要过上一夜。陶芳向许安正征求意见，对方二话不说同意了。

时间定在三月中旬的一个周六。

民宿位于北湖风景区周边地带，车程在一小时以内，是合适的周末出游选择。作为家乡旅游景点，北湖早已失去吸引力，其周边的景致也无非千篇一律。杨远心里这么想，表面却必须时刻装出充满期待的样子。但要说期待全是伪装也不尽然，恩怀的加入让他的心情畅快不少。杨莫更是在后排座上手舞足蹈。

跟随导航的指示，开过蜿蜒曲折的山路，到达终点后右侧出现一个高耸的斜坡，只闻其声的山溪不知从何处传来清朗的水流声。

斜坡又窄又陡，表面尽是黄泥和碎石块。抬眼望去，只能看到后面的半截竹林。杨远挂进一挡奋力踩下油门，冲上斜坡的瞬间引得其余三人一阵惊呼。

这阵惊呼过后，紧接着又是一阵惊呼，这次杨远的声音也加入进来——他们被眼前的景色惊呆了。

石子路一直延伸到前方平整空旷的田地，其面积不亚于一个学校。七八栋美式乡村风格的小木屋散落田边，溪流带动水车缓缓旋转，各种果树甫露嫩芽；随风摇摆的油菜花丛之中，通往木屋的小径时隐时现；连绵低矮的山脉从背后将整个区域包住了一大半。如果不到斜坡上来，只有爬到山顶才能发现这个地方。

没想到游客熙攘的北湖群山脚下，居然隐匿着一个如此别致的世外桃源。杨远由衷感叹不虚此行。

眼前的竹林留出一个四五米宽的空当，成了民宿的天然门扉。一块木牌挂在枝杈间，上面以书法字体刻着"溪田山舍"四个字。

靠近入口处的两层木屋占地面积最大，约有两百平米，一楼除了大堂，还设置了餐厅、厨房和台球房。二楼有家庭影院和一间小型音乐厅，各种娱乐家电和乐器一应俱全。

"这里原本是我们老板建来自己住的。"前台的姑娘向他们介绍，"最初只有这一栋，之后慕名前来的朋友越来越多，楼上的房间不够用，才又搭建了外面那几间木屋。后来还是人满为患，就干脆对外营业了。"

选择把房子建在不易发现的地方，初衷就是怕人打扰。正因如此，这里才能营造出纯正的田园气息，完全不像一家开门做生意的旅店。

一只成年萨摩耶悄无声息地从楼梯上蹿下来，杨莫吓了一跳，连忙躲到杨远身后。办理入住手续的时间里，杨莫和狗一直绕着杨远的鞋子打转。前台姑娘安抚杨莫，说流云是一只活泼且对人毫无敌意的善犬。听到狗的名字，杨远会心一笑。流云，浑身雪白的长毛无一点瑕疵，还真是一片流动的云朵。

陶芳预定了两间木屋,出于安全考虑,原本打算让父子两人住一间,她和恩怀住另一间。但杨莫不依不饶,非要跟恩怀住一起,最后只得如此安排。

整个下午,杨莫都在与流云周旋。他从行李箱内翻出零食,分给恩怀一片肉脯,让她以此为诱饵把流云从大堂里引出来,自己则躲在十米开外的草垛边。

恩怀蹲下身直接把肉脯塞进流云嘴里,举起沾满口水的手指给杨莫看,以此证明流云绝无威胁,且能清楚地分辨食物和喂食者的手指。

杨莫稍稍放下戒心,走近几步,把香肠掐成五六截,远远抛投过来。流云敏捷地躲开了第一截,发现原来是美食,于是高高跃起衔住第二截,身体在空中弯成一道优雅的弧线。恩怀鼓掌喝彩,杨莫兴奋地做着原地高抬腿。

午觉醒来已近日暮,杨远打开木屋的窗户,只见杨莫和流云并排坐在草丛中。杨莫正抚摸着流云脖子上的毛,陶芳破天荒地没有制止,握着手机专注拍照。

恩怀坐在廊檐下的秋千椅上,缠绕着脚踝,身体跟随椅子微微摆动,宛如被春风吹起。夕阳的余晖绕过柱子,在她稍显暗淡的脸颊上留下紫铜一般的质感。

杨远很想坐到她身旁,跟她说会儿话,但又不知道该说些什么。问她这里好不好,喜不喜欢跟他们一起外出游玩,这类问题似乎非常愚蠢。恩怀家庭环境特殊,一旦话语不得当,可能会适得其反,加深她的孤独感。如果从小就带在身边,或许会大不一样吧。

"爸爸,我们下次什么时候再来?"第二天返程时,杨莫在车上问。

"谁告诉你还有下次?"

"一定,必须,得有!"每说两个字,他就跺一次脚。

"好吃的东西吃多了就腻了,好玩的地方也一样。"

"好玩的地方也可以吃吗?"

恩怀和陶芳交换眼神，无声地笑起来。

"我们家什么时候买别墅？"杨莫没来由地问。

"那得问你爸了。"陶芳闷哼一声。

老旧的发动机轰轰作响，杨远驾车在县道上飞驰，溪田山舍入口处的那片竹林仿佛就印在前挡玻璃上。

小莫想再去一次溪田山舍，他说再去一次会有"惊喜"。从那儿回来之后，他提过不止一次，杨远和陶芳始终没当一回事。

小莫平日里的"惊喜"太廉价了。他会在小区中间的花坛边埋一块石头，过了一个礼拜拉着杨远去找，还能找出来就是大大的惊喜。杨远被他捉弄过好几回，溪田山舍的"惊喜"也无非就是他留在那儿的某个记号而已。

既然无法从父母那里得到应允，就只好求助于恩怀。懂事的姐姐偶尔也会背着父母帮助顽皮的弟弟达成心愿，整件事情的缘由就是这么回事。这就是所谓的"约定"，这个约定和诱拐没有关系。

杨远不停给自己鼓气，脚下的油门越踩越深。他想着先给陶芳打个电话，犹豫片刻还是作罢。

进了山之后只有一条路，方向绝对不会错。每过一个急转弯，杨远都持续按着喇叭，受到惊吓的松鼠向树枝的更高处蹿去。

冲上斜坡穿过竹林，直接把车停在主屋门前。两只正在空地上追逐的萨摩耶看见杨远下车，立即摇着尾巴迎了上来。它们的体形比流云稍小一些，毛色也更白。

从前台后面站起来的少女并不是之前那位。

"有没有一个孩子来过这里？"杨远的心脏几乎要从胸腔里蹦出来。

"是一个女孩子吧。"

"对！"杨远睁大双眼，"还有一个男孩，来过吗？"

少女被他吓住了，没有说话，缓缓摇了摇头。

"没有吗？他应该来得比女孩更早一些。"

"没有。"少女再次摇头，一刀切的刘海在眉毛上左右摩擦。

"你从几点开始坐在这儿的？"

"嗯……大概七点半。"少女转过脸看着墙上的钟。

"那个女孩呢？"

"已经走了。"

"她来做什么？"

"跟你一样，问有没有一个男孩来过。"

杨远慢慢坐到一旁的椅子上，全身的力气从肩膀往下逃逸出去。不想承认的预感转为了现实：恩怀也在寻找小莫，她并不知道小莫在哪里。

这才是更符合逻辑的结果，小莫靠自己的能力到不了这里，他不会甩下恩怀独自上路。

这中间究竟出了什么问题，还是完全猜错了？

其中一只萨摩耶抬起前腿扒到杨远的膝盖上，努力舔着他的手指。杨远呆呆地看着它，没有回避，也没有驱赶。

一杯水递过来，杨远挤出一丝笑容，接过水杯。

"孩子在附近走丢了吗？"

她也许说对了一半，杨远干脆点头。

"那可真是太揪心了。"少女把半握的拳头放到心口。

"这里还有别人在吗？"

"钟阿姨在客房打扫卫生，我问问她看。"少女拿起前台上的对讲机，与另一端取得联系。

从门口望出去，远处一栋木屋的阳台上走出一位身穿白衣的中年妇女，她手拿黑色的对讲机，正一边四处张望一边回复说："没有看到过男孩，昨晚的客人之中也没有人带着孩子，都是情侣模样的年轻人。"

"不好意思,好像没有看到过孩子。"少女犹豫了一下,"你们昨晚没有住店吧?"

"没有,孩子不是在这里走丢的。"杨远意识到对方误会了,他打起精神问,"刚才那个女孩,她走了多久了?"

"大概一个多小时吧,我也没有注意时间。"

"她还说了什么别的吗?"

"没有了,她问了一句就走了。"

杨远轻声道谢,麻木地走向自己的汽车,看着田间黄绿参半的杂草,心中恍惚起来。

小腿上忽然传来轻柔的触感,低头一看,刚才那只萨摩耶一直跟着他。

"哎呀,你要去哪里呀?"少女宛如呼唤孩子一般软绵绵地喊道,"赶紧回来,莫远,赶紧回来。"

杨远仿佛撞到一面无形的墙壁,脚步霎时定住了。

"你叫它什么?"

"嗯?"少女跑上前来。

"它叫什么名字?"

"哦,它呀,它叫莫远,是不是很奇怪的名字?"少女的眼睛眯成了一条缝。

"是你给他起的名字吗?"

"不是,它出生的时候我还没来呢,钟阿姨一直这么叫它。"

杨远转头望向田间的木屋群,目光搜寻着那位中年妇女的身影。冬日的阳光意外地明亮,杨远的下眼睑收缩起来。

父子两人的名字十分普通,换作平时,听到"莫远"这样的名字也就一笑了之。可是现在,任何相关的信息都会牵动杨远的神经。

他穿过田埂走进一间木屋。钟阿姨正把浴巾塞入推车上的塑料桶里。

· 101 ·

"不好意思，请稍等，马上就好。"她以为来了住宿的客人，加快了手上的动作。

"那个，那条叫莫远的小狗……这个名字是你起的吗？"

钟阿姨直起腰转过身来，上下打量着杨远。突如其来的表述让她有些困惑。

"就是那两只萨摩耶。"杨远指着主屋的方向，"其中一只叫莫远吧。"

"啊，是啊。"可能是想到了狗的模样，钟阿姨脸上闪过笑容，"你是？"

"我在附近找人。"

"哦，刚才阿慧说要找一个小男孩，是你家的孩子？"钟阿姨一脸惊讶。

杨远点头承认。

钟阿姨脸上的惊讶仍在加剧，她盯着杨远数秒，用手掌遮住越张越大的嘴巴。

"你是……杨莫的爸爸？"

"那会儿他跟流云玩得很疯，抱成一团在草地上打滚呢。当时天还没热，可他就像刚洗过头一样。我就故意吓唬他，说流云肚子里有小狗了，这样下去小狗会头晕的，得让它们静一静。

"流云怀了小狗是事实，大概也就两周左右，不影响活动。我只是怕那孩子再疯下去会着凉。孩子都喜欢狗，可像他那样的也不多见。流云也特别怕孤单。现在有了小狗就好多了，以前我走到哪儿它跟到哪儿。

"第二天早上我刚进厨房煎鸡蛋，他就跑来问我流云在哪里，那时候还不到六点。后来我对他说，等流云下了崽，送给他一只。他说要是发现自己的孩子不见了，流云肯定伤心死了。我说流云知道是你接走了孩子，就不会伤心。

"他开心了一阵，马上又愁眉苦脸起来。他说自己家没有别墅，妈妈说了只有住别墅才能养狗，不然狗会把家里弄得一团糟。我只好提议让他暂时把狗寄养在这里，可以随时过来看，等买了别墅就把小狗接回去。

"我让他给小狗起个名字。他问我流云肚子里的小狗是男的还是女的，如果是男的就叫杨远，说完自己笑得蹲了下来。我说这样你爸爸会生气的，还是叫莫莫或者小莫吧。他灵机一动，说要把两个名字合起来。他'莫远''远莫'地反复念叨了好几遍，还是觉得'莫远'比较顺口。

"后来一胎生了四只，你猜怎么着，公的就一只。我觉得这也是缘分，就一直这么叫它，刚开口的时候还有点不习惯呢。"

杨远感到咽喉正被心脏拉扯着往下沉，变得酸胀无比。他连忙转身走出木屋，用前臂撑住廊檐的柱子。哭泣就像喷嚏一样，越是遏制就越发强烈。

这就是小莫的"惊喜"，莫远……简直是个既荒唐又可怕的预言啊。

"哎呀，还是，还是报警吧。"钟阿姨不知所措地捏着腰间的围裙。

"已经报警了。"杨远好不容易说出一句话来。

"那……要不你先休息一下吧，你的脸色有点吓人，警察会有办法的。"

杨远抬起头睁开双眼，明晃晃的田地和天空被挡在泪水后方，所有事物融化成了彩色的流动液体。

扪心自问，如果小莫一开始就说明目的，自己会答应带他再来一次吗？不会的，他和陶芳都不会答应。小莫心里很明白这一点。

渐渐地，视野中央出现了一个亮黄色的小点，是那种仿佛自身会发出微光的、干净的、半透明的鹅黄色。

他今天见过这个颜色。

"恩怀!"杨远大声呼喊,用袖子横抹一把泪水,向着入口处奔去。

恩怀低着头站在车旁,下意识地往后退了一步。

杨远在距离她三四米的地方停住脚步。她的运动鞋和裤腿上沾了泥土,手背也是灰蒙蒙的一片,细细的汗珠正从额头上渗出来,手里仍然抓着从家里拿出来的课本。

"恩怀……"

"对不起……"她的肩膀颤抖起来,泪水夺眶而出。

昨晚,恩怀答应了杨莫长久以来的苦求,同意带他一起再去溪田山舍,探望那只尚未出生就已经属于他的小狗。

杨莫迫不及待,想在第二天马上行动。但恩怀不想错过早上的考试,便把大门钥匙留给杨莫,让他下楼时躲进自己家里。等她考完试,再回家与杨莫会合。

两人通过在本子上写字的方式沟通,以免让杨远听到。本子收在杨莫的书包里,书包一直在杨远汽车的后排座上。杨远翻出本子,某一页上用十分潦草的字迹写着对话:

不要说话了,你爸会听到。我答应你。
你片(骗)我的。
不骗你,你写错别字了。
那就照之前说的那样,你明天早上别走,待在家里,等我来。
明天不行,我要考试。
不行,就明天。考试不考又没关系。
我把钥匙给你,你去我家躲着,我爸不在家。我考完试过来找你。
那要多久?
很快,就第一节课。只准去看看,不能带回来。
我要带回来!
带回来没人管,狗会死。

你管。

我要上学，还要管你。

杨莫的目标是把"莫远"带回来先斩后奏，这超出了恩怀原本的设想，她犹豫起来。杨莫不管不顾，强行抓过她的书包，要从里面找出钥匙。两人屏着呼吸拉扯了一番，恩怀无奈，松手默许了。

除了大门钥匙之外，恩怀的钥匙扣上还串着她的房门钥匙。从上初中开始，她每天出门都会锁上房门。

"你拿大门钥匙就行了，把另外那个钥匙放回去呀，这样我晚上没法回房睡觉了。"

杨莫怕恩怀冷不防上来抢夺，背过身搂着书包折腾了好一阵，才把大门钥匙从扣环上摘下来。

之后恩怀向杨远告辞。在玄关换上运动鞋后，却迟迟没在书包里找到房门钥匙。她以为粗心大意的杨莫虽然摘下了大门钥匙，却没把剩下的钥匙放回去。

因此，当杨远准备去杨莫房间帮她找钥匙时，恩怀立刻改口说钥匙可能落在了学校里。一旦让杨远找出分离的两个钥匙，第二天的行动就不可能成功了。

尽管如此，杨远还是回忆起了这个插曲，恩怀家在第一时间成为事件焦点。在两个孩子原本的设想中，哪怕会被怀疑躲进了邻居家，杨莫只要闭门不应，杨远和陶芳终究会去别的地方找人。

恩怀返回青岚园时看到警察，惊呆之余，已经开始动摇，准备放弃行动。出乎意料的是，杨莫竟然不在自己家里。

"不知道，不知道怎么回事……我猜小莫可能……可能等不及，自己先走了。"恩怀抽噎不止。

"你为什么刚才不说，在家里的时候你就应该告诉我的！"

这是杨远唯一一句带有指责意味的话，声音不大，但最后几个字说得异常沉重。

"我有点害怕,对不起……"恩怀用几不可闻的气声不断重复着"对不起"。

杨远从未听过恩怀为任何事情辩解,她几乎从不犯错。在杨远一家面前,她认为自己应该让人感到安心,她静静地陪伴着小莫,为了回报她所获得的温暖,由此背负上无形的压力。这种压力在真正的父女之间是不会存在的。

然而她却为了实现小莫的心愿,不惜打破这层压力。

自己闯下的祸,必须自己挽救回来。恩怀有着比普通女孩更为强烈的自尊心。要在那么多人和警察面前当场认错,对她来说或许很难办到,可却因此葬送了找到小莫的最好时机。

杨远注视着这个女孩,内心的痛楚无处安放。

少女阿慧跑回前台拿出一盒纸巾。钟阿姨扶住恩怀的肩膀,一边接过纸巾替她擦掉眼泪,一边观察杨远的脸色。

杨远把书包翻了个底朝天,再没有发现其他的信息。他走开几步,拿出手机拨通了陶芳的号码。

"他,他一个人去了什么地方啊……他能去哪里啊……"听完杨远的陈述,陶芳在电话那头失声痛哭。

杨远低头沉默着,仿佛妻子就在面前。

"恩怀怎么会做这种事?你让她听电话。"

"该问的我都已经问了。"

"快点!"陶芳吼道。

杨远走到恩怀身旁,将手机递给她。

恩怀说了几句又已泣不成声。杨远于心不忍,把手机拿了回来。

陶芳的吐字几乎难以听清:"小莫走的时候……走的时候对我说了……呜呜呜……"

"说了什么?"

"他说,他说……妈妈再见……"

"这,这不是每天都说吗?你在瞎想些什么啊你!"

"爸爸再见。"这四个字,像山谷中的回声一般,叠加在杨远脑中闪过的无数个告别时刻。

上小学的第一天,杨莫说完"再见",脚步轻快地跟着人流走进校园。杨远隔着栏杆目送,直到跳跃的书包消失在教学大楼内。

跟幼儿园相比,只是多背个书包而已呀,他一定这么想。

可是第二天,他便在几步之外站住了,右手不断提拉着明明没有掉下来的书包肩带,泪水像露珠滑落嫩叶一般簌簌而下,嘴角夸张地耷拉下来,露出了牙床,但始终没有发出哭声。

"爸爸……再见。"

终于他艰难地转身,准备好了独自迎接尚未理解的苦难。

不会的,今天的再见也不会有特殊的含义。

"喂喂,杨远?怎么回事?"电话那头变成了501室的女人的声音。

"陶芳呢?她怎么了?"

"哭得没法喘气了。"

"麻烦你帮我照顾她一会儿。"

"你放心。那个,孩子现在……"

"暂时还没有找到。"

501室的女人看到陶芳情绪崩溃,大概以为杨远传来了噩耗。她轻舒一口气,又将电话搁到了一边。杨远依稀听到另外一个女人字正腔圆的说话声。

"喂?你们在做什么?"杨远反复"喂"了好几声。

"这里来了好多记者。"501室的女人好不容易抽空回答了一句。

"什么?在派出所吗?谁让他们进去的?"

电话那头又没了回复。杨远懊恼地踢出一脚,断裂的枯草飞扬起来。

如果有媒体的介入再加上网络传播,找到孩子的希望会大大增加。

派出所门前那位女记者的话在耳旁响起。冷静下来之后,同样一句话,声音却变了样。

媒体自然有媒体的趋利特性,但这也不失为行之有效的办法,这句话至少绝无欺骗性。自己对媒体持有偏见,说到底还是虚伪的自尊在作怪。只要杨莫能够平安归来,这些都微不足道。随着时间的流逝,一切都会过去,就像从未发生过一样。

杨远开始反省自己。他总是希望凭借一己之力找回杨莫,把事件的影响控制在最小的范围内。从这一点看,他岂非和恩怀犯了同样的错误?

钟阿姨把恩怀带回主屋,让她坐在一把铺了软垫的藤椅上。恩怀双手捧着一个木杯子,热气从杯中袅袅升起。两人正小声说着话,看到杨远进来,恩怀又把头低下了。

"这事也不能全怪她。"钟阿姨露出为难的表情,"这么说起来的话,我也不好,要不是我给那孩子一个念想……"

杨远摆手制止对方再说下去,蹲下身问恩怀:"这件事,还有没有别人知道?"

恩怀抬起视线,摇了摇头。

"小莫最近有没有跟你提到过什么人?邻居、同学,或者老师。"

恩怀抿着嘴思考片刻:"没有。"

"你对小区的监控……了解吗?"

"嗯?"

"小区里装了很多监控,小莫如果自己走出小区,会被监控拍到。但是监控里找不到他。"

"怎么会这样?"钟阿姨的眉毛拧到了一起,"哎哟,那真是急死人了！警察怎么说啊？"

"可能是有人开车把人带走了。"

事情又回到了起点。杨远站起身，眼神涣散地看着投进门口的阳光，打过蜡的木地板上模糊地反射着一棵松柏的树梢。

他伸手摸进外套内袋，张叶的名片还在。

"我们就这样一直等下去吗？"项义倒没有不耐烦，只是想知道张叶在想什么。

"再等等看。"张叶调整了一下坐姿。

两人坐在警车里，隔着马路直愣愣地盯着宁湾广场一楼的落地玻璃。玻璃内侧，许安正穿着蓝色工装服，正站在脚手架上接过小工递上来的石膏板，熟练将其固定在房梁下。

离开宁湾派出所后，张叶一直盘算着该从哪里着手调查许安正。

可疑归可疑，杨莫失踪那一刻许安正就在此地——远离青岚园二十五公里的工地干活，这也是监控记录下的事实。光凭一个"大喘气"就给人扣上嫌疑犯的帽子，多少有点武断啊。

两人驱车回经宁湾广场附近的十字路口，张叶突然大喊"停车"。与此同时，项义注意到了左侧交会而过的银色丰田车。他猛踩刹车，调转车头，就近挨着路沿停下。

果然，丰田车穿过路口，停在宁湾广场边的人行道上。许安正跨出车门，脱下藏青色棉外套，从后备箱取出工装服换上，和早上来时的动作一模一样。

他进门之后，老马一定会告诉他刚才警察来找过他。如果他心里有鬼，很可能会采取下一步行动。

可是，半个多小时过去了，许安正举止如常。

警车所处的位置距离目标大约六七十米，视野不算清楚，许安正的工装服也与其他人的一样。但他身形高大，动作从容，别有一番气度。盯梢时就算偶尔开个小差,也不会将他和别人看混。

"可能我们早已暴露了。"项义说。

"可能?谁不知道这是辆警车啊,我们能看到他,他当然也能看到我们。"

"那既然这样,再盯下去也没什么意义啊。"

"你有更好的办法吗?"

如果下车换个相对隐蔽的地方监视,必须得把制服也脱了才行。想想外面的温度,项义不敢这么提议。或许早在刚才会车时对方已经注意到警车了,怎么做都是白搭。监视这种活,真是太不适合民警干了。项义不由得苦笑起来。

"现在几点?"张叶问。

中控台上明明清楚地显示着时间,她就连一低头的空当都不愿错过。

"一点半。"项义干巴巴地回答。

"这家伙现在才来,到底在干什么呢?"张叶用食指肚轻轻点着嘴唇,"整整一上午啊。"

"处理什么要紧事吧。"

"什么要紧事啊?干活干得好好的,突然接到意外电话,回家一看完全不是这么回事,不应该马上回来继续中断的工作吗?"

道理是这个道理。但说不定许安正原本就打算回市里,只是不在接到那个电话的时间点,比如约了客户吃午饭。既然回家了,顺便就在家待到中午了。毕竟两地间跑个来回要将近一个半小时。

但在眼下提出这个想法,项义自己都觉得有些抬杠,看看张叶现在的状态,还是不要轻易刺激她比较好。

"要不要吃点东西?"又过了十来分钟,项义试探着问。

"哪有东西吃?"

"那条小路里有个包子铺。"

"看来你饿了很久了。"

"这都下午了……"

项义下了车,快速跑进一旁的小路,买了四个几乎凉透的包子,回到车上时张叶正在打电话。

电话应该是对方打过来的。张叶一直凝神静听,偶尔回应一声,露出惊讶表情的同时,说着"山舍""小狗""考试"等让人摸不着头脑的词语。

直到项义快吃完自己那份包子,张叶才说出一句完整的话。

"我觉得,小莫应该进去过,只是不知道什么原因,没等到恩怀回来就……就先走了。"

项义鼓着腮帮,停止了咀嚼。没猜错的话,电话那一头应该是杨远。

"嗯,我也一直在想这个问题。我马上申请现场勘验,确认小莫是否去过302室……对,你还在那儿吗?……好,把恩怀带回来,我有话问她。"

"怎么回事?"项义口齿不清地问。

张叶置若罔闻,神情亢奋地滑动手机屏幕,在通讯录页面上按下"刘广同"的标签。

这通电话持续更久。张叶把刚刚获知的事件原委告知老刘。项义一字不落地听着,既觉意外,又替两个孩子感到心疼。

张叶坚持让老刘安排作现场痕迹鉴定,可是所里并没有像样的技术人员。这事当真干起来,势必需要刑侦队介入,老刘还得请示所长。况且,就算在302室发现了杨莫的痕迹,对于找到本人是否有帮助也是个未知数。项义揣测,除非杨莫失踪超过二十四小时,否则这个申请很难批准下来。

"你听我说,不管能不能找到痕迹,至少能排除一些可能。你怎么就看不出来,这不是件单纯的儿童走失案!"

双方陷入了沉默，老刘果然迟疑不决。

张叶闭上眼做了个深呼吸，对着话筒冷冰冰地说："如果勘验没有结果，我就换工作。"

"啥？"项义看到一粒菜末子从自己牙齿缝里飞了出去。

换工作的潜台词就是接受老刘的求婚啊！

"好，明白。你尽快安排。许安正就在我眼前，我马上请他回去。"张叶挂掉电话，推开车门跨了出去。

"怎么可以这样，你当真的吗？"项义几乎跟不上张叶的步伐。

张叶头也不回。

"喂，这件事，看起来跟许安正没有关系啊。"

两个孩子为了看一条狗一起离家出走……不，出走都算不上，应该是离家出游，结果却闹出这么大动静，还让张叶赔上一个承诺。万一真的引咎辞职，还要向老刘投怀送抱，那也太不值了。

许安正听到脚步声，在脚手架上转过身。刺眼的阳光穿过他背后的落地窗，将他的身体包围起来。他成了一团边界不明的黑影。

"两位警官，听说刚才来找过我？"他主动打招呼，不慌不忙地爬下脚手架。

"这么快又见面了。"张叶堆出笑意，"对你来说真是惹上麻烦了。"

"说不上什么麻烦，请说。"许安正似乎没有察觉张叶话里有话，眼神中带着恰如其分的疑惑。

"恐怕你还得再回家一趟……"

张叶简要说明事情经过，许安正的浓眉越锁越紧。

"那孩子是否进过你家，将决定后续的调查方向。麻烦你再配合一下。"张叶的用语很客气，口吻却不容对方推辞，"技术组那边应该准备得差不多了，我们现在出发，赶回去正好。"

"恩怀现在在哪儿？"许安正低着头问。

·112·

"回来的路上,杨远带着她。"

"是我对她疏于照顾了。"他说着脱下棉布手套,走到老马身旁,指着刚才未完成的工作交代了几句,"走吧。"

这样的要求,任何一个守法公民都有权拒绝。毫无确切的根据,却要敞开大门让人进来翻箱倒柜,搞不好会暴露个人隐私。许安正说个"不"字,项义一点都不会觉得意外。

反而是他刻意的坦然,让人心生疑窦。给人一种"无所谓,让我看看你们能查到什么"的感觉。

跟张叶共事久了,竟也有些神经质了。项义自省般地琢磨着,和张叶一左一右跟随许安正走到停在门外的丰田车旁。

"你不换衣服吗?"张叶问。

许安正停止打开车门的动作,对着张叶蓦然一笑,随即脱下工装服走向车尾。张叶全身警戒地盯着后备箱盖,仿佛里面会蹦出个怪物。

后备箱里只有几件装修用的工具,许安正把工装服甩了进去。

一整个上午的时间,就算真的有什么,也早就转移了吧。

我为什么会想到这个?项义觉得自己的想法越来越危险。

"我还有几个问题想问你。我坐你车吧。"张叶说。

"行。"许安正的回答没有任何犹豫。

周 旋 · 女 房 东 的 秘 密

"你今天怎么进进出出这么忙啊？"同事小晴从显示器后面歪过脑袋问。

林楚萍回到自己的座位，弓着背做出虚弱的样子："肚子有点不舒服。"

"嗯？昨晚不还好好的嘛，那个量大？"

"不是，就是有点着凉，可能半夜踢被子了。"楚萍撒谎说。

小晴"叽叽"地嚼着口香糖，将视线移回手机上。

她比楚萍小五岁，蘑菇头染成暗金色，性格有些过于直爽，倒也容易相处。口无遮拦的人往往不拘小节，而且好骗。这么评价同事兼室友有些过分，但没办法，总不至于对她说出实情。不是说关系不好，而是小晴这人口风不紧。

那件事发生后，哥哥文昭陪了自己整整一周。嫂嫂那边不知他如何应付，多半是借口在医院值班吧。但这终究不是办法，让哥哥左右为难的处境不能再持续下去了。

"搬出去住吧，换个环境。租金我会出。"

尽管知道哥哥就睡在隔壁房间，楚萍每晚仍会从噩梦中惊醒，哥哥提出这个建议之前，她就认真考虑过了。

如果直接把房子卖掉，必须立刻买下新房，否则在房价飞涨的形势下必然损失惨重。新房一时半会儿找不好，手头也没有足够的钱用于装修，另租一套房大概是最合适的选择了。

说来也巧，同一办公室的小晴那时恰好与男友分手，也正在物色新的住处。

"走的人是他。但我一个人留在那间屋子里，满脑子都是他的影子。不行！我要换个地方住。"小晴满脸哀愁又忽然打起精神向往新生活的神情让楚萍羡慕不已。

同病相怜的感觉油然而生。也不是，这样形容并不准确。我满脑子的影子究竟是什么呢？

"一起找房子，咱俩合租吧。老先生说我买的房子风水不好，住下去要倒大霉。"

楚萍随口编了个理由，小晴欣然同意。换了环境并且还有人陪伴，这么一来哥哥也可以放心了。

磨砂玻璃对面的身影再次站了起来，阿骏又要出去了，但愿这次能逮到他独自抽烟的机会。

楚萍稍等片刻，起身离座。

"你这也太频了，去弄点止泻药吃呀。"小晴的声音从身后传来。

办公室外面的走廊很长，阿骏的背影转入中段的楼梯厅内。他身材不胖，步伐却略显笨重。

黑魆魆的楼梯厅长久以来被当作吸烟室。角落里有一个布满铁锈的油漆桶，里面积攒了大量烟头。这会儿除了阿骏好像没别人。

楚萍蹑足钻进隔壁的女厕所，躲在隔间内凝神静听。

阿骏隶属系统服务部，精通硬件，平日的任务是被各个部门呼来喝去解决电脑故障。这种既无聊又充满突发性的工作，也只有他才会干得自得其乐。

"我觉得系统启动时的那个音乐，是世界上最动听的声音。"

他怕是除了这个没听过别的音乐吧。

现在刚过上午十一点，他已经跑过四个来回，每趟完成任务后都会光顾楼梯厅，但总有别的同事在。

阿骏陪楚萍吃过几次午饭，有过一次送她回家的经历，但从没在她面前抽过烟。楚萍不知道他抽哪个牌子，就算知道很可能也无济于事。看他一副凡事但求无过的个性，大概也不会抽什么口味独特的烟。如果直接去找，要从一整个油漆桶里分辨出阿骏的烟头是做不到的。

必须在他离开楼梯厅后立即赶过去，刚扔进桶里的烟头不会马上熄灭。

这个家伙，会半夜爬到我床上对我做那种事？楚萍对着隔间门板后的挂钩摇了摇头。

如果将凶手的范围限定在对自己有所企图的男人内,光是公司里就有五六个,但知道自己住在哪里的,只有阿骏。

去年因为穿劣质高跟鞋扭伤了脚,连着几天走路一瘸一拐。下班后阿骏提出送楚萍回家。送到楼下,楚萍道过谢,让他赶紧回去。

那天哥哥正在帮忙调试新买的打印机,恰好在窗口望见阿骏。

"这家伙对你有意思。"

"不会吧,你怎么看出来的?"楚萍自己当然心中有数。

"喏,一直守在楼下呢。"

楚萍小心翼翼地靠近书房窗口,只见阿骏抬着头正吞云吐雾。天已半黑,发出红光的烟头很显眼。

"你一上楼梯他就点烟,可见烟瘾不小,说不定刚才一直憋着,要不是很懂礼貌,就是不想给你留下不好的印象。"

"是吗?有意思干吗不说。"楚萍嘟囔着,"男人嘛,被拒绝也不丢人啊。"

"不是每个人都善于表达自己,他这人比较犹豫。"

"这你都知道?"

"你脚都快好了,他才鼓起勇气送你回家,一定是考虑了很久,说不定前几天一直在练习怎么开口。"哥哥一边仔细检查打印纸上的墨迹一边说,"他等在楼下,是想知道你住哪一户。"

"他想干吗呀?"

"知道心上人住哪儿,心里比较踏实,不代表想干什么。"

如果哥哥现在还记得这句话,会后悔说得过于轻率吧。他一定记得,正是想起了这一幕,才将阿骏锁定为目标。

但在那一天,阿骏并不能通过亮起的窗户判断出楚萍的门牌号,因为哥哥在家,已经把灯打开了。如果真是阿骏,他必然事后跟踪过自己。

皮鞋跟挤压大理石地板的声音响起，阿骏走出楼梯厅了。

楚萍连忙摁下冲水按钮，推开门板走出隔间。幸好厕所里没有别人，否则还得装模作样地洗手。

她摸到口袋里的塑料袋和镊子，等着脚步声远去，心里祈祷烟头千万别那么快熄灭。

然而跑进楼梯厅一望油漆桶，却发现里面竟然有水。

整整大半桶水，黑油油的，烟头一个个漂浮在上面，仍在微微移动，哪个是阿骏的已经无从知晓，沾了水也就难以检测出DNA了。

为什么这么规矩啊，丢一个在地上不行吗？楚萍沮丧地走回办公室，看来要另寻他法。

楚萍就职的宣传部正在策划产品推广会，心不在焉地接待了两家设计公司后，一个下午终于过去了。

楚萍让小晴先走，说自己要去哥哥家吃饭。

"昨天去了今天还去？你也真忍心，又留我一个人吃外卖。"小晴其实毫不介意，反而会期待楚萍带回嫂嫂准备的饭菜。

隔壁办公室只剩一个黑影，阿骏面前的显示器已经暗了，但他没有起身的意思。楚萍醒悟过来，他是在等她先动身，每天都是这样。此时此刻，两个人正隔着磨砂玻璃彼此对望，真不知是可笑还是可怕。

楚萍拢了拢头发，背起包走出办公室。阿骏果然跟了上来。

今天比平时晚了五分钟，电梯口没有别人。

"这种天气还真是少见啊。"和往常一样，阿骏故作轻松地说着废话，"听说这次的大雾要持续一个礼拜。"

"听说？听谁说？"

"天气预报啊。"

"天气预报只能信一半。"

"这么说，会持续两个礼拜？"

也不知道他是开玩笑还是真的愣,楚萍没忍住,抿嘴笑了。

即便心中满是怀疑,阿骏在身旁时也感觉不到任何危险的气息。或者说,是气味。楚萍有时会觉得,自己身上留着那股令人作呕的气味。

洗澡、刷牙的时间比从前更长,突然会难以自控地紧紧抱住自己,睡觉时一直盯着被月光照亮的窗帘——那个人就是从窗户进来的。可楚萍确信自己当晚扣上了月牙锁。

要不要现在问问阿骏,是否知道如何从外面打开窗户呢?直接问好像太突兀了。他会怎么回答呢?无论回答是与否,其实都说明不了什么问题。

阿骏戴着黑框眼镜,自然卷的刘海乱蓬蓬的,着装则是从头黑到脚,完全一副标准的技术男造型。也可以说,楚萍对于技术男的印象正是源于阿骏。

"那些内心扭曲的人,表面看起来大多老实本分,人心是最难以捉摸的东西。"

哥哥的这句话本身就有矛盾。既然清楚内心扭曲和表面本分可以是那些变态的共有特征,难以捉摸的说法就不成立了。况且,阿骏的本分不像流于表面,他内向,但并不阴郁,吃了亏也会抱怨,团建活动照样一次不落。可以说,他是在为努力适应外在环境而改变自己,只是表现得比较笨拙而已。哥哥对他只是一眼之间的印象,未必准确。

下了电梯,大厅里空无一人。楚萍停下脚步,转身看着阿骏。

"怎么了?"阿骏一愣。

"一块儿吃饭去吧。"

"好……好啊。"他好像进了灰尘似的连连眨眼。

阿骏没车,平时坐公交上班。两人一前一后来到停车场,楚萍环视四周,忽然想起来自己的车还停在汽修店。

"那……先去取车吧。"阿骏提议。

他跑到路口拦下一辆出租车,直接坐进了副驾驶,大概表示他会付车钱。

这个笨蛋，竟然不一起坐在后排，真是不懂得把握机会。付钱这种事，我本来就不会主动啊。

但楚萍一转念又陷入沉寂，或许不敢轻易靠近异性的男人，才会对摆弄失去知觉的身体存有执念。

路上很堵，到达"明耀"汽修行时快六点了。店里灯火通明，掀开引擎盖的车辆占据了所有修车位。楚萍那辆红色的现代车竟然还没完工。

"昨天傍晚到现在整整一天了，换个灯补点漆而已，怎么会……"

"抱歉抱歉，这两天太忙了，事故车多，麻烦再等一会儿。争取八点前搞定，灯泡免费送你，再给你打个折。"老板按住正在通话的手机，语如连珠，毫无诚意。

还得等上两个小时，先就近找地方解决晚饭吧！

"前面拐个弯有家犇腾，吃得惯吗？"楚萍问阿骏。

"吃得惯，我吃什么都行。犇腾是什么？"

"牛排店呀。"

楚萍叹了口气，沿着人行道向前走。晃眼之间，看到马路对面依稀站着一个熟悉的身影，却想不起来是谁。定睛望去，那道身影已然隐没在浓雾之中。

阿骏吃牛排不会用刀，直接举起钉在叉子上的肉块，以吃棉花糖的姿势咬下第一口。见楚萍切成小块，才依样学了起来，但刀叉还是拿反了。

知道蒜蓉面包和水果都是免费提供后，阿骏往餐台跑了好几趟，大呼实惠，除此之外就没主动说过别的话。楚萍不吱声，他便默默看着窗外。不过，如今能有人共进晚餐而全程不看手机，已经很是难得了。阿骏虽然木讷不合群，但不是以自我为中心的人，从某些角度看，说不定是个合适的伴侣。

不，现在还不能完全排除他的嫌疑，别胡思乱想。

"要抽烟的话，就抽吧。"往回走的路上，楚萍装出心情畅快的样子摆动双臂，希望能让步履僵硬的阿骏放松下来。

阿骏犹豫了几秒，从口袋里掏出烟盒。

他走在左侧，每次吐烟会把脑袋转到左边。丢下烟头的那一刻，楚萍记住了烟头滚落的位置。

"糟了，我有东西忘在牛排店了！"走出一段距离，楚萍大声惊呼。

"什么东西？"

"你等我一下，别乱走。"

楚萍掉头就跑，听话的阿骏没有跟上来。烟头还在原地，太好了。

白色发光字在红底亚克力材质的衬托下分外醒目，字体边缘的泛光效果穿透雾气，映入袁午眼帘。

"明耀汽修行"，其实离青岚园很近。袁午冲出家门，找到这里只花了十几分钟。

女房东发生追尾事故的位置在家乐福超市附近，那儿位于市中心，与坐落在城西的青岚园相距五公里以上，两者之间或许还有别的汽修店。但她既然要上门抄水表，选择距离青岚园最近的这一家较为合理。

大概是拜大雾天所赐，现在店里的生意很好，前台的接待员正与两位顾客核实账单，休息区的沙发上座无虚席，但不见女房东的身影。是已经取走车了，还是尚未赶来呢？

穿过前台和休息区中间的走廊，便看到宽敞的工作车间。车间一侧是干净的落地玻璃，维修工们一个个把头塞进打开的引擎盖内，没人注意到袁午。

袁午贴着玻璃走，确认每个工位上的车辆状况，很快注意到了一辆红色的小型轿车。车身的大部分被透明塑料布遮盖，露出的车头左侧被剐蹭得十分严重,暗褐色的划痕像拉直的长发一般,一直延伸到车门附近,大灯的灯罩裂痕遍布,缺口可以伸进一个拳头。一位工人头戴面罩,手持壶状的喷枪细心喷涂着。看样子刚刚开工不久。

袁午一直悬吊的心慢慢落稳,长长呼出一口气,在玻璃上留下一片边缘粗糙的圆形白雾。

女房东的车袁午只见过一次,正是鲜艳的大红色,款式也差不多,什么牌子倒是没留意过。如果要进一步确认,最好能问明这辆车是什么时候进店的,但袁午想不到合适的询问切入点,这个工人也未必清楚。算了,没这么多巧合,这毫无疑问就是女房东的车。她下了班会来取车,应该快到了。

袁午跨出店门,朝马路对面走去。他为自己的信念暗暗吃惊,回忆往昔,好像从未独自面对过这么棘手的问题,而且提出问题的人是他自己。

令他惶恐的并非信念本身,而是接受信念的意愿。他正在用尽全力试图抵达某个目标。这简直难以置信。

母亲是什么时候离开自己的?快四年了吧。接着是若玫和婷婷,然后是父亲,就在昨晚。

真的只剩下我一个人了。或许是父亲的死太过突然,这个声音不时在心底响起却来不及体会其实际的含义。忽地,小红的身影在脑海中一闪而过。

要在这世上活下去,为什么非得有个目标不可呢?原来这就是孤独的感觉,无依无靠,看不清前方是什么却不能停下来。

是的,不能停下来,这道坎非迈过去不可。短短一天时间,袁午好像已经不认识自己了。

马路对面是河岸,袁午反身背靠栏杆,守候女房东的出现。马路很窄,眨眼间就能折回去。等她来了,只要算准时机,假装经过店门口就行了。

袁午在心中演练对白。

真巧。车修好了？对了，那个热水器没问题了。嗯，白天去买了配件，换上就解决了，不用让你哥来修了。已经来过了吗？没人在家？哦，我爸今天回老家去了——这是必须要说明的，最为重要的一点。

时不时有沿岸散步的行人经过，袁午拿出手机，使自己的状态看起来自然一些。

感到袖口微微有些潮湿的时候，一辆出租车停在了对面的人行道边。袁午离开栏杆，把手机放回口袋。

后排座的车门被推开，身穿高领白色毛衣的女房东侧身下车。袁午向前迈开大步，心跳的幅度随之增加。

等一下。车还停在原地没走，车上还有别人！袁午霎时定住脚步。

果然，一个男人钻出副驾席，紧随女房东走进了汽修店。

这该怎么办？袁午感到被人戏耍般的懊恼。

有第三人在场时，偶遇之下的攀谈会变得十分仓促。她不可能撇开同伴一味和自己闲聊。最多能提一句热水器已经修好，如果她应声而过，难道要追着她强调父亲回老家的事吗？

为什么这么倒霉？！

两人只在里面待了一小会儿，和一个经理或是老板模样的人聊了几句，便又回到门口。女房东跟男人说了句什么，两人一同移步向左，沿着人行道走开了。

袁午不及多想，借助雾色的掩护，在后方远远跟随。

看来车子一时半会儿修不好，他们准备找个地方打发时间，之后还会再回来。现在跟着他们其实并没有什么意义。

刚想到这一点，就见两人钻进了一家名为"犇腾牛排"的西餐厅，选了靠窗的位子相对而坐。

附近有块不大的草坪，是个公共健身区域，一个浓妆艳抹的矮胖女人坐在秋千上打电话。袁午走到稍远处一个锻炼腰部的器械旁，触摸着上面冰冷的露水。这个位置可以看到正在用餐的女房东和男人。

若玫……

和若玫第一次见面,吃的也是牛排。

母亲事先和女方介绍人打过电话,定下晚餐的时间和地点。

"喏,这个是优惠券,结账的时候别忘了用。"她递过来一张硬纸条,"一次只能用一张,其他的我先帮你保管。"

优惠券下面写着地址,但袁午还是不知道母亲指定的这家西餐厅具体在什么位置。不过这无所谓,反正母亲也会去。

"如果选了套餐,优惠券就不能用了。不过算下来,四人套餐的折扣和这张券的面值差不多。具体怎么点餐由女方定,至少要做做样子,先让她们选。"

"知道了。"

母亲走进房间打开衣柜,挑选晚上要穿的衣服:"吃牛排的话,要九分熟,刀叉千万不要拿反了。"

"不会的。以前在学校旁边吃过的。"

"是吗?和谁?"

"很多人。"

"哦。那里水果和面包是自助的,点完餐你就去拿,别只拿自己那一份,如果一次拿不了很多,就先给对方。这件怎么样?"母亲从衣架上扯下一件黑色带亮纹的衣服放在身前。

"挺好的。"

"你就不能说点别的?从现在起,你要学会帮女人挑衣服。"母亲又换了一件,"服务生把牛排端过来掀盖前,记得用纸巾挡住。你不做这个动作,有些服务生会傻呆呆地看着你。"

本来觉得相亲也没什么,母亲这么一说,袁午不由得紧张起来。

"我和介绍人呢,吃完就走,不会超过一个小时。之后你们两个自己聊。关于家里的事情，她如果问你就实话实说，不问别主动讲。她要是抢着结账——她很可能会这么做，一定把她拦下来。懂了吗？"

袁午和母亲提前半小时抵达，女方介绍人和若玫则分毫不差。若玫低下头轻声说"阿姨好"，然后对袁午浅浅一笑。她穿得很素淡，全身上下没有一件首饰，但看得出来精心打扮过，垂落的长发在颈部的位置微微收拢。

两位长辈离开后，袁午才开始完整地说话。除了工作和兴趣，若玫没有提起别的。尽管事先就知道她不是本地人，那口流利婉转的普通话还是让袁午怀念起了大学旁的快餐厅。

"是从外地过来打工的，不过老家也是住在县城，所以想法品位什么的不会很土。最多是有些习惯不太一样。她嫁过来，自然会适应我们家。她很勤快，也很懂事。父母不在这儿，乱七八糟的事情能免则免，你以后会轻松很多。"

在正式相亲之前，母亲和若玫已经见过数面。女方介绍人是母亲的一位客户。

不论相貌和性格，若玫都不差。但袁午对她并没有形成明确的感受，满意或失望都没有，也许时日尚短，也许永远都不会形成。某个女人会成为自己的妻子是顺理成章的事，如果把若玫换成别人，是否会有本质区别袁午无从知晓。因为再也没有出现过第二个选择。

母亲问他若玫怎么样，他半天找不出合适的词汇，最终还是用"挺好的"结束谈话，就像母亲选衣服时那样。若玫，当然也是母亲选的，母亲的选择不会有问题。

女房东站起来了，男人慌忙擦擦嘴，抢先到柜台结了账。袁午回过神，跟着两人朝返回汽修行的方向走去。

和来时的情形一样，他们非但没有牵手，相互间的距离也很微妙。男人看起来有些紧张，始终落后半个身位，表现得并不主动，而且刚才打车也是独自坐在副驾席。也就是说，两人的关系还处在刚开始约会的阶段。

果真如此的话，约会结束后说不定会各自回家——还有机会。

"依我看，她肯定还没结婚，就算有正在处的对象，也没到谈婚论嫁的地步。"父亲打着饱嗝，举起筷子在空中一点……

这个画面就此定住了。袁午感到一阵猝不及防的心痛，胸中滚烫，却又宛如无法吹燃的火星子一般熄灭了。

男人的左手上出现了一点红光，他点着了烟。大概是烟瘾来势凶猛，又怕女房东介意，他吸烟的力度很大，不一会儿工夫便把半截烟头丢在路灯下。

没走出几步，女房东突然驻足，惊慌地说了句什么。袁午预见到了她下一刻的动作，迅速转身走向右侧的店铺。

"你等我一下，别乱走。"她对男人喊，掉头朝袁午的方向疾步跑来。

袁午推开玻璃门，"欢迎光临"，穿着围裙的女店员展露微笑。原来走进了一家蛋糕房。分隔三层的玻璃柜中陈列着各类精致点心。他弯下腰假装挑选，不仅没有激起食欲，甚至连这些东西是食物的概念都没有，他的心思完全在门外。

柜子的内壁是一整面镜子，镜子里有另一排点心，然后是自己的腿，再往里是这家店的玻璃门，最后是门外的路灯，以及在路灯下停住脚步的女房东。

女房东蹲下身，手上拿着一个小小的尖锐物，是镊子。她在做什么？袁午为了看得更仔细，巴不得把脑袋伸进柜子里。

是那个烟头，她拿走了男人丢下的烟头。等女房东慢慢走远，袁午来到路灯下检查地面，确认了自己的猜测。

怎么回事？这两人到底什么关系？用镊子取走对方丢下的烟头，这不是警察对嫌犯才会做的事吗？

袁午踱回汽修店门口。女房东和男人坐在休息区的沙发里，各自玩着手机。男人有一搭没一搭地说着话，女房东头也不抬。即使隔着玻璃只看到背影，也能感觉到她的态度和之前判若两人。

终于，男人推了推眼镜，向女房东告别，一个人搭上出租车走了。袁午躲在一旁的小巷口，看不到他的表情，应该会很困惑吧。

算了，别琢磨了，这两人在搞什么鬼跟我又有什么关系？局面正在好转，只剩下女房东一个人了。不过机会还没到，现在迎上去是没道理的，得等她开车出来，从她车头旁边蹭过去，被撞一下也无所谓，或许这样更好。

从昏睡在红联大厦那会儿开始，腋下一直冒着冷汗，加上长时间暴露在雾气中，阴寒的潮气灌透全身，袁午开始哆嗦起来，咳嗽竟也一点点止不住了。

不知过了多久，女房东仓促起身，不是去车间，却推开正门走上人行道。

机不可失，袁午追了上去。

她的脚步出乎意料地快，竟然夹起肩包一路小跑起来，但不像是察觉到身后有人追踪的样子。袁午不得不跟着跑，身体一颠簸，咳嗽越发剧烈了。他用力捂住嘴，疼痛的胸腔仿佛要炸裂一般。

女房东再次拐进了刚才那家牛排店。管不了这么多了，就在这里吃晚饭吧，找个靠近她的位子，说完要说的话就行。

袁午跟着她苗条的背影穿过餐桌中间的走道，距离越来越近，他期待对方一转身就能看见自己。

餐厅靠角落有一排相对高端的雅座，由竖立到天花板的装饰木板分成独立的小隔间，女房东径直走到最后一个座席旁。

就在这一瞬间，袁午闪过一个清醒的念头：不对劲，她的行动目的性太明确了，这里有另一个人在等她。

袁午一侧身，几乎和女房东同时入座。只不过，他所在的隔间位于倒数第二个。他面朝餐厅大门，和女房东背靠背，只隔着一块薄薄的木板。

"先喝口水。"一个男人说。

袁午屏住呼吸。身后传来塑料袋折叠或是展开的声音。

"给。"女房东说。

"了不起。"

女房东大概笑了笑，也许没笑。她把刚才的收获转交给这个男人，不用猜，就是那个烟头。

"那……明天我让化验科检测一下。"男人带着疑问的口气说。

"嗯。"

"你想清楚了，如果不想查，现在就停下来。当然，化验科的同事很可靠，医院不会知道这件事。我的意思是……"

"我懂的。"女房东顿了顿，声音变得很小，"我也不知道查下去会怎么样，但如果什么都不做，好像也不行。"

餐厅里很嘈杂，周围的桌子没几个空位，刚学会走路的小孩在一旁连滚带爬。这些噪声让女房东和她的同伴感觉很安全。但服务生可能很快就会过来让自己点餐了，只要一开口，女房东马上就会知道隔壁有人，她会听出自己的声音吗？不要被好奇心干扰了，还是赶紧走吧，去外面再等机会。

"我觉得阿骏……不太可能是他。"女房东再次开口。

"是有什么新的发现吗？"

"也不是。怎么说呢，不仅是性格的问题，就身体的协调性来说，一手攀在窗外，一手还要用精细的工具开窗……阿骏做这件事的样子我怎么都想象不出来。你不知道，他切牛排都不会，拿刀的手只要来回切，叉子也会跟着一起动，牛排在碟子里转了一圈又一圈，我都忍不住想摁住他的手了。这么笨的人……"

"你暂时不用想太多,先这样吧!是不是阿骏,明天就知道了。"男人发出拿起钥匙的声音,"你的车修好了吧,一会儿开回去注意安全,雾还很大。走吧,再待下去你嫂子要问个没完。"

原来如此,男人是女房东的哥哥,就是傍晚在楼梯上遇到的那个人。

"对了,青岚园的房子我去过了,没人在家,我也就没进去。"

"是吗?奇怪了,那个老伯伯应该不会出门的。哎呀算了,让他们自己解决吧,他儿子不会那么不中用吧。"

"不能这样想,这可是你租给他们的房子。我抽空会再过去。"

袁午真想现在就大声告诉他们:不用来了,热水器已经修好了!

两人走出门,男人钻进一辆黑色轿车,女房东向他挥手告别,独自朝明耀汽修行走去。

袁午做了个深呼吸,快步追赶上去。

"真巧啊。"

"啊,是你,真巧……"女房东向他展开温婉的笑容。

袁午沿着货架寻找想要的东西,他已经辗转了好几家药店,并不抱多大希望。

"感冒药吗?在那边。"穿着白大褂的售货员观察袁午良久,指着远处的货架说。

袁午一直在咳嗽。他趁着咳嗽的空当观察周围,等旁边一个中年妇女走开后,小声问售货员:"福尔马林,有吗?"

"有的。"

售货员泰然自若地领他走到长长的玻璃柜台后面,拿出一个棕色塑料瓶,有些像小时候喝过的止咳药水。标签上写着"10% 组织固定液",容量是五百毫升。

"这是福尔马林?"袁午指着瓶子问。

"啊。"

"有没有……大瓶装的?"

售货员摇头:"你以为可乐呀,你要用来做什么?学生做标本实验,用的都是这个量,足够了。"

原来所谓的"组织固定"的用途是这个,看来福尔马林并不是见不得光的东西。

按这个容量,恐怕将店里的库存全部买下也远远不足。

还有另外一个办法,但是否有效,袁午心里没底。他走出药店,伸手拦下一辆出租车。

"去花鸟市场。"

斜叼着烟的司机一声不吭,袁午还没关好车门,车子便蹿了出去。

今天的天气稍有好转,大雾变得稀薄,空气更为寒冷。咳嗽怎么也忍不住,袁午在后排座上蜷缩成一团。司机为了排烟,把四扇窗户全打开了。凛冽的寒风灌进来,袁午全身起了鸡皮疙瘩。

"哎呀,生病了,就该待在家里好好休息嘛。"司机一弹指,带着火星的烟头从窗外掠过。

那个烟头……究竟发生了什么事呢?袁午再次回想起昨晚一波三折的遭遇。

可以明确的是,女房东一直在等待获取烟头的机会。和男人共进晚餐时,看得出来兴致不高,但交流的频率还算正常。而在拿到那个烟头之后,就成了一副巴不得赶男人走的架势,坐在修车行的沙发上没抬过头,完全把同伴当成空气。如果提出晚餐邀请的人是她,那么这件事一开始就是计划好的。

而后,她迫不及待地把烟头交给了她的哥哥。

"让化验科检测一下","化验科的同事很可靠","医院不会知道这件事"。

这么看来,她哥哥是一名医生,那么得到烟头就是为了提取唾液中的 DNA 信息。

亲子鉴定？

她偶然间发现自己的孩子和丈夫血型不符，而在怀孕之前曾有出轨行为，于是怀疑她当时的情人，也就是昨晚的男人是孩子的父亲。

袁午很乐意接受这样的解释，这与他毫无关联，对此一笑了之即可。然而，他还听到了别的信息。

"一手攀在窗外，一手还要用精细的工具开窗……"

入室盗窃？

家里东西被偷了，需要谨慎到这种程度吗？没有报警，宁可自己查，难道是被偷了见不得光的东西？

袁午真正感到有所顾虑的是，"这个人"进了谁的房子。是女房东的哥哥，还是她自己？如果是她的，是现在她住的房子，还是青岚园的那套房子？

也不用太过担心，就算真的进过贼，哪有贼会上同一个地方偷两次呢。

而且，追上女房东后两人的对话很顺畅，该说的都已经说了，可能说得有点急，但女房东并没有起疑。"好的，我会转告我哥的。"

这样就应该没问题了。

"哎！到了。"

袁午坐起身，脑袋比躺下之前重了一倍。

花鸟市场门口狗吠鸟鸣，一派生机勃勃的景象。袁午下了车，看着一直铺到路上的盆栽，忽然萌生了买几盆回家的冲动。他对培植观赏毫无兴趣，可是现在看到这些在冬天依然绽放的花草，却莫名地感到悲哀起来。

父亲为满院的紫丁香浇水的样子浮现在眼前。母亲去世后，原本颓萎荒凉的院子变得绚烂盎然。那时的父亲已然体会过陪伴死亡的滋味。

袁午像要驱赶什么似的用力摇晃脑袋，一阵天旋地转，他蹲了下来。重新抬起头时，他看到了一家仿佛遮蔽在森林中的水族馆的招牌。

店里没有别的客人，上了年纪的老板从鱼缸围成的通道里走出来，他把又稀又长的头发梳到脑后，看起来神采奕奕。

"有鱼病粉吗？"

老板连说了几个"有"，哼着小曲不知从什么地方拿出一个扁圆的塑料罐。

"喏，日本进口黄粉。"

"黄粉……和普通的成分一样吗？"

"这个好，这个纯度高，副作用小，每次只要放一点点。"答非所问的老板把手举到鼻子跟前，拇指和食指捏在一起。

袁午昨晚再次查阅了相关信息，在检索"福尔马林售卖处"的页面下方，出现了"福尔马林精粉"的关联词条。这种提纯物主要用于防治鱼类疾病，溶入少量在鱼缸里，即可杀死各类细菌，相当于一种消毒剂。重要的是，这几乎就是固态的福尔马林。

袁午拿起瓶子查看说明，说是日本进口，从头到尾没有一个日文字，但应该就是想要找的东西。他向老板问明价格，觉得比想象中便宜很多。

"你这儿有多少？我全要了。"

老板吞了口唾沫："你要多少？如果我这儿不够，还可以去隔壁借。"

老板带他走进储藏室，拖出货架最底层的一个纸箱，粗略一看，大概有三四十瓶。

袁午一边握拳放在嘴边抵挡咳嗽，一边在脑中飞快地将所需的剂量重新计算一遍。

尸僵缓解之后，父亲可以侧卧在鱼缸内。鱼缸的长度是一米七，略小于父亲的身高。三十厘米的宽度可以提供让膝盖弯曲的空间。以这样的姿势，水面高度就必须达到肩宽。肩宽按五十厘米算，那么，需要注入大约二百五十升水。

他原本期望多少能从药店买到一些福尔马林溶液,配合精粉一起使用,没想到能买到的溶液分量完全是杯水车薪。干脆全部用精粉吧。

组织固定液的浓度是百分之十,按这个配比,就需要二十五公斤的精粉,如果精粉的纯度不高,那就需要更多。

"就这些吧。"

他不想让老板再去其他店铺,以免牵扯更多的人。目的并不是保存标本,只是一定程度上减缓腐败速度,也不是非要达到标准浓度不可,能撑过三四天就行。

袁午让出租车开到小区附近,从后备箱里捧出纸箱,就像刚刚收到一份快递。

回到家放下纸箱,袁午摔进沙发里,心脏带动额头的神经突突直跳。现在明明是中午,却比夜晚还要安静。外界的杂音听起来像隔了一层厚厚的罩子,体内的血液流动声反而隐约可闻。他伸手摸到茶几上的电视机遥控器,按下开启按钮,在纪录片的旁白中沉沉睡去。

阿骏的桌子在楚萍右前方,楚萍可以看到他的显示器,当然,是隔着磨砂玻璃的,越远的位置越朦胧。每当阿骏因为调整坐姿而摇晃身体,他的剪影便会在瞬间清晰起来。显示器则始终是亮乎乎的一片,早上开始到现在,影像变化幅度一直很大。

不会是在偷偷看视频吧?

就阿骏的工作性质而言,在工位上看看视频似乎也无伤大雅,一切设备正常运作的情况下,难道还得埋头钻研不成?

现在的设备和系统都越来越稳定,能解决电脑的一些小问题的人也不在少数,原本招了三名员工的系统服务部现在只剩下阿骏一人,被公司塞进隔壁销售部,共用一个办公室。这表示,阿骏是三人中最优秀的那个,但也可以说是最本分的那个。这种没什么技术含量的活,谁干都是一样，当然是留下卖力话少的。

楚萍设身处地地思考阿骏的境地，在一个拥有两百多名员工的企业上班，工作内容与核心业务毫不沾边，并且没有同类——扫地的阿姨还有两个呢。只有他没法和别人聊工作，一开口，说的必然是闲话，偏偏又不擅长说闲话。这样几年下来，变得越来越孤僻自卑，进而扭曲心理，也不是没可能。

显示器上出现一张模糊的脸，看起来是个女性，有什么东西在她张大的嘴巴里活动。

这个家伙，果然是在看那种视频啊！太没出息了。销售部的人都跑业务去了吗？

但似乎又不太像。下个镜头出现一个半身的男人，摆动着上臂像在进行阐述说明。仔细看，屏幕下方还有字幕。

楚萍回头瞥了眼正在打瞌睡的小晴，她倒是经常找这类视频看，以前说是陪男友调节气氛，现在男友跑了自己照看不误。

"哎，你觉得吴骏这个人怎么样？"昨晚回去之后，楚萍想听听小晴的看法。

"吴骏？噢，修电脑那个。"小晴对着镜子不断拍打着抹得油亮亮的脸。

"对啊。"

"怎么着？他对你有所表示？"小晴幡然醒悟般拧过脖子，"这世界太不公平了。"

"没有没有，你回答我的问题。"

在诸多对楚萍表示过好感的男同事中，阿骏是处理得最为低调的，其他几位都有同僚帮忙起哄，阿骏只会一次次地刻意安排偶遇。他的心思，就连楚萍自己也花了一年多时间才隐隐察觉，别人根本无从知晓。

"他呀，总是听人使唤他，吴骏吴骏地叫，我一开始还以为是俊俏的俊,后来一看公司名册才发现,这个'骏'当真适合他。"

"什么意思？"

"马头马脑的。"

"什,什么叫马头马脑？"

"就是像马呗,叫他干什么都乐意,也没什么要求。"

不得不说,小晴总结得很到位。

"还有呢？有没有感觉……有点不太正常？"

小晴停止了拍脸的动作:"他对你做了什么？他有特殊癖好？！"

不适合再聊下去了,楚萍说了声"什么呀"便走开了。显然阿骏并未给小晴留下特殊印象。

人是否正常取决于"正常"的定义,如果说内向木讷、不求上进、喜欢看色情视频能算不正常,那恐怕世上正常人也不会太多。楚萍觉得自己的问题着实有点儿莫名其妙。

检测结果不知出来了没有,哥哥还没来电话。马上十点了,今天还剩一家乙方公司要来投标。楚萍看了一眼对方事先传过来的案例资料,喝下一大口水,起身前往会议室。

阿骏已经排到取餐口了,刷完卡便会回头找座位。楚萍想跟他打个照面,看看他的反应。

楚萍多数时间在外面的快餐店解决午饭,今天例外。

她自认为对饮食不算挑剔,公司食堂的伙食也没到难以下咽的地步,只是这儿时常让人感到别扭。端着餐盘一坐下来,邻桌的男同事总会不自觉地做出一些小动作,扭扭腰、挪挪屁股,脑袋没动而斜睨的目光却拼命与之抗衡。直接转过脸来给个微笑,又能怎么样呢？如果多人聚餐,甚至会爆发出猥琐的笑声。她知道引发这些笑声的谈话内容也许和自己无关,但那种刻意散发荷尔蒙的浮夸作风,和高中生有什么区别。男人不到结婚生子,看来是长不大的。

经历了那件事的伤痛后,楚萍和两位先前保持若即若离关系的同事摊牌，不准再约她，不准再送礼，所有消息一律不回，最好擦肩而过连招呼都不要打。倒不是因为对他们持有怀疑。那段时间，就连看到带有男性气息的物品，比如领带、打火机，她都会感到阵阵心悸。

可是阿骏呢，楚萍就拿他没办法。因为他没有任何表示，也就无从招架和回击。

楚萍望着他打饭的背影，心想难道这就是所谓的大智若愚？如果他不是那个禽兽的话……

他转身了，嘴巴和眼睛都张到一半又恢复原状，然后对楚萍露出傻兮兮的笑容，竟然和平时没什么分别。

这家伙昨晚应该很郁闷才对，至少是莫名其妙。

拿到烟头后，楚萍一直在跟哥哥联络，全身的注意力都集中在口袋里。还是太紧张了，修车店里那么多人，根本不会出什么意外。直到阿骏突然站起来告别，她才反应过来他刚才一直在说话。

楚萍感到自己陷入了焦虑，她居然开始在意阿骏的感受，这哪里是对待嫌犯的态度。如果他不是，楚萍眼中的阿骏似乎会发生某种奇异的变化。

如果他是呢？不，不可能，千万别是他。一瞬间楚萍有股冲动，打电话给哥哥让他停下来。

"你干吗呀，菜都凉了。"小晴吮着鸡腿骨，她的餐盘快见底了。

下午没什么要紧事，楚萍将会议纪要录入电脑，便又不自觉地观察起阿骏来。午饭后他的烟瘾陡然增大，大约每隔半小时会出去一趟。有几次是被叫出去解决电脑故障，但想必也会顺带去一趟楼梯厅。

将近四点时，哥哥终于打来电话。

"不是他。"

楚萍在走廊里原地转了个圈，太好了。

"你怎么了？"

"啊，没事。那接下来怎么办？"

"你再想想，认识的人当中，还有谁知道你的住址。"

楚萍要好的朋友其实不多，她偶尔会去一位同学家做客。同学结婚生了孩子之后，来往就少了很多。楚萍见过她的丈夫一两次，难道对方因此就见色起意？如果这样判断的话，快递员的嫌疑岂不是更大？

哥哥认为，凶手不会是与楚萍没有生活交集的人。

与异性的生活交集，就只有同事而已。公司的员工信息表上有家庭住址一栏，但楚萍入职时尚未买下青岚园的房子，填的是老家的地址。她也从未接受过那几位追求者送她回家的建议，除了阿骏。

这些情况哥哥都清楚。

"存心跟踪的话，要知道你住哪儿也不难。如果能把你们公司的职工体检放到我们医院，或许还有办法。我再想想吧。"

"对不起……"

"对不起什么？"

"让你这么为难。"

"这是什么话，不知道那个人是谁，就永远无法忘记这件事。你能忘，我也忘不了。"

"哥……"

楚萍一直没有问哥哥，如果找到那个人要怎么做。她不敢问。哥哥会用自己的方式制裁他吗？也许这半年来，哥哥一直在等自己作出找到凶手的决定，他所受的折磨并不比自己轻。

万幸的是，这个人不是阿骏。

"还不走？"下班时，小晴拎起包凑到楚萍身旁问。

"有个同学今天过来，没办法，我得陪她吃顿饭。"楚萍装出无可奈何的表情。

"带上我不行？"

"嗯……"

"噢……"小晴晃动食指,"是男同学。"

楚萍愣了一下,干脆挤出笑意。小晴像个老先生似的摇着脑袋走了。

和昨天一样,阿骏站到了楚萍身旁,电梯口没有别人。不同的只是他没有就恶劣天气发表意见。

"晚上有安排吗?"楚萍似笑非笑地问。

"没有。"

"今天吃中餐吧。昨天被你抢先买单了,不算,今天重来。"

如果换了别人大概会说,那只要我每次都抢着买单,就能一直重来了。老实的阿骏只是点了点头。

昨晚真是对不住了,楚萍在心里说,全身上下感到久违的轻松。

"我特别爱吃这个。"楚萍用筷子指着刚端上来的葱油河虾。

"好像不太实惠啊,虾钳子都没剪,看起来很满,实际虾肉的体积大概只占百分之三十五。"阿骏用筷子夹起一只虾,悬在他的黑框眼镜前晃悠。

"你平时都这么精确地说话吗?"

"嗯……我平时不怎么说话。"

"跟家里人也不说话?"

"我一个人住,爸妈在乡下。"

楚萍吃掉一只虾,犹豫片刻问:"哎,你多大来着?"

"你是说年纪吗?"

"对啊,不然是什么?"

"说不定是鞋码。"阿骏表情严肃,回答却突然俏皮起来。

"鞋码?我要知道你的鞋码有什么用啊?我又不给你买鞋。"

"那你知道我的年龄……会有用吗?"

"喂,你会不会聊天啊!"

"对,对不起。"阿骏尴尬地低下头,"我穿四十二,哦不是,我二十九岁。"

巧了，跟自己一样大。接下来，要不要问他是否单身呢？我到底在想什么啊？

二十九岁完全可以称得上是大龄剩女了。母亲找媒婆介绍过好几个人，都跟哥哥天差地别。没有达到心理预期固然是一方面，最主要的是，自己还没做好成家的准备。独自生活，养鱼赏花，逛街购物，这比起洗衣服带孩子实在舒适太多了，为什么大家都急着结婚呢？

阿骏说不定也是这种心态，他对我的感觉是否真实可靠很难说，性格单纯的人，感情一定单纯吗？还是说，他跟大多数男人一样，只是想着那回事。

"上班那会儿，你都偷偷干啥了？"楚萍决定逗逗他。

阿骏放慢了咀嚼的速度，推了把眼镜说："看了一部纪录片。"

"关于什么的？"

"保持口腔清洁的重要性。"

居然一下就说到重点了，楚萍微微诧异："看这个干什么？对了，你一天抽那么多烟，口腔清洁对你来说确实很重要。"

"如果你不喜欢的话——当然，不可能有人喜欢的——我可以，可以戒掉。"阿骏看着面前的茶杯满脸通红。

楚萍以为自己会笑出声来，但同时却涌上来一股更为强烈的心酸。又是那样的感觉，这感觉把即将扬起的嘴角用力拉了回来。自己此刻的表情大概谁也看不懂，不会要流眼泪了吧。

"楚萍……"

阿骏从来没有叫过自己的名字。楚萍看着他，他慢慢地鼓足勇气与她对视。

"你是不是……受了什么伤害？"

"啊？你说什么？"楚萍大吃一惊。

"不不，没什么，算了。"

"什么算了,你在说什么?!"

阿骏长长叹了口气,把目光移回茶杯上:"我以前看过一个故事,一个女孩儿爱上了住在对门的男人。她喜欢他的一切,甚至会收集他丢掉的烟头。我想我应该没有这么大的魅力。"

楚萍完全怔住了。

"对不起,你……你别紧张。我琢磨了半天才想到该怎么问你这件事,我的表达有点问题,对不起。嗯……"他不断挠着乱蓬蓬的卷发,"对不起,刚才对你撒谎了。我看的纪录片跟口腔清洁压根没有关系。"

"什么……"

"那个片子讲的,是DNA样本的采集方法。"

锁定·指纹的推演

楼下停着两辆警车,看来勘查工作已经开始了。杨远把车随意靠在一旁。恩怀跟着他一起小跑上楼。

302室门口恢复了上午的状况,邻居们像观赏笼子里的动物一般,伸长了脖子朝门内张望,相互之间探讨着什么,看到杨远上来,纷纷表露出惋惜的神色。其中一位上前搭话,杨远没有理会。

张叶倚着门框注视屋里的一举一动,她朝杨远点点头,然后把目光移到恩怀脸上。

站在一旁的许安正看到女儿,脸上萌生的怒意夹杂着几分无奈。

"对不起,恩怀这次闯祸了。"他转向杨远。

也不完全怪她。杨远想这么说,又把话咽了回去,他不想给对方一种若无其事的感觉。每次面对许安正,总会有种微妙的尴尬。

"如果需要帮忙,尽管开口。"

听动静,大概有三四个人在室内活动。从门口望进去,只能看到其中一位半蹲在走廊附近,对着地面拍摄照片。他穿着透明鞋套,脚边放着一支大约一尺长的蓝色灯管。

在溪田山舍与张叶通过电话后不久,陆警员携两位下属赶到。为了确保万无一失,他决定在周围的山林中展开搜查。

从最近的公交车站到溪田山舍,需要穿过半个村庄,经过一段蜿蜒的山路。一个孩子若能徒步抵达,必然潜藏着巨大决心。然而仅有决心是不够的,至少还需要记忆。杨莫只来过一次,全程都坐在车上。杨远认为他不会有这样的记忆,于是听从张叶的指示,带着恩怀赶回青岚园。

张叶喊来一位勘验员给杨远和恩怀录指纹。勘验员递过一个形似鼠标的仪器,中间嵌着一块邮票大小的黑色玻璃。

"你家里的指纹已经采集过了,对比之后马上会提取到小莫的指纹。不过这里的情况比较复杂,可能需要花点时间。"

上午进入这里时,有过明显活动的人就有杨远夫妻、恩怀父女,

501室的女人以及张叶,再加上挤在玄关的一众邻居,足足有十来号人,提取痕迹的难度不言自明。

"现在只能拜托你们了。"杨远伸出手指摁在采集器上。

恩怀照做之后,张叶扶住她的肩膀轻声说:"我有话问你。"

恩怀先后看了杨远和父亲一眼,跟着张叶走到下一层台阶。杨远试图听清两人的对话,但张叶把声音压得很低。

走上四楼,自己家的门半掩着,迈过玄关,发现茶几旁站了不少人。陶芳娘家的亲戚来了两拨,每个人都神色凝重,舅舅和姨夫分别在打电话,试图联系熟人帮忙。舅妈和姑妈看到杨远便停止低声交谈。性格淳朴的表弟朝杨远喊了一声"哥"。沙发上坐着陶芳和她的母亲。

"阿远……"岳母脸色苍白,最后的尾音转向哭泣的声调。

杨远感到疲惫不堪,独自坐到了餐桌旁。

"找到小莫了吗?"陶芳明知故问。她眼神涣散,透着一股高烧未愈般的气息。

杨远摇头:"警察还在民宿附近找。"

"那你回来干什么!"陶芳站起来大声吼道。

杨远全身僵硬,大脑一片空白。其他人也都愣住了。

"你这么傻坐着,小莫就能回来吗?就是因为你,整天对他百依百顺,他才有胆子这么做。"

"什么叫有胆子这么做?他做了什么?你说说看他做了什么!"杨远的右肩耸了起来,蓄满力量,瞪着餐桌上的玻璃杯。杯子在他脑海中横飞出去,在厨房里化作碎片。但最终他还是忍住了。

陶芳放声大哭,岳母不断拍着女儿的肩膀。

"如果他回来,你打算怎样?还是从吃饭骂到他睡觉吗?"杨远极力压低声调。

"这难道不是为了他好?像你那样能行吗?你这一年来做了些什么?把小莫扔给恩怀——她也是个孩子啊,你自己不闻不问,整天瞎忙，你倒是折腾出一点动静来啊！"

"我从来不怀疑你是为他好，只是你不懂。"

"我不懂什么？啊？你说啊！"

杨远心灰意冷，起身朝门口走去。舅舅见势立刻挡在他身前。

"阿远，这个时候不要闹情绪。"他凑近了小声说，"你也知道阿芳的脾气。"

杨远朝舅舅摆了摆手："没事的，我去外面透透气。"

"我有战友在公安局上班，刚刚联系过了，这件事他会派人盯着，你放心。"

杨远不禁为自己感到心酸，此时此刻，他却找不到能帮忙的朋友。从来不以为意的社交关系，有时候是可以救命的。

恩怀不知什么时候站在了门口，她大概想找陶芳说点什么，听到刚才情绪爆发的对话，便停下了脚步。

杨远跨出门槛，对她摇了摇头，侧身走下楼梯。

302室的勘查工作仍在进行。许安正靠在外墙边，不知在和谁打电话，声音低沉但没有刻意压住嗓门。与上午匆忙赶回时不同，他换上了整洁的外套，看起来就像一位常年保持运动习惯的大学教授。

张叶双手插兜守在门口，脸色介于出神与凝神之间。她和许安正的距离不超过两米，电话内容应该听得很清楚。邻居们大概都被她赶走了。

杨远走出单元门向西走，在三五扎堆的居民的目光下穿过环道，一直走到小区中间。花坛边有长椅，但他坐不下去。

不久，恩怀远远跟上来，低着头一言不发。

"阿姨只是一时情绪不好，这种话她也不是第一次说，我都习惯了。"杨远笑了笑，把刚点燃的烟踩在脚下。

"她想责怪的人其实是我，只是对我说不出严厉的话，所以就……把你当出气筒了。"恩怀说得一点儿没错。

"现在怪谁都没有用了。"

"我想跟阿姨道个歉。"

"她现在什么都听不进去,你的想法我明白。"杨远用手掌盖住了双眼,左下方的牙龈阵阵疼痛。

"对不起……"

"别再说这三个字了。"

恩怀重新低下了头。杨远赶到溪田山舍之前,她已经独自在附近的树林中寻找了一个小时。此时右裤脚仍然粘着半张枯叶,松散的刘海挂到了嘴角边。杨远想起那晚在楼道上初次和她对话的情景。

"回去吃点东西吧。"他柔声说道。

恩怀犹豫片刻,转身离开。

杨远望着她远去的背影,心中忽然生出一个念头。

"恩怀!"他喊住她,"来,我们做个试验。"

自己家楼下人多不便,杨远把车开到位于小区南侧的三十三号楼附近。这栋楼与周围景观的位置关系和十七号楼相似。

他来回调整车头,直到和记忆中的位置分毫不差——紧贴楼边花坛,距离楼梯口不到三米的距离。

"你上二楼去,然后走下来,尽量想办法不要让我看见。"

恩怀当即会意,小跑登上二楼。

杨远把手机放在接近腹部的位置,靠着方向盘下端。这个姿势,脖子已经有些不太舒服了,当时的视野不会比现在更小。

稍后,一团鹅黄色出现在左上方,慢慢沿着一条斜线接近视野中央。到达紧挨车头的位置时,恩怀蹲下身,鹅黄色还剩最上方的一小部分。

怎么可能看不到呢?

为了接近真实情况,整个过程中杨远一直强迫自己朗读手机上的短文,但他觉得注意力还是分散了,尽管朗读并没有出现停顿。

恩怀的衣服颜色过于鲜艳或许是一个原因,事先有所准备才是这个试验不具备参考价值的关键。

但那时难道就完全没有心理准备吗?

对方就快出现了——处于等待状态的人都会给自己这样的心理提示,只是这个提示没有现在那么迫切罢了。

"一直守在这里吗……"恩怀抬起头若有所思,看来张叶并没有向她提起小莫失踪的细节,"……就算从这扇窗户跳下来,也还是在这个位置。"

杨远下车,随着她的目光看向楼梯厅最低的那扇窗户,高度相当于一层半,直接跳下需要胆量,却不一定会受伤。但正如恩怀所言,落点就在车头边上。至于边上的防盗窗,远在两米开外,以小莫的臂展根本够不到。这种可能性一早就被张叶排除了。

归根结底,如果不进入某户邻居家里,小莫想要离开难如登天。

"会不会……小莫一直就没有离开那栋楼呢?"恩怀说。

杨远摇头:"里里外外搜过两遍了,除非他会隐身。"

树梢上传来鸟鸣,云朵的淡影在脚边移动。

"你们为什么,非要选在那个时候呢……"杨远喃喃自语般问道,他其实已经想到了答案。

"那个时候,是唯一的机会。"恩怀抠着指甲说,"小莫没有独处的时间,只有走下楼梯的那一小会儿。"

起床,上学,回家写作业,睡觉。如此循环五天,然后周末去上培训班。

那些乱七八糟的培训班究竟有什么意义呢?

一个九岁的孩子,真的有必要接受如此纷繁复杂的信息吗?就像是被塞入高速行驶的汽车后看到的窗外景象,他能看清多少呢?反而会因为眼花缭乱而感到恶心吧。

停下来，光着脚感受一下土壤的气息，看清身处何地，才能知道自己要干什么。这样长大的孩子难道会很差劲吗？

是因为多数家长相比成风，所以就此随波逐流？陶芳决定把小莫送进培训班的时候，杨远并没有极力反对。

不完全是这个原因。小莫和其他孩子不同，他太依赖父母，无法独自面对时间的流逝。把他送进培训班，自己就能喘口气，只是这样而已。

杨远望向碧蓝的天空，却感受不到晴朗。

"小莫第一次说起让我带他去的时候，我嘴上没有答应，但是心里总觉得有一天我会答应他的。"恩怀咬紧下唇，"我只是觉得……小莫太可怜了。"

"为什么这么说？"

"他做什么事情都很勉强，控制不住自己。不停犯错，就只能不停挨骂，在学校里也是一样的，从来没有听到过一句表扬的话。"

"真的吗？"

"嗯，老师在作业本上写的评语，我都看到了。"

杨莫在学校的近况杨远一无所知，陶芳的指责并没有错。

"这一年来多亏了你帮忙。"

"我也没做什么。反倒是现在……早知道……"

"什么？"

"早知道那天晚上，坚持留在自己家门口就好了。"

杨远看着她，心中五味杂陈。

"千万别这么想，这是两回事。如果这都能牵扯上关系，这个世界就太复杂了。"

"这个世界，就是很复杂。"恩怀说"就"这个字时，用了点力气。

十四岁的少女会这样有感而发也并不奇怪，恩怀经历了父母离异的痛苦，体会只会更加深刻。

一辆警车沿着环道驶向小区大门,看来现场勘查已经结束了,不知要多久能出结果。

透过楼宇间的空当,可以看到几位民警正沿着围墙随意走动,边走边检查栏杆和地面,没有使用任何工具。对他们来说,这只是一份工作而已。

稍后,许安正的银色丰田车疾驶而过。

女儿惹了祸,他依然第一时间赶回去工作。即便把恩怀当成年人对待,至少也得过来说几句吧。还是说,他看到恩怀跟着自己,觉得三个人之间说什么都不合适呢?

"对了,刚才那个女警问你什么?"杨远回神问道。

恩怀仰起脸,即将和杨远对视的前一刻又把头低了下去。

"问我昨晚的事。她说听你说过了,但还想让我再讲一遍。"

"昨晚的事?"

"嗯,小莫把我的房门钥匙丢回书包时,进了书包的夹层,被书压住了。我回家才发现。"

如果早一点回想起这件事,是否来得及阻止小莫的行动呢?恐怕也未必,他究竟有没有躲进恩怀家现在还是个谜。说不定他有自己的心思,连恩怀也一起骗了。可如果是这样的话,他还是我儿子吗?

"所以丢了钥匙,忘带课本都是假的,你说起谎来也一点儿不含糊啊。"

"对不起……"

"还有呢?"杨远觉得她有所保留,"她还问了什么?"

"她好像,在怀疑我爸。"

"怀疑你爸?"

恩怀苦思冥想般地点了点头。

"她说了什么?"

"她问我爸最近有没有什么反常的举动。"

"你怎么回答?"

"我不知道。我是说,我回答不知道。他最近很忙,我都没怎么跟他说过话。"

杨远凝视前方。张叶在怀疑许安正,理由是什么呢?

长久以来,杨远和许安正的交流只限于在楼梯上打个招呼,即便是在与恩怀结识后的一年里,这种关系也没有改变。

"性格有点古怪,好像不喜欢被人打扰,不过看起来还是挺绅士的,毕竟人家学问高嘛!"这是陶芳对于许安正的评价。

杨远觉得,许安正的"不喜打扰"和一般的内敛不同,有着一份进退自如的从容。不愿被人打扰,却可以轻易地打扰别人。不知道这是不是生意场上训练出来的能力。

陶芳每次送恩怀东西,第二天必然收到恩怀带来的回礼,许安正自己却从未跨进杨远的家门。很显然,他无意与杨远一家深交。这种两不相欠却又放心地将女儿托付给他人的心态,一度让杨远怀疑他并不在意恩怀。

恩怀为什么没有跟着母亲呢?杨远很想知道答案,但一直问不出口。

帮忙给杨莫辅导作业,作为回报,恩怀获得一份免费的晚餐。单纯从利益角度考虑就是这么回事。许安正由此得到更为充足的工作时间,把这个关系当成一门生意也说得过去,这大概就是他的想法。

"你爸今天很早就出门了吧?"

"嗯,六点。"

"那警察的怀疑就没道理。"这句话不是单纯为了安慰恩怀,先不考虑动机,就手段而言,许安正的嫌疑是难以成立的。

杨远挺直腰身,以免自己被绝望和疲惫击垮:"你先回去吧。"

"你呢?"

"我想去找小莫。"

"去哪里找？"

"我也不知道，但总比什么也不做好。"

此时未到四点，黄昏已然降临，冬至仿佛在彰显大自然强大的不可抗力。小莫也许将在某个未知的地方度过一年之中最为漫长的夜晚。

"我跟你一起去。"

穿过操场，一对男女学生背着书包从项义身旁擦身而过。两人容貌姣好，身型匹配，尽管没有牵手，还是一眼就能看出端倪。少女脸上似笑非笑的神情仿佛在向旁人昭示双方的关系。

初中生，最多也就十五六岁吧。项义不禁侧目良久，想到自己多活了十来年，却没有体会过和异性并肩而行的感觉。即便是眼前这个张叶，也只能屁颠颠地跟在她后头。

学生已经走得差不多了，距离教师下班还有十几分钟。

班主任黄老师从面相上看四十来岁，实际年龄可能更大一些，但身材保持得很好。得知警察上门，已然像个迎宾小姐似的站在二楼的楼梯口等待。

张叶事先打过招呼，过来只是简单问几个问题，无须通知校方领导。

"恩怀出了什么事吗？上午她爸也来找过他。"黄老师将两人引进一间会议室。

"她没事，在家休息。"

"哦……"黄老师看着张叶的风衣，疑惑地点了下头。

实际来找过许恩怀的人是杨远，他只在校门口打了电话，黄老师自然会误认为是许安正。

"她请假回家，具体是什么时间？"张叶盯着对方的眼睛。

"嗯，是八点零五分。"

"这么精确吗？"

"当时正在考试,她第一个交卷,提早了十分钟,所以我有印象。"

"原来如此……请假的理由呢?"

"肚子痛。就是……"黄老师瞟了一眼项义,"就是女同学会遇到的麻烦吧。"

"嗯。考试成绩出来了吗?她考得怎么样?"

"不错,这次也是最高分。"

"完全没有影响发挥啊。"张叶轻轻挑了一下眉毛,"提早了十分钟,还忍着肚子痛,那可真是厉害。"

"影响还是有的,这份试卷,按她平时的水准应该会接近满分。"

也就是说,第一和第二之间有着明显的差距,许恩怀的学习成绩在全校都属于一枝独秀。

"提前交卷的情况,以前出现过吗?"

"这倒没有。如果不是身体不适,也没这个必要吧,反而会显得自己特立独行。恩怀虽然很优秀,但一点不张扬。"黄老师对自己的得意门生赞不绝口。

张叶微微调整呼吸:"最近一段时间,关于恩怀,有没有发生过什么让你印象深刻的事情?"

"你指的是哪种事情?"

"什么都可以。"

黄老师侧过脸陷入沉思。

这个问题本身就很模糊,况且张叶一直没有表明问话的意图,黄老师是否有所隐瞒也不好说。

"没有这样的印象。"她不无尴尬地回答。

项义忽然想起刚才看到的那对情侣模样的学生,便开口问道:"她跟哪位同学关系要好,走得特别近的,比如说……某个男同学?"

"没有没有。"黄老师连连摆手,"不要说男同学,女同学也一样。恩怀平时话不多,总是独来独往。"

"是个内向的女孩啊。"

"嗯……严格来说并不是内向。其实这样的学生在班上很多,而且多数是成绩好的学生。"

"是吗?"

"可能是为了保持学习的专注度吧。以后踏上社会,不一定还是这样。真正了解学习的意义之后,这种专注度反而很难维持下去。"面对项义,黄老师的谈吐就变得自如起来,"不过恩怀不一样,虽然也有这方面的因素,但主要还是因为比较成熟,和周围的孩子谈不到一块儿。"

张叶点点头:"大概是因为她特殊的家庭环境吧。"

"啊,是啊。"黄老师释然一笑。

看得出来,她先前并不确定警察是否知道恩怀的家庭情况,因此没有多说什么。这种下意识保护学生的心态,可能会使她忽略一些信息。

不过,重要的是时间,八点零五分之前一直坐在教室里考试,这已足够说明问题。

"耽误你下班了,真是过意不去。"张叶站起身,难得表现出真诚的歉意。

"哪里,好像没帮上什么忙。嗯……能告诉我究竟为什么要调查恩怀吗?"

"现在还不方便透露。我们现在所做的调查,很可能是无用功。查案本来就是这么回事,所以没必要告诉她,其他老师那里,也尽量不要明说。"

"好吧,我明白。"

黄老师表面上是答应了,但警察上门调查这种事,一般人的嘴是守不住的,除非她真把恩怀当自己孩子对待。最终老刘也会知道这件事,不知他会如何处置擅自行动的张叶。真是头疼。

三人穿过"回"字形的檐廊走向楼梯口，教室的窗户在身旁一扇扇掠过。

"能去你们教室看看吗？"张叶忽然停下脚步说。

"当然……可以。"

十多年过去，中学教室与项义记忆中的样子不一样了。墙角挂着电视机，黑板变成了绿色。单人式的课桌两边是空荡荡的走道，感觉无依无靠。一间教室能坐下的学生比从前少得多。

"这是恩怀的座位吧？"张叶指着后方的一张课桌。

"是的。"

项义跟着走了过去，那张桌子位于倒数第二排，侧边的挂钩上挂着一个浅灰色的书包。

"啊，书包还在呢。"黄老师有些意外，"她打算下午还要回来的吧。"

"我能检查一下这个书包吗？"

"嗯……"黄老师显得很为难，"如果真的有必要的话。"

项义不由得皱起了眉。明明说调查可能是无用功，现在又提这种要求，像是要串通黄老师一起干坏事似的。还不如什么都不说，直接打开看就好了。

张叶把书本取出来逐一检查，翻得哗哗作响。项义没有帮忙，朝黄老师抱以尴尬的微笑。

检查完毕，张叶坐在恩怀的位子上，面对黑板静静出神，像个犯了错被留下来的学生。

"接下来还要去哪儿？"项义拉上车门。车顶上方的路灯恰好亮起来，天已黑了七分，白色的引擎盖泛出淡黄的光。

张叶陷在副驾席，拧着眉毛不说话。

"她的书包里有什么奇怪的东西吗？"项义问。

"没有。我要找的，不是书包里的东西。"

"那是什么？"

"她为什么要提早十分钟呢？"

"嗯？"项义愣了愣，"怕杨莫等不及吧。"

"是吗？也许是吧。"

张叶慢慢把后脑勺枕到靠背上，颓然看向车顶。下颌与脖子之间的曲线恰好位于光线的明暗交界处，在宽大的衣领内显得尤为精致。如果留起长发，想必也会妩媚动人吧。

"张姐，要不然，还是算了吧。"

"算了是什么意思？"张叶直起脑袋。

"就是……换个方向查。"

"我倒是想换来着。行，你来换一个，我去查。"

还是短发比较合适啊。

"方向有很多，但我就选了这一个。正在满大街找人的警察有多少知道吗？多你一个也还是这样。但如果你不跟我一起，这个方向就少了一半的力量。"

"我的作用有一半这么大？我以为我只是个司机而已。"

"司机的作用可不止一半，没有司机寸步难行。"

项义故作丧气地撇撇嘴："说来说去还是司机啊。"

"我让你记的东西记了吗？我看一下。"

项义从内袋掏出手掌大小的记事本，翻到最后记录的那一页。下午勘查302室那会儿，他一直留在青岚园的监控室核对许安正的出入记录，上面的信息就是那时写下的。

许安正的行踪：

06:00—离开青岚园前往宁湾（依据：青岚园监控记录）

06:45—抵达宁湾广场工地（依据：宁湾派出所监控记录）

08:09—在宁湾广场接到物业经理的电话，被要求返回青岚园（依

据：物业经理的通话记录、宁湾派出所监控记录）

08:50—回到青岚园准备开门，但女儿已经先回家（依据：青岚园监控记录）

12:05—第二次离开青岚园（依据：青岚园监控记录）

12:50—第二次抵达宁湾广场（依据：张叶、项义二人目击）

13:40—与张叶对话

14:30—与张叶同车回到青岚园，等待现场勘验

15:50—现场勘验完成，第三次离开青岚园前往宁湾工地（依据：青岚园监控记录）

杨莫失踪是在七点四十到四十五分。这个时间，许安正在宁湾广场工作，他的车一直停在监控区域内。根据老马的说法，他中途没有离开过。

假设老马说谎。许安正借用了其他车辆从宁湾广场后门离开，展开后续的诱拐行动，可行吗？答案仍然是否定的。

从市区开车到宁湾，正常行驶的情况下，需要四十五分钟。七点四十分在青岚园把杨莫带上车，八点零九分又在宁湾广场接到物业经理的电话，仅仅半个小时，这是办不到的。张叶向交警队打听过，连接两地的县道上，今天没有出现过严重超速的车辆。

至于他女儿许恩怀，八点零五分之前一直待在教室里，她更加没有机会。

那么，是不是有其他人参与行动呢？

一旦往这个方向考虑，推理的边界就无法掌控了。如何证明"其他人"跟这对父女有关联，成了另一个难题。如果没有关联，实际的情况就是另一回事，眼下这个当口，就没有必要揪着这对父女不放了。

令人生疑的是，从八点五十分一直到十二点，足足三个多小时，许安正在做什么呢？

"因为连日赶工，又被突然叫回来，一下子觉得很累，就躺在沙发上睡了一会儿。"在从宁湾回青岚园的车上，他这样对张叶解释。

这也太牵强了。项义原本对许安正并无嫌恶之感，听到这句话瞬间有种被戏耍的感觉。张叶不愿放弃对他的追查，就是基于这一点。

青岚园的监控存在大片盲区，在这三个多小时内，许安正究竟是一直在家里，还是在小区内活动，或是借由其他车辆出入小区，已经无法得知。

现在只能寄希望于痕迹鉴定了。但无论鉴定结果怎样，以上的客观事实都不会改变。

张叶怀疑这对父女，真的有充分的理由吗？什么"如临大敌""马大哈""特殊的家庭关系"等等，不过是一些琐碎的直觉罢了。

"走吧，去刑警队催报告。"张叶拢住摊开的衣襟，朝着挡风玻璃扬了扬下巴。

在家里见到岳母之后，杨远犹豫要不要通知乡下的父母。作为至亲，他们理应知情。但身为质朴的农民，两位老人家帮不上一点忙，一个电话只是徒增痛苦。他决定再缓一缓，等痕迹鉴定的结果出来了再说。

杨远开着车在街上漫无目的地行驶。恩怀时刻留意着窗外划过的夜景，每当经过灯火通明的店铺，或是人群拥挤的广场，她便摇下车窗凝望一眼。这么做十分愚蠢，可是除此之外还能做什么呢？

就算不知道小莫现在身处何地，能知道他是什么状态也好啊。是站着还是坐着？是昏睡还是哭泣？有没有吃过东西？还能不能感觉到饥饿？他是不是在想，爸爸什么时候找到自己。他必须这么想，只有这样才能坚持下去。

或者……他已经失去了思考的能力。

在文化公园里徘徊，看到缠绕在树枝上的灯带亮起时，杨远觉得自己像个心无所属的流浪汉。

他的半生平淡无奇,眼看就要迈入不惑之年,年轻时曾拥有的抱负,已从黑夜中的星光转变成白昼下的火苗,微弱而难以分辨,过不了多久便会彻底熄灭。能让他坦然接受这一切的,是现在所拥有的家庭,是他可爱的孩子。现在,这份卑微的寄托也即将被无情地夺走。

一整个白天过去了,带走小莫的车能在一个白天开出多远?什么时候才能找到小莫呢?如果他被拐到了很远的地方,多年以后,他还会记得我吗?

现在不该想这些,但他却无法控制自己。

恩怀从小卖部买回一袋切片吐司,杨远毫无食欲,见她也不吃,才抽出一片嚼了起来。两人坐在长椅上默默无言,冬天的公园里人影稀疏。

"我们这样找其实一点用也没有。时间也不早了,我送你回去吧,你爸也该回来了。"

"找不到小莫,我回去也不知道干什么。"

平常这个时间,恩怀和杨莫正在同一张桌子上埋头写作业,一年以来,除了周末每天如此。如果回到从前的生活,她是否反而不适应了呢?

对于恩怀的现状,许安正的态度始终难以捉摸,他的沉默会不会是一种假象?女儿被另一个家庭霸占,由此心生妒恨。这股恨意究竟能有多么强烈,才至于向一个九岁的孩子下手呢?杨远摇了摇头,这太离谱了。

"恩怀。"

"嗯?"

"你爸平时对你怎么样?"

"挺好的。"

"想来也是。"杨远润了润嘴唇,"你很久没见妈妈了吧?"

恩怀稍稍抬起头,侧过脸看向杨远的膝盖。

"她走了之后,就没见过。"她的声音变得冷冰冰的。

"她没来找过你吗?"

"没有。"

恩怀的母亲目前住在城东,与现任丈夫一起生活。陶芳只从恩怀口中得知这么多。

"他们为什么分开?你知道吗?"杨远下定决心问道。

恩怀把垂落的头发挽到耳后:"我妈想要新的生活。"

"新的生活……"

"嗯。和我爸在一起,她觉得没意思。"

杨远点了点头,想着要不要继续问下去。听她的口气,父母的往事也并非像暗藏心底的伤痛那般不可触碰。

"结婚的时候太年轻了吧,没有考虑清楚。"恩怀蓦然补上一句。

杨远微微诧异,没想到她会这么说。

"我爸除了长得还行,确实没什么吸引人的地方,每天只顾着自己的事情。"

长相出众,年纪不大却创办了一家小有名气的公司,在外人看来,这已足够吸引人。只不过,如果许安正对待妻子也像现在对待恩怀那样,确实让人难以忍受。夫妻关系相比于父女,要脆弱得多。

"仅仅是这样而已吗?"

"嗯?"恩怀露出困惑的眼神。

"我是说,当时是不是发生了某件事情,直接导致你妈下决心离开?"

"没有。"

杨远没有得到预期的答案,失落地看着面前的草地。预期的答案是什么,他自己也说不清楚。

"什么事也没发生,争吵也没有。她很早就决定要走了。"

"你怎么知道？"

"小时候，别的小孩在幼儿园午睡还要穿纸尿裤，我就自己洗衣服了。后来上了小学，我每天起来做早饭。我妈担心漏煤气，躲在被子里看着我。"恩怀后仰身体，伸直了双腿，"嗯……二年级的时候吧，有一次发烧，我自己去医院挂点滴，然后一个人走回来，后来发现我妈远远跟在后面。"

这未免有些残酷了。杨远感到困惑，不知该如何接话。

恩怀低头拨弄着手指。她继承了许安正的基因，十指修长，手背在月光下显现出淡蓝色的静脉线条。

"我觉得很奇怪，我会做很多事情，跟别的孩子不一样。为什么会这样一点也想不起来，好像那些事情我天生就会做。长大一点了，就觉得这样也挺好的。我妈走之前跟我说，你早就长大了，以后只需要像从前那样生活。我忽然就明白了。"恩怀鼓着嘴巴耸了耸肩，为这番话加上一点轻描淡写的意味。

"换个角度说，她是不舍得在你年纪太小的时候离开你。"杨远忍着内心的酸楚，隔了半晌才想到这句话。说完又后悔，为什么要说"换个角度"。

"嗯，我知道的。"恩怀爽快地点了下头。

母亲从小培养孩子坚忍独立，竟是为了能够尽早离开。这个想法是否从恩怀降生开始就已经产生？近十年来，从未想过带着女儿一起走，这种向往新生活的决心，真是让人难以感同身受。

手机突然响了，是陶芳。

"你到哪儿去了？"她的语气平和中透着悲凄，刚才的歇斯底里已然了无痕迹。

"在外面。"

"警察那边有消息了吗？"

"我还在等。"

"回来等吧。"

"嗯。"杨远松了口气。

"恩怀跟你在一块儿吗?"

"在。"

"你跟她说,我不怪她。"

"阿远……"岳母接过了电话,"阿芳只是一时气性大,你别往心里去,现在有什么别扭都该放一放,我弄了点吃的,你快回来。"

听筒里传来"嘟嘟"声,另一个电话进线。杨远一看,是公司的同事。他有些顾虑,但还是接通了。

果然,对方一张口便问杨莫的事。杨远无心陈述,只说可能和同学擅自外出了。

"原来是这样啊……"他和杨远的关系一般,职务相当于工会主席。

"这事你是怎么知道的?"

"你没看吗?《拾光新媒》上有文章,头条。"

杨远想起了那位蹲守在派出所门口的女记者,后来采访陶芳的人应该也是她。

"你把链接发我。"

杨远挂断电话,立刻收到了消息。

《消失在楼道中的孩子》,报道的标题十分吸引眼球。

杨莫比画着剪刀手的照片出现在标题下方。他手扶自行车,身着蓝灰相间的羽绒服站在人群稀落的广场中央,正是陶芳发送给警方的照片,杨远此前一直没有仔细看过。刚学会骑自行车的小莫脸上挂着得意的笑容,路灯把头发照成橙黄色,夜色凸显了眉骨的轮廓,眼看着已经是个小伙子了。

正文除了用词略显夸张之外,内容与实际情况没有出入。地址信息只到西城区青岚园为止,并未提及具体楼号和门牌。

值得注意的是，配图竟然包含了一张302室的照片，拍下的正是上午搜查时的客厅景象。

几个邻居出现在边角的位置，面朝阳台的张叶位于画面中央，只能看到她的背影。恩怀、陶芳和杨远已经闯进许安正的卧室，都不在照片内。

"这是我家吧。"恩怀凑过来指着照片，"看起来好像是五楼的那个阿姨拍的。"

没错，照片里就差501室的女人。媒体采访陶芳时，她也在一旁，于是主动向媒体提供了素材。或许，当时进屋的每个邻居都拍了照片，这个时代的习惯就是这样。博取关注也是人之常情，这和她给予帮助之间并不矛盾。现在还去在意这些干什么呢？

文章的末尾是陆警官和陶芳的电话号码，以及呼吁大众提供线索的口号。杨远划到页面底部，文章发布是在一个小时之前，阅读量已经超过三千。还有几十条留言，无一例外都是祝福和祈祷，让人感到空泛而事不关己。

"但愿有人会看到小莫……嗯，一定会的。"恩怀鼓舞般点点头。

空气越来越冷了，白汽开始在口鼻附近飘动。两人从长椅上站起身，走向停靠在路边的汽车。

手机铃声第三次响起，是张叶。

"找到小莫的指纹了。"

"真的？！"杨远定住脚步。

"嗯，对比还没有全部完成，但门把手和柜子上有他留下的指纹，这点可以确定。"

"柜子……"

"小莫最近一次去恩怀家是什么时候？"

杨远扶住一旁的树干："应该是在夏天的时候。"

"好，那就不会错。"

"到底怎么回事？现在怎么办？"

"我正在赶来的路上，你去恩怀家里等我。"

杨远走开几步，压低了声音："张叶你告诉我，是不是许安正把小莫带走了？"

"一会儿再跟你解释，我很快就到。"

"不，你现在就告诉我。"

"就目前掌握的信息来看，不是他。"

"既然这样，为什么怀疑他？"

听筒里传来张叶的鼻息："你回想一下小莫和恩怀昨晚写在本子上的对话。"

那段对话浮现在眼前，两种不同的字迹交替排列。杨远曾在电话中一字一句念给张叶听，并向她确证是两个孩子的笔迹。

"对话？对话怎么了？"

"恩怀确实同意了带小莫去民宿。可是，决定今天去民宿的人是小莫自己，对吗？就算有人一早就知道他们的计划，也不可能知道是今天。而如果计划好了是今天，恩怀就不会去学校考试，只需要在家打个电话向老师请假，然后等小莫下楼时给他开门就行。这也是这个计划的正常步骤。所以，小莫会在今天早上进入302室并独自等待恩怀这条信息，在他和恩怀写下那段对话之前，是没有人会知道的。明白了吗？只有许安正，才能在昨天晚上从他女儿口中得知这一事实。"

杨远感到咽喉干渴无比。这番话难以接受，但他确实听明白了。他偷偷转过脸，发现恩怀已经走出公园，远远站在车门旁等他。

"你是说……恩怀也……"

"不，我不知道。"

"既然这样，现在就把许安正抓起来啊！"

"不行，没有证据，推理是不能成为证据的。我找他问过话，他的口供和行踪吻合，没有破绽。你再给我一点时间。我已经派人监视许安正,他现在还没回去,你到他家里等我。"

"门把手上有。"

正趴在空桌上打瞌睡的项义朦胧间听到这句话,立马弹起来凑到指纹对比师背后。视线一对上屏幕,只觉眼珠子生疼。这个办公室里的显示器无一例外地都将对比度拉到满格。

"是大门的把手?"一旁的张叶抢先问道。

"对。"

"里面的还是外面的?"

"里外都有。"身穿白大褂的对比师稀松平常地打开下一枚指纹图案。

"其他地方呢?"

"这才刚开始啊,要不是小孩的指纹好辨识,天亮都出不来结果。"

"那拜托了。"张叶说完仰起脸,舒展肩膀深吸一口气。

项义也暗自叫好,这下不欠老刘了,张叶还是自由身。还有,杨莫这小子真的去过302室!他究竟在那里遭遇了什么呢?

带回来的指纹样本共计一百五十五枚。整个室内具有采集价值的指纹数量至少是这个数字的几十倍,但没办法,争取到两个小时的勘查时间,已经是老刘的能力极限了。

杨莫还不到十岁,指腹较小,但也不会比成年人小太多,而且指纹范围主要取决于按压力度,因此在采集时无法通过肉眼判断指纹所有者是否是儿童,只得老老实实一个个印下来。

录进电脑放大之后就清楚多了,但要让计算机完成对比,必须先把杨莫十个手指的指纹完整提取出来,并对其进行特征编辑。

对比师不厌其烦地使用软件工具在白底黑条上标记各种符号,面对洋流般密集的纹理,项义全然看不出所谓的特征在哪里。

果不其然,张叶耐不住了。

"直接看一眼,判断不出来吗?"

"这不稳妥吧……"

"小孩的指纹只属于一个人。"

对比师沉吟片刻,挤出了双下巴。"行倒是行,但是这样光看一眼没法出报告。"

"报告你尽可以按正常流程出,在那之前,麻烦你先告诉我那孩子的指纹出现在哪几个地方。"

"我不能保证万无一失。"

"不需要,现在时间比精度更重要。"

循规蹈矩的对比师咽下一大口唾沫,在电脑上新建一份表格开始统计。

他姓沈,跟项义年纪差不多,在鉴定科属于后备力量。若按正常程序,独自一人搞到天亮的说辞绝不是开玩笑。但不能要求更多了,他的同事们围在另一角的桌子旁,正为一桩抢劫杀人案的线索头疼不已。

脚印方面,早已完成的足迹鉴定报告异常简洁明了,可辨识的足迹样本数量极少,全部属于许安正。也就是说,他上午在家打扫卫生的说法是成立的。打扫卫生的第一个步骤,通常都是拖地板。

小沈抬了抬至少有六百度的眼镜,低头用指尖扫过一份手写清单,在上面寻找对应的指纹编号——他又找到了一枚杨莫的指纹。

"这个是……次卧室的门把手,对。"

"次卧室是许恩怀的房间?"项义向张叶求证。

张叶点点头:"她的房间当时上锁了。"

"上锁了?自己家里也要上锁吗?"

"她十四岁了,这没什么奇怪的。"

"这样啊。"

项义回想起最初赶到杨远家楼下时一位邻居提出的猜测：杨莫看中了许恩怀的某件物品，许恩怀不愿给，他便进去偷。

是这样吗？好像又说不通。

张叶望着白墙开始捏下巴。项义看了眼小沈的后脑勺，决定一会儿再说出心中的疑问。如果鉴定结果证明杨莫失踪确实和许安正有关，刑警队就不会坐视不理。到时候又是交接又是开会，耽误时机不说，他和张叶很可能无法再按自身意愿行动了。

很快发现了第三处指纹所在的位置：主卧室的衣柜柜门。

"奇怪了，许安正的衣柜……"项义困惑不已。那里面会有杨莫感兴趣的东西吗？

"右手拇指、食指以及中指的印子比较明显，出现在门框木条的同一个高度，拇指在一侧，食指中指在另一侧，这就是打开或关闭横移式柜门留下的。"小沈把几张指纹图片挪到一个屏幕里，指着项义看不懂的特征说道。

张叶一边踱步一边低头沉思，仿佛地面上画着启发思路的图案。

最后一处是餐厅的北窗，窗框上留有儿童左手抓握的痕迹。

"就这么多了。"

"只有这些？"项义拿起清单仔细核对"位置"一栏。

"当然，留在现场的指纹数量应该不止这么多。勘验员会优先选择容易获取样本的表面进行采集，比如金属、打过蜡的木材、高光塑料之类的，因为时间有限，尽可能多地获取样本的做法也没错。"小沈解释道。

"就算是金属表面……"项义指着表单，"这么多把手，只有大门和次卧的把手上有吗？"

"没错。这些地方我特意复查过，包括厨房的几个柜子，还有客厅和书房的抽屉拉手，这些地方都没有。不过为了赶时间，我只是凭经验大致判断。还有，我最多只能保证刚才发现的指纹属于儿童，至于是不是你们要找的人，可不敢打包票。"

这个家伙倒也精明，万一有什么差池，先把责任推了。

"明白了，多谢。"张叶微微颔首。

"那么，我就正式开始工作了。"小沈言下之意，刚才为了答复张叶所做的全是附加任务。

在刑警队待了两个多小时，车已凉透，像冰窖一样。项义连忙发动引擎打开暖气。

张叶把双手凑到嘴前，专注而有节律地哈气，盯着手套箱里的杂物，好像这个动作会一直持续下去。项义猜她想再去一次302室，检查杨莫留下指纹的地方。但这多半会徒劳无获，今天已经去过两次了，第二次几乎是翻了个底朝天，有什么奇形怪状的东西早被发现了。

"要跟老刘先打个招呼吗？"见张叶无动于衷，项义又补上一句，"没有他这次现场勘查也做不下来。"

"跟他说什么？那孩子去过302室，然后呢？"

项义无话可说。说白了，目前掌握的信息对找到杨莫没决定性的帮助。

"你现在要告诉他的，是孩子在哪儿，而不是去过哪儿。他大小是个领导，跟领导说过程没用。"

项义还是第一次听她把老刘称为领导。张叶可不是深谙职场规则的人，她这句口是心非的话，越发彰显了此刻的姿态：在找到杨莫之前，任何人都不要来打扰。她身上那股剑走偏锋的气息完全没有消散的迹象。

"走吧，再跑一趟。"

"哪里？"项义明知故问。

"现场。"

这两个字听起来莫名的吓人。

"现在去还能做什么？"项义说归说，脚掌已然下意识地踩下油门。

半路上，张叶打电话将指纹的情况告知杨远。杨远的质问让她很为难，结果她还是没忍住，说出了怀疑许安正父女的缘由。但愿杨远不会因此做出什么冲动的事。

宁湾派出所的同事受张叶委托，一直盯着许安正。他现在仍在工地干活，至少四五十分钟内不会到家，大可利用这段时间向他女儿问话。许恩怀尚未成年，传唤到所里必须有监护人陪同，有父亲在身旁情况就会大不一样。

关于那四处指纹，有必要听听许恩怀的说法。与杨远一家结识之后，她才是距离杨莫最近的人。

"张姐，要不要听听我的想法？"项义利用一个红灯的时间整理完思路。

张叶缓缓转过脸，那神情仿佛在说"你居然也会有想法这种东西"。

"大门把手没什么好说的，用钥匙开锁，拉开门，进屋，关门。只要进入室内就一定会在那上面留下指纹。餐厅窗框上的指纹，应该是杨莫站在窗口向下望的时候留下的。爸爸在楼下等他，他想确认爸爸的反应。这样的话，奇怪的只是剩下的那两处指纹。

"首先是许恩怀的房门把手，我当时第一反应，认为杨莫就是为了进入许恩怀的房间才进 302 室的。"

"为什么？打开房门进去看看，这种纯粹的好奇心也很正常啊，何况是小孩子。"

"杨莫走出家门大概是七点四十分。杨远在楼下等到四十六分给妻子打电话，发现孩子不见之后回到自己家里找人，但他妻子一直在楼下，接着夫妻两人就开始向邻居打听。从那以后，十七号楼里里外外全是人，杨莫不可能在这么多人眼皮底下溜走。所以，他留在 302 室的时间只有六分钟。"为了表达顺畅，项义不得不放慢车速，"等待许恩怀回来的时间里，出于好奇心想要四处看看是很正常，但那时杨莫甚至还没确定自己是否会被父母找到。这就开始好奇心泛滥,就算是个小学生,也未免太神经大条了吧。"

"所以呢?"

"啊?所,所以,什么来着?所以杨莫想尽快进入许恩怀的房间,很可能是为了找什么东西。"

"这是你的第一反应?那第二反应呢?"

一边开车一边思考果然还是容易逻辑混乱。但现在急着去青岚园,又不能把车停下来。

"你看,是这样的。除了许恩怀的房间,其他门把手上都没有指纹。表面上看,好像杨莫只想去她的房间。可实际上,只有进入关着门的房间时才会去抓门把手。其他房门都敞开着,就算进去过也不会在把手上留下指纹。因此,杨莫说不定跑遍了所有房间,他要找的东西不一定在许恩怀的房间里,至少他是这么认为的。"

"你这不是废话吗?只有你才会'表面上看'吧。"

"这……哎呀,总之杨莫其实不知道那东西究竟放在哪儿,他会打开许安正的衣柜不正是说明了这一点吗?"

"好像有道理啊,会是什么东西呢?"

项义心下叫好,问到重点了,确认前方路况畅通之后,忍不住从方向盘上松开一只手晃动食指。

"刚才小沈的结论你听到了吧,所有的抽屉拉手上都没有杨莫的指纹。既然每个房间都找遍了,为什么他不打开抽屉看一下呢?"

"为什么?"张叶的眼神中出现了真切的疑惑。

"因为放不下啊!能放进衣柜,但却放不进抽屉,他要找的是个很大的东西,不用想也知道塞不进抽屉里。许恩怀的房间也有衣柜吧。"

"确实有。"张叶正视前方陷入了沉默。一盏盏街灯在她眼眸中滑过。她当前的心思项义不得而知,但刚才那番话似乎给了她某种提示。一丝成就感油然而生。

"那个东西到底是什么,我还没想到。要带着这么大的东西神不知鬼不觉地离开,那是难上加难。但如果没有找到东西,杨莫为什么要急着离开呢?"

项义大幅度右转方向盘,穿过青岚园大门,沿车行环道向东行驶,再拐入铺着鳞片形石砖的小路,十七号楼一单元就在尽头。

"他真的是在找东西吗?"车子熄火后,张叶突然开口说。

"不然呢?"项义一只脚已经跨出车门。

"打开柜子,是为了把东西从里面拿出来。但也可以是反过来,把东西放进去。"

"放进去?书包是杨远拿的,杨莫是空手出门的吧,没有东西可放啊。"

"有的,把他自己放进去。"

"啊?"

"他想躲起来。抽屉里当然躲不进,许安正的衣柜是唯一的选择。"

"为什么要这么做?"

张叶转过脸直视项义:"因为那时,房子里还有别人。"

"你说什么?!"项义只觉汗毛倒竖,左脚迅速收了回来,砰的一声关上车门。

"我瞎猜的。"

"搞什么啊!你能不能好好说话?"

"杨莫进入302室之后,首先来到餐厅的窗口,确认楼下的状况,如果爸妈去了别的地方找,说明自己暂时安全了。他用左手扶住窗框向下望,在那上面留下了指纹。"张叶抬起左手做出相应的动作,"但是,楼下的状况要在六分钟之后才有变化,杨莫能看到的只是一成不变的车顶。而你刚才说了,他离开这栋楼必须在这六分钟之内。"

"对。"

"也就是说,他必须在杨远有所反应之前,完成触摸许恩怀的房门把手以及许安正的衣柜柜门这两件事。为什么看得好好的，突然要做这两件事呢？"

项义觉得自己的嘴巴正在凭自己的意愿越长越大，他差点喊出声来："因为许恩怀的房间里有声音！"

那阵声音起先很微弱，当杨莫试图打开房门时却骤然变样，杨莫吓得魂不附体，冲进主卧室躲入衣柜之中，是这样吗？

"上去问问就知道了。"张叶竖起修长的食指指向302室。

杨远守候在302室门口。和上午相比，他的面色暗沉了许多，眼袋浮现，法令纹深深陷入脸颊。

"小莫的指纹到底是怎么回事？"

"我先进去看看。"张叶侧身迈入室内，手掌带有安抚意味地轻轻搭在杨远的手臂上。

许恩怀站在鞋柜旁，落寞中透着怯懦，出于礼节，勉为其难地与张叶目光相接。

事发至此，项义第一次见到她。长长的马尾辫落在颈后的帽子里，不知是不是营养不良的缘故，发色偏浅。眼眉间与许安正酷似，脸颊却瘦削单薄。她只比一米七的张叶矮半个头，鹅黄色的棉外套稍显臃肿，但还是能看出腰部的女性曲线。已经完全是个大人了。

张叶并不急着进入房间，站在走廊中段环顾室内，恍若在人流如织的广场上寻觅某个独特的身影。

东西方向的走廊将屋子分成南北两部分。南边最靠近正门的是次卧，也就是许恩怀的房间。中间是客厅，最里面是许安正的卧室。北边则是开放式的餐厨一体空间、卫生间和书房。

即使是经过了现场勘查，每个角落仍然保持着简单干净。客厅的黑皮沙发泛出亚光，玻璃茶几上没有多余的东西，白墙一尘不染，只在电视左上方安装了一块漆黑的搁板，上面立着几个古朴的陶制品。

另一边的餐桌上只有一个纯白的花瓶。整个屋子宛如一间酒店套房。

也对,许安正早出晚归,女儿平时都在杨远家,家里就只是个睡觉的地方。

许恩怀的房间此刻敞着门,玄关的灯光渗入其中,照出橡木地板和床铺一角,淡紫色的床单垂挂下来。

项义试图望向更深处,下意识地倾斜上半身,一想到刚才张叶的话不由得心里发毛。

张叶回身与许恩怀对视数秒,随即擅自进入了她父亲的卧室,这就算是征求过意见了。

水曲柳纹理的衣柜靠在西墙,闭合的移门表面装饰着形似百叶的横条。张叶伸手拉开门板,滚轮从轨道上滑过的声音从底部传来。

衣柜的设计与整屋的家装风格一脉相承,布局极其简单,一块竖立的生态板将空间分成左右两部分,左边的约占四分之一,从上至下隔出五档,放着折好的毛衣和运动衫。右边的空间很大,长款外套、深色西服以及衬衫垂挂在横杆上。四个白色的塑料收纳箱高高地叠成一列,靠在内侧一角。

杨莫想要躲在里面的话,空间绰绰有余。

"小莫打开过这个衣柜?"杨远双眉紧锁,上身探入柜子里面,试图寻找儿子的蛛丝马迹。

"门上有他的指纹,很有可能是这样的。"项义替张叶回答,他不敢说得太满。

"如果这里少了东西,你能看出来吗?"张叶指着柜子问许恩怀。

许恩怀走到衣柜正面,稍后抿住嘴唇摇了摇头。

"平时家里都是你在打扫吧?"

"嗯。"

"包括这个房间吗?"

"有时候会的。"

· 171 ·

打扫房间也不至于把衣柜里里外外抹一遍吧,父亲的衣柜里少了什么东西她怎么可能知道。

"今天早上出门之前,你也打扫过吗?"

许恩怀略微迟疑,点头承认。

"这怎么了?"杨远的口气开始浮躁起来。

张叶不予理会,视线没有离开跟前的女孩。她微微前倾上身,凑近对方的脸,鬓角两簇新月般的短发宛如一对黑色的尖牙。

"恩怀。"

"嗯……"

"住在这间房子里的,真的只有你,和你爸两个人吗?"

空气瞬间凝固了。

许恩怀脸上的惊愕不断加剧,到达顶点后慢慢消散,转变成若有所悟般的疑惑——她体会出了这个问题背后的含意。

"是的。"

她的回答只有这两个字,平和而坚定。

杨远欲言又止,目光渐渐散开了。窗帘没有拉上,浓重的夜色近在咫尺。

"我还有几个问题想单独问你。"张叶挺直腰,恢复柔和的口吻,"能去你房间吗?"

项义坐进沙发才觉得两脚发酸。次卧的门被张叶关上了,杨远站在门口手足无措,显然无法听清里面的对话。

"你坐会儿吧。现在要保存体力。"

杨远依言坐下后,项义简单说明几处指纹的情况,他怕对方陷入更深的焦虑,只把杨莫打开衣柜的可能性停留在寻找东西的方向上。但其实,张叶刚才的问题已经把危机点破了。

"对了,小莫会不会把某件东西寄放在这里呢?"项义挖空心思想出各种可能性，"比如那种大型玩具，不知从哪儿弄来的，不敢带回家，就暂时放在这里。今天早上只是临时想起来，所以到处找。那几个指纹也不一定代表他遇到了麻烦。"

"他只来过这里一次，今年暑假的时候，我带他来的。"

"嗯……"

"他无论去哪儿都是跟我或者跟他妈妈一起，不会有这种情况的。"

忽然响起钥匙开门的声音。糟了，许安正回来了。项义看了眼墙上的挂钟，八点半。

问话大约进行了十分钟，张叶听到声响走出房间。五个人挤在狭小的玄关内，杨远粗重的喘息声清晰可闻。

"是有孩子的消息了吗？"许安正神色泰然地将钥匙挂在吊钩上。

张叶刚想说话，被上前一步的杨远抢先了。

"你有什么难言之隐，或是需要帮忙的地方，尽管开口。别向孩子动手啊。"

"我不明白你在说什么。这件事恐怕是有什么误会。"

"如果我和我妻子做了什么让你介意的事，或者，我们对恩怀，可能太……太自以为是了，对不起，我完全没有意识到……"杨远变得语无伦次，仿佛眼前有什么东西正在坍塌。

许恩怀走过来，像是要拉住杨远的手，见张叶攀住了杨远的肩膀，便停止伸手的动作。

"你冷静一点。"张叶凑到杨远耳旁，"你说这些根本没用，现在还没到绝望的时候。"

"张警官，孩子自己跑到我家里来，跟我有什么关系呢？我不知道我哪里做得不对。恩怀也是不懂事，事情会演变成这样谁也想不到。"许安正叹口气转向杨远，"大家都为人父母，你的心情我理解，可我真的毫不知情。"

"为人父母？！"张叶的眼睑收缩起来，一副血气上涌的架势，但很快平复下来,"好,打扰了。"

项义只得像个老朋友一样拍拍杨远的肩膀,稍稍向前用力,推着他走出了302室。

"其实,小莫失踪到现在刚过十二个小时。"关上门后,项义安慰杨远,"虽然这么说有点一概而论,大部分的失踪案报案时已经超过十二小时了,很多还是能找回来的,可不要轻易放弃啊。"

"你赶紧回家,你现在需要休息。"按目前的进展,张叶无法给出更多承诺。

警车就停在十七号楼正下方,将额头抵住挡风玻璃,勉强可以看到三楼的窗户。

"你后来问她什么了?"项义上翻眼珠问。

"狗笼子。"

"什么狗笼子?"

"就是关狗用的笼子呗。能放进衣柜却放不进抽屉,狗笼子也满足这个条件不是吗?而且和他们接下来的行动有关联。"

如果一切顺利,到达民宿后该如何安置那条名为"莫远"的萨摩耶,许恩怀并没有明确的主意。就算带回来,因为无人照料,最终的结果还是要送回去。何况民宿老板的承诺究竟是否一时戏言,也是个未知数。

但若杨莫执意坚持,也不排除会把狗带回来一个晚上,明天是周六,可以再送回去。她能为杨莫做的也只有这么多。

两个孩子都没养过狗,对犬类的成年期没有概念。杨远一家去溪田山舍是在春天,母犬在那之后生下幼崽,至今已过大半年,萨摩耶的体重甚至可能超过杨莫,用狗绳也未必控制得住,恩怀却觉得可以抱在手上,压根没有想过使用笼子。

"你单独问话就问了这个?你是铁了心要否定杨莫是在找东西

的假设啊。"

"找东西的假设没法解释他为什么会消失。"

"难道另一种假设就能解释吗？"

张叶收紧风衣领口，沉默不答。

如果302室真的存在第三个人，那估计是个逃脱魔术师吧。

"对了，那女孩房间里有什么问题吗？有没有……呃……第三个人存在过的迹象。"

张叶像没电了似的摇头："我们或许想错了。"

"嗯？是啊，可不是嘛。凭那几枚指纹就想还原当时的情况，这太难了，我们又不是在写推理小说。"

"不是那个意思，阿义。"

项义心中一凛，只有两人的场合张叶很少叫他的名字，这通常意味着自己将接受一份难以完成的任务。

"现在我们分头行动。如果真的有第三个人，不可能足不出户。除非……你再去一趟监控室，把那个人找出来。"

"用监控找？这得……"

"如果找不到，也是另一种结果，反正不会做无用功。"张叶推开车门。

"你去哪儿？"

"我去趟城东，去见许恩怀的母亲。"

交错·手帕和水族箱

路灯下的白雾忽然蠕动起来，一辆电动车横窜而至，楚萍迅速把刹车板踏到底。

对方也停住了，是个醉汉，右脚仿佛跳芭蕾一般反复寻找支撑点。他恶毒地骂了一句，扭头驶入黑暗之中。听不到骂声，嘴型却看得分明，楚萍一瞬间甚至有撞上去的冲动。

楚萍把脑袋枕向靠背，让自己冷静一下，忽然发觉鼻翼凉凉的，是眼泪。

半年前的委屈又真切地涌上心头，而且，阿骏居然知道这件事了。

"那个片子讲的，是 DNA 样本的采集方法。"

这句话慢慢渗进楚萍的耳朵里，把餐厅里的噪声都盖住了。楚萍不知道该说什么，连要往哪儿看都难以控制，只好拎起包落荒而逃。

很明显，阿骏看到了她捡起烟头的那一刻。还是太沉不住气了，大晚上的，根本没有清洁工，也许到明天那个烟头还在原地。实在不行可以再等下一次机会，我真是个傻子！

可是光凭一个烟头就能猜到事情的原委吗？这件事只有哥哥知道，哥哥不可能告诉他。而他是凶手的可能性已经被排除了，难道说他是帮凶？玷污了自己还不罢休，又来敲诈？

回到住处，楚萍坐进沙发里却没开电视。小晴一眼就看出不对劲。

"怎么，你那个男同学欺负你了？"她看看手机确认时间，"不对啊，才八点，要欺负也太早了吧。"

小晴想开个玩笑来调节气氛，但这恰好刺到痛处，楚萍干脆在沙发上侧躺下来。

小晴脸色一变，过来摸楚萍的额头。

"没事，只是有点累。"

"下午不还好好的吗？"小晴说着去了厨房，回来时端了一杯热牛奶，"真的累就早点睡。蜂蜜没了，将就着喝吧。"

每晚睡前喝一杯蜂蜜牛奶是楚萍多年来的习惯，小晴看在眼里，大概觉得对美容有帮助,也依样照做。

"喂,你老实说,跟你吃饭的人是不是阿骏?"

楚萍翻身坐起:"别胡说。"为了掩饰仓皇之色,她抓过小晴手里的杯子喝了一大口。

"既然是胡说你激动什么啊,你看你,借奶浇愁啊。"

楚萍给她一个白眼,无可奈何地叹了口气。

小晴下班时走到电梯口会经过阿骏的办公室,看到只剩他不走,就能猜个八九不离十。楚萍发现自己总会低估身边的人,或许正是这种自以为是,把别人当成简单摆设的认知,才让自己的处境那么尴尬。

"想不到啊,这么多追求者你不挑,偏偏挑了阿骏。他这个人啊,犯不着为他想不开,喜欢不喜欢女人还不好说呢。"小晴赶苍蝇似的挥挥手,重新戴上耳机,好像洞悉一切般释然了。

世上大多数人恐怕都是这样的吧,只凭表面现象和自我经验给予别人评价,倘若生活交集没有进一步重叠,这种评价就永远不会改变。

如果阿骏是帮凶,为了敲诈才透露出自己知情,不会等到半年后的今天。阿骏每天在默默地注视着我,要确认我是否隐忍不发不需要这么长时间。何况,约他吃饭的人是我自己。

如果他不是,那他就是想帮我走出困境。

无论哪种情况,这件事不能一味回避。刚才羞愤之下一走了之的做法实在太蠢了。

第二天下班,一切照旧。小晴带着一副"你真是无药可救"的表情准点离开。

五分钟后楚萍关灯出门,阿骏默默跟到电梯口,她当作没看见。乘电梯下楼,走出大厅,两人一言不发。楚萍右拐走向停车场,阿骏却笔直朝马路走去。

"喂!你就这么走了?"跟他比耐性看来是以卵击石。

阿骏连忙掉头走回楚萍身旁。"对不起,今天我请你吃饭吧。"

"你昨天的话是什么意思？"

他支支吾吾半天答不上来。

"你怎么会知道我的事？是你做的吧？"

阿骏吓得倒退一步，双手交替推着眼镜："不是，不是啊。"

楚萍心中仍有顾虑，不敢再让阿骏上自己的车，举步朝热闹的美食街走去。阿骏紧紧跟随，开始阐述他的推断。

"那时候你请了一周年假，连着周末歇了十来天。听同事说是生病了。我其实……想去看你的。"

阿骏来到青岚园，在楚萍楼下晃了好几圈，最终也没有勇气上楼，不巧看到了楚萍的哥哥。

"看到我哥怎么了？你还指望我生病了一个人在家呀？"

"你哥从外面赶回来，手里拎着菜。"

照顾病人，买菜做饭，应该由退休的妈妈来承担，哥哥买些水果营养品倒是合理。

"所以我猜，你对爸妈隐瞒了病情。嗯，如果是病情的话。我那时以为你得了……重病。"

楚萍的步伐慢下一拍，阿骏也跟着减速。

哥哥陪伴了两周时间后，楚萍尝试继续独自生活，与黑夜的恐惧搏斗了一个月，终告失败。

"没过多久你就搬了，和小晴合租。你说原来的房子风水不好。那个，你连星座都不信，怎么会信风水呢。而且你的性格，是不大愿意跟别人合租的。"阿骏一边结结巴巴地长篇大论，一边摸着额角渗出的汗，"我设想了好几种可能，总觉得你请假和搬家是有关联的。最主要的是，从那以后你变得安静了许多。"

楚萍静静地听着，已经不知道走到哪儿了。

"前天上班的时候，只要我一出办公室，你必定会经过楼梯厅，后来吃完牛排，你说想抽烟就可以抽的时候，我大概就知道你为什么会请我吃饭了。"

楚萍哼了一声:"我真傻,你故意把烟头扔在路灯下,老远就能看清我有没有蹲下来捡。"

"倒不是因为路灯,我站的位置距离太远了,雾那么大,路灯下也是看不清的。是因为路灯旁边有一家蛋糕房,如果你打算修好车送我回去,我可以借口买蛋糕下车,这样就能确认烟头还在不在了。"

楚萍的肩膀耷拉下来,好像连走路的力气都没了。

"我想了想,我在你家楼下看到你哥时,他应该也注意到我了,所以会怀疑我。"

让阿骏进一步确认楚萍的境遇的,是昨晚他提到鞋码时楚萍的反应。

"你吃饭的时候问我多大,我当然知道这是指年龄,但我故意说了鞋码。如果除了DNA之外,你还有凶手的鞋码信息,听到我这么说绝不会无动于衷。你哥哥是医生,可以提取到DNA,但是要得到鞋印只能找警察。采集鞋印比DNA容易得多,你却没有,大概是没有报警吧。"

楚萍走到一棵树旁,双手扶住树干,忍不住大哭起来。

阿骏吓得手足无措。路人频频投来冷峻的目光。

"太欺负人了。"

"对不起……"阿骏一个劲低头道歉。

平复下来之后,楚萍才意识到自己为什么会哭得如此难堪。她此刻已然赤裸裸地暴露在阿骏面前,从今往后,她和阿骏的关系将彻底改变。可同时,她又感到一阵久违的轻松。

"你为什么跟我说这些?"楚萍调整呼吸说,"如果你以为这样就可以绑架我……"

阿骏一时语塞,良久看着树根周围的地面:"这半年,应该很不好过吧。这种事大概谁都没有勇气面对,可你还是决定要为自己讨回公道，我觉得你很了不起。我只是想说，如果找出那个人，不管你决定怎么做，我对你……对你的看法都不会改变。"他说完自己笑了笑，"不过你可能并不在意这点。"

表达有些隐晦，但楚萍听懂了。阿骏正在鼓励她义无反顾地迈出这一步。

气氛越来越沉重了，楚萍故作不屑地别过脸："说得你好像一定能找出那个人似的。"

"试试看。"阿骏走近一步，"你把事情从头至尾跟我讲一遍。"

雨声不断，黑夜中的水洼宛如淌进了油墨，长街的倒影一片散乱。
"你呀，你别再赌了啊。"若玫披在肩膀的发梢已经湿透了。
袁午诧异地望着她，手里的伞不觉倾斜过来。
这是第几次和她见面呢？她在说什么？这是要去哪儿？
"啊，我的包淋到了……"
袁午用力握紧伞柄，风也很大，虎口渐渐发酸。
"换工作也不行吗？要是做什么都一样，你就在家照顾婷婷吧。"
婷婷？婷婷在哪儿？
袁午回头望去，两旁的店面灯火通明，可是街上空无一人。
一辆车飞驰而过，溅起一股并不大的水花。若玫一声惊呼，向伞下靠过来，顺势挽住了袁午的胳膊，就此不再松开。
她裸露的小臂上沾了雨水，起初冰凉，稍后渐渐传来体温。袁午从未触碰过异性的身体，撑伞的右臂不敢再动弹。
这究竟要去哪儿？我为什么不开口问一句呢？若玫倚靠的趋势越来越明显，肩膀突然酸胀无比，就快支撑不住了。于是袁午把包换到了左手——五块砖还是太重了。
前方的路灯下站着母亲，她的衣服光鲜亮丽，雨不知何时停了。
"今天感觉怎么样？她有没有什么表示？"母亲笑意盈盈。

袁午低头看着臂弯。

"她可真是个懂事听话的孩子。"

"还是因为我做得不够好，我没办法像你妈那样，把你当成另外一个自己。"若玫的声音从身后传来……

袁午觉得自己能控制什么时候让梦醒来。梦很浅，浅到像是回忆。

那些乱七八糟的声音又开始有节律地出现：打鼓声、敲门声、木板相互摩擦的声音，还有电视里传来的海浪声。这些声音的频率与心跳产生共振，振幅越来越大，致使身体像在坐船似的摇晃起来。

他睁开眼，天已经黑了，窗帘敞开着，水晶吊灯被对面楼上的灯光照出暖黄色。

最后那句话，若玫是什么时候说的呢？

袁午从沙发上站起来，整个屋子开始旋转，瞬间改变的脑压使他一跤摔倒在地。万幸的是没有撞到近在咫尺的玻璃茶几。

他的耳朵贴住了地面，耳朵里的世界正不断吹着一股奇异的风，轰轰作响。视线沿着地砖的拼缝向前延伸，穿过西餐桌抵达水族箱的底座。

那把藤椅，昨天已经拖进了卧室里的衣帽间，连同父亲一起。那里还放着一整箱未开封的福尔马林精粉。

今天必须要做那一步了，令人作呕的气味不再是若有若无。

这三天来，袁午往返于青岚园和红联大厦，瓷砖总算运完，数量较多的水泥砖还剩一大半。

但他发现，与之相比更为艰难的进程是摧毁那面墙。一旦用锤子砸，整栋楼都会为之震动，只好用凿子沿着砖缝磨掉水泥。即便如此，到了晚上还是会感到全世界只有他自己在发出声响。

照目前的进度，凿开可放入尸体的缺口至少还需要三天。从在红联大厦梦到父亲那一刻起，袁午便感到体力日渐消散。

再休息一会儿吧。贴上冰凉的地砖，他才意识到自己的脸是多么

· 182 ·

滚烫。

想起来了。若玫带着女儿离开家是在去年夏天。父亲请中介过来看房子。他让袁午把即将卖掉房子的事提前告诉若玫。但袁午始终难以启齿。

中介对房子相当满意，松了松领带说，一定能卖个好价钱。

若玫一直在水槽前搓袜子，听到中介说出这句话，手上的动作停了下来。

"嗯，是已经整理过了吧。"中介笑嘻嘻看着父亲。

家里的部分电器和家具已经被上门追债的人搬走了，中介以为他们正为搬家做准备。

直到中介离开，若玫也没有关上水龙头。父亲哽咽了。

"其实，也不是完全没有心理准备……"若玫幽幽地叹了口气，恢复搓洗的动作。

"是我们害了你……"

"一起过日子，说不上谁害谁。"若玫的神情平静如水。

父亲走后，袁午默默地拿起堆在水槽边的脏衣服帮忙一块儿洗。若玫没有阻止他，冲干净手上的泡沫，转身走开了。

袁午草草洗完，回到客厅，看到若玫正踩在凳子上擦拭墙壁。靠近天花板的墙角位置有一片霉点。

"怎么突然干这个？"

"收拾得干净些，能多卖些钱。"

袁午无言以对。

"婷婷的房间，墙纸打卷的那个地方，最好也处理一下。能补就补上，不行的话，整张撕下来重新贴过。"

"接下来，我们只能暂时住到乡下了。"

若玫没有马上回应，擦干净墙角，跨下凳子，拢了拢头发说："没有我们，只有你。"

"嗯?"

"还是因为我做得不够好,我没办法像你妈那样,把你当成另外一个自己。"

没错,就是这个时候。若玫的嘴角慢慢挂下来,双手捂住脸,肩膀剧烈地颤抖着,没有发出一丝声响。

若玫的娘家认为,于情于理,她都应该得到均分后的财产。除了女儿,若玫离开时没有带走一分一毫。她知道袁午欠了多少钱,如果拿走一半,父亲只能连老家的房子也一并卖掉。

而事实上,最后的结果也正是这样。恢复单身的袁午变本加厉,不出半年便又欠下巨额赌债。

母亲去世之后,若玫带着婷婷每周去乡下看望父亲,直至与袁午办完离婚手续为止。尽管若玫与父亲亲如父女,毕竟袁午才是这条纽带的灵魂,而他却偏偏失去了灵魂。

说失去还不太准确,灵魂这种东西,他可能从来都没有拥有过吧。

她们母女二人现在住在什么地方,袁午全然不知。父亲却去探望过她们,这是他在喝醉酒后亲口承认的。也许在搬来这里之前,他就一直与她们保持联络。

在某个告别时刻,父亲会不会这样对若玫说:"我们现在住在那里,等你空了,可以带着婷婷一起过来。就像以前一样……"

她看到开门的是我,不会进屋来的吧,会拉着婷婷掉头就走才对。

但……谁又知道接下来会发生什么事呢?

袁午撑起身,不再骤然发力,拉上窗帘后打开灯,慢慢走近父亲的卧室,打开衣帽间的门。

罩着毛毯的父亲在藤椅上端坐如常,口鼻处的血印已经干结了。

他倒退着把藤椅拖到窗口。父亲的双脚在地面上摩擦,膝关节向外打开一定角度,尸僵已经缓解了。

回到餐厅,袁午铆足力气尝试推动水族箱,合金材质的底面在地

· 184 ·

砖上吱吱作响。其重量倒没有预想中那么可怕,但就这么直接移动,会把卧室的木地板刮花。

他思考片刻,从阳台上拿来晾衣叉,用螺丝刀卸下金属叉头,使其成为一根细竹棍,再把竹棍折为两段,然后奋力抬起水族箱一端,同时将平放在地上的半根竹棍踢进抬起的间隙中。另一端如法炮制,水族箱就成了一台小车,但还不能拐弯。他又从自己床上扯下绒毯,紧挨着竹棍铺平在地上,借助竹棍的滚动,把水族箱的一部分推到绒毯上,两根竹棍前后交替衔接,反复多次,整个水族箱完全压住了绒毯。

袁午拉起绒毯慢慢倒退,像牵着一头倔犟的黄牛一般将水族箱拖进了衣帽间。

他躺在地上大口喘气,又马上逼迫自己爬起来。

移动尸体之前,袁午找了根细绳,绕过父亲的颈部,连同盖在上面的毛毯一起扎紧。他害怕毛毯会滑落下来。一旦直视父亲此刻的面容,余生都会在噩梦中度过。

父亲的身体凉得可怕,关节还有些僵硬,脱去外套足足用了十多分钟。剩下的毛衣袁午不敢再脱。整个尸身除了黑紫色的双手,没有其他皮肤暴露出来。

拽进衣帽间,扛上肩膀,搁在水族箱缸沿,调整姿势,轻轻放下,袁午的动作一气呵成。

和预想的一样,父亲侧卧在水族箱内,双腿微曲,几乎没有浪费一点空间。

伴随着剧烈的咳嗽,袁午跪在地板上干呕起来,从胃里涌上来的只有酸水。

再坚持一下,还有最后一步。

没有那么长的管子通到卫生间,水只能一盆一盆地接。午夜时分,水面终于没过了父亲的肩膀,头部的毯子边缘漂浮起来,露出一小片脖子的皮肤。

将一箱黄色的精粉全部倒入之后,袁午从厨房找出一张塑料台布,封住箱口,用绳子扎紧,防止腐气外泄。

在灯光的照射下,水体呈现出金黄的琥珀色。

阿骏下了车,径直绕到楼的南面。

楚萍找不到停车的地方,干脆就近靠在草坪边的空当处。青岚园的车位很紧俏,她搬走之后,原来的车位转租给了别人。

"就是那儿,三楼。"楚萍指向她曾独自居住了两年零九个月的套房。此刻光线从客厅和卧室窗帘的缝隙中透出来,照亮崭新的不锈钢窗杆。

防盗窗是那件事发生之后才安装的,楚萍是整栋楼第一家。从某种意义上来说,防盗窗就是室外梯,一家带头,剩余几户不得不紧随其后。如今楼体立面上齐刷刷堆叠起了巨大的鸟笼。

"哦?那时一家都没装吗?那这个人是怎么爬上去的?"知晓这一点后阿骏显得很惊讶,夹着烟的手悬在嘴前。

"应该是雨水管。"那是哥哥的推测。

事发当晚,楚萍像平日一样检查完所有窗户的月牙锁才就寝,反锁大门则是每天回家的第一件事。第二天哥哥赶来时,门仍然从里面反锁着,但卧室的窗锁却处于打开状态。

还有,窗沿上留着一块蓝边手帕,是凶手慌忙离开时遗落的,从中检测出了乙醚成分。这正是让楚萍失去意识的作案工具,也是凶手从卧室窗户进出的另一个证明。

楚萍跟着阿骏踏上草坪,走到墙根下,目光沿着雨水管笔直向上。每隔一段距离,就有一道带钉的铁箍将管身固定在外墙上。铁箍锈蚀不堪,发黄的水渍在弱光下也能看清。

环道上有车经过,距离虽远,楚萍还是下意识地侧过身,让车灯打在后背上。

就连检查一下都会心虚,凶手却在那晚怀着执着的欲望一步步爬上去。

阿骏丢掉烟头,双手握住碗口粗的管子用力向外拉扯,重复两三次后,距离最近的铁箍连着钉子被拔出一小段距离,钉子周围的墙砂脱落下来。

两人对视一眼。

"这,比想象中还不牢靠啊。"阿骏把稍稍外弯的管子往里推了推,"上面的部分应该也是这个状况吧。"

"你是说……"

"嗯,想象一下那个人爬水管的姿势,这跟体育课上爬杆不一样,这么粗的管子,而且贴着墙,脚绕不上去,最合理的做法是蹬在墙上发力。"阿骏半蹲下来,抬起一脚蹬在墙上演示,"像这样,靠摩擦的反作用力产生向上的力,但大部分的力其实是向外的。"

"我懂,如果钉子都松了,管子会倒下来的!"

"对。嗯——不过话又说回来,如果他是个攀爬老手,可能会带着什么我们想象不到的工具,最起码他有拨开窗锁的工具,那是个什么东西我就想象不出来。"

楚萍轻叹一声。

"他究竟怎么上去的,这点先不考虑。可是上去之后,还有奇怪的地方。"

"什么?"楚萍看着阿骏。

"只有卧室窗户的月牙锁打开了对吧?这就很奇怪,你看,"阿骏指了指上方,"雨水管的右边是卧室的窗户,左边是客厅的窗户,两边距离差不多,为什么要从卧室进去呢?哦,对了,你平时会锁上卧室门吗?"

楚萍摇头。

"是啊,只要确认大门和窗户都锁上了,一般人是不会再锁房门

· 187 ·

的。从客厅进去再到卧室不是更稳妥吗？"

楚萍也发觉不对劲了。凶手攀在卧室窗外，用工具开窗，再拨开窗帘站到地板上，自己却浑然不觉，睡得死死的。

阿骏低着头开始在草坪上徘徊，接着又点燃一根烟。这个人的脑袋，天生就喜欢解决疑难杂症吧。自从楚萍答应让他帮忙找出凶手，他便情绪高涨，谈吐之间也不再羞涩木讷。

"你那晚真的一点感觉都没有吗？"阿骏问。

楚萍抱起胳膊点点头。

"看来乙醚的浓度很高，或者是捂了好几次。"阿骏挠挠额头，"你确定留在窗沿上的手帕不是毛巾？这世上居然还有人在用手帕。"

阿骏思考的切入点和哥哥一样。如今手帕在商店里已经很罕见了，但网上有售，连乙醚这种管制化学品也可以买到。如果由警察出面，或许可以从快递公司找到一些线索。

"手帕的吸水性其实很一般，乙醚是很容易挥发的，如果事先在手帕上蘸乙醚，等爬上来可能都干了。"

"这你都知道？"

"啊？那个，电视剧里常用这招，没看过吗？在手帕里倒上半瓶，有时还会在手帕中间垫几层厚纱布。"阿骏做出相应的动作，"然后冷不防从背后偷袭……"

"你成天看的都是些什么啊。"

"反正这东西必须得现倒现用，他肯定还带着一瓶乙醚溶液。"阿骏推了把眼镜，"他做了充分的准备，不会是个临时见色起意的小偷，他的目标就是你。这样的话，希望会大一些。"

"希望？"

"如果这人只是个小偷，搞不好是流窜犯，那上哪儿去找呢，没有警察帮忙是不可能找到的。"

楚萍陷入了沉思。当真把找出凶手这件事摆上台面，她又感到有些害怕了。到昨天为止,阿骏和她还只是普通同事关系。他现在的态度着实令楚萍不安,仿佛不久的将来她的遭遇便会尽人皆知。阿骏原本就是一旦确定方向便认真到底的那种人吗?也许是吧。

阿骏似乎没有察觉楚萍的疑虑,自顾自地说:"在行动之前,他就知道你的存在。说不定啊,他就躲在对面的猫眼后面成天看着你。"

"胡说,对门是一对老夫妻,都赶上我爷爷的年纪了。"

"是吗,那……能力上的确是办不到了。"

楚萍不禁蹙眉。

"呃,我是说爬水管的能力。"

楚萍想踢他一脚:"你一会儿说爬水管不可能,一会儿又说什么能力,到底这个人怎么上去的?"

"我也想知道啊,如果能上楼检查一下水管的上部就好了。"

"你说去房子里面看?都租出去了,还怎么进去看?"

"这个确实比较麻烦,租给谁了?"

"一对父子。租给谁不都一样吗?难道你说这里有人爬水管进来过,所以要检查一下。这不是把人吓跑了嘛。"

"理由可以随便编一个,不过万一被对方猜到就麻烦了,那还是算了。"阿骏用牙缝吸了口气,"我总觉得爬水管的可能性很低,但其他窗户都锁上了,大门也一样。话说他为什么不从大门离开呢?"

"楼底下有监控啊。"

"那种探头在晚上根本不顶用的。像素很高,在白天会很清晰,但其实是低档货,感光元件和镜头都很差,到了晚上拍出来就是一片蠕动的麻点,是猫是狗都分不清。换了是我就直接下楼,最多准备个鸭舌帽就行了。"

"你懂这些,他未必懂啊。"

阿骏不置可否地抿住嘴唇。

外套留在车里,在草坪上站久了,寒气渐渐渗透毛衣。

"咦?"楚萍看着楼上透出的灯光心生疑惑。

"怎么了?"阿骏问。

那位姓袁的租客,现在在做什么呢?三天前的晚上偶遇他时,他好像提过父亲回老家了。可现在亮灯的卧室是他父亲的房间,他自己的房间却暗着。

一声刺耳的喇叭声传来,楚萍的车挡住了正要拐进来的另一辆车。

"啊,没什么。"她急忙跑去挪车。

阿骏跟了上来。"我们走吧,今天先这样。"言下之意,明天还要继续?楚萍觉得头疼,同时又为自己的犹豫不决感到烦躁。

"今天约会怎么样?阿骏开窍了?"回到住处,小晴张口便问。她能关注的事情十分有限。

"我提醒你啊,是朋友的话,别把这件事说出去。"

"怎么着?跟阿骏在一起让你觉得丢人啦?"

"没有的事,总之你别到处张扬。"

小晴撇撇嘴,算是答应了。她穿着一套粉红色的棉布睡衣,质地很硬,把腰身撑得滚圆,活像一头熊。

"你看!"稍后她从厨房跳出来,手里像摇铃铛似的晃着一瓶蜂蜜,"前些天把你的吃空了,这瓶算我的。"

楚萍笑了笑接过瓶子。看包装是好牌子,旋开盖子一闻,味道确实比自己之前常买的更自然一些。小晴在购物方面向来手松,也不计较和楚萍分享。

她窝在沙发里看电视,心里想着要不要把阿骏的事告诉哥哥。哥哥一定会埋怨自己不小心泄露了秘密,而且会对阿骏产生反感甚至是敌意。她有这种预感。

正思索着,手机响了,是阿骏打来的。

"还没睡吧?"

大学时的男友打电话到寝室,第一句话也是这四个字,楚萍隐隐感到不适。

"睡了怎么接你电话呀!她现在对阿骏却不敢这么说。

"嗯。"

"我想到了另外一种可能性。"

楚萍望了眼卫生间的门,淋浴和哼歌的声音从里面传来。

"是什么呢?"

"我先问你个事,你当时被送到医院后,有没有做检查,判断是否吸入过乙醚?"

"没有。"楚萍对着手机摇了摇头,"这难道……不是显而易见的吗?"

"嗯,想来也是。"

"怎么回事?"

"是手帕的问题,我觉得那块手帕掉落在窗台上,很刻意。"

"刻意是什么意思?"

"凶手从窗户离开时,必须要在窗台上转身吧,那样才能抓住水管往下爬。一转身不就看到手帕了吗?捡起来不就好了?"

楚萍没有出声。

"手帕是他故意留下来的。"阿骏压低声音。

"为什么?"

"嗯——这样考虑吧。假设,没有那块手帕,事情会有什么不同?我是说,你所认为的事情是否会不同?"

"我听不懂。"

"当然,你发觉身体异样,就知道自己受了侵犯,这一点是不会变的。你接着会想,为什么我当时一点感觉都没有呢?然后你看到了那块手帕,就有了答案,对吗?但如果没有手帕呢?你仍然会认为,你是在凶手进屋之后被他迷晕的吗?"阿骏停顿下来,留给楚萍思考的时间,"女孩子在失去意识之后被玷污了身体,这种事情很常见吧。

多数原因是喝醉了酒，或是被人下了药。大家听到这类事件而又不了解实情时，都会这样猜测。"

楚萍下意识地"嗯"了一声。

"我再强调一下，对凶手来说，重要的不是事实，而是你的想法。你是被他用手帕迷晕的，这种可能并没有排除。但凶手不希望你意识不到这一点。如果你意识不到这一点，就会产生其他联想，比如——"听筒里传来阿骏喉结滚动的声音，"你事先被下了药，在凶手入室之前，就已经失去意识了。而这个，或许才是真相。为什么他不担心惊醒你而选择直接从卧室进入，就可以解释了。嗯，有点绕，你听明白了吗？"

"下药？这，这怎么可能呢？"

"每天晚上睡觉前一定要吃什么东西，你有这种习惯吗？"

楚萍的视线霎时像被某种力量吸附一般，锁定在手边的那瓶蜂蜜上。心跳如鼓声雷动。

"有，有的，有的！"

"是什么？"

"牛奶，放了蜂蜜的牛奶！"

"嗯，他对你的生活了如指掌。在那晚之前，他就已经来过了。如果要从每天剩余的牛奶量来判断你的习惯，应该来过很多次，是在你上班的时候。他是从大门进来的。"阿骏做了个深呼吸，"这只是推测，但我们不妨可以往这个方向查。喂？"

楚萍捂住嘴，瞬间感到一阵恶心。

庆幸和恐惧交织袭来。——如果凶手是阿骏，即便有哥哥帮忙，这场角力也毫无胜算。

一条旧棉袄铺在地上，碎砖块沉闷地落在上面。锤子上包了一小块灯芯绒布片，敲击凿子的声响也消去了大半。这样处理效率会降低一些，但安全是第一位的。完工的时间推迟一两天并无大碍。

今天照旧从红联大厦运回三批水泥砖，顺便在小卖部买了一根新的晾衣叉和空气清新剂。

袁午欣喜地意识到，这堵墙其实只需拆除上半部分，下半部分便会形成口袋状的缺口，将尸体竖直插入，再把上部的墙体修砌完整即可。这样看来，目前的砖块已经足够了。

最后还得把瓷砖镶贴到位，这虽然是个技术活，但只要时间充足，慢慢雕琢，袁午觉得自己能完成这项工作。他上网查过胶泥的使用方法，按一定比例兑水即可，确实比掺入石粉搅拌的水泥要方便许多。

每隔一段时间，袁午便走进卧室检查是否有气味散发，鼻尖贴近衣帽间的门缝闻嗅，仅此而已。昨晚完成藏尸后，他再也没有拉开过衣帽间的门。现在整间屋子都弥漫着空气清洗剂的香橙味。

一切都在按计划稳步进行，除了自己的身体状况。

头痛不见好转，咳嗽和呼吸一样无法遏止，胸口时而涌上血腥味，久蹲起立后伴有切割金属般的耳鸣。他吃了一些父亲曾用过的缓释胶囊，几乎没有效果。可他现在还无法说服自己去医院。

黄昏已至，楼梯上陆续传来脚步声，在狭小的楼梯间内回荡。袁午每天在这个时间收工，换下夹克衫，洗去头顶的灰尘，坐进沙发里看一部讲述北极生物的纪录片。与此同时，忍耐着前往"大友"的冲动。

腹痛感许久没有光顾，大概是高烧暂时改变了体质，这很值得庆幸。

若玫只出现在梦中，小红却常常在白天进入他的脑海。无论何时何地，小红总是知道该做什么，也恰恰总是有事可做，这点和母亲很像。她不会轻易打扰袁午，而在袁午期望听到她的声音时便会开口说话。袁午不太确定自己对她抱有的好感算哪一种情谊。等这件事过去了，约她吃顿饭吧。

袁午醒来时躺在床上，他大概是被自己的体温热醒的。伸手摸摸额头，没有明显的温差，因为手也是热的。他翻开被子，将身体暴露在寒冷的空气中，躺成一个大字，滚烫的皮肤上没有一丝汗。

过了一会儿他爬起来，胡乱找了饼干，就着昨晚剩下的凉水咽下。颤抖的手握不稳杯子，凉水顺着嘴角流到腮帮，又沿着脖子往下，浸湿胸前的衣襟。

黑夜还剩最后一点全貌，从窗口望出去，远处的雾已微微泛蓝。就在此时，袁午听到了一种奇怪的声音。极其微弱，但在万籁俱寂之下，他确实听到了。

是塑料袋缓缓变形时发出的声音，就像随手放在地上的一袋苹果，由于重心未稳，柔软的塑料薄膜随着苹果的落位"沙沙"作响。

奇怪之处在于声源的位置。他有些难以置信，屏住呼吸等待第二次异响传来，双腿不由自主地朝父亲卧室的方向迈去。

合页的润滑很好，房门被推开时无声无息。卧室门口是卫生间，突出的墙角挡住了一部分视线，恰好看不到衣帽间。袁午正想开灯，移向开关的手却停在空中。

这是……

他定睛凝望房间深处，一道微弱的荧光宛如一张薄片悬浮在地板上，是透过某个缝隙后才会呈现出的光芒——衣帽间门板下的缝隙。

衣帽间的筒灯亮着？！

袁午有生以来第一次体会到难以遏制的颤抖，全身的每一块肌肉，每一条神经被注入了方向各异的驱动力。他倚住门框，慢慢蹲下来抱住小腿，下巴不断撞击着膝盖。

刚才的声音，是盖住水族箱的塑料布被翻开时发出来的吗？父亲……打开了灯，站在衣帽间内的镜子前……

不可能！没有这种事，一定有解释的方法。

福尔马林精粉的防腐效果或许没有想象中那么明显，甚至根本没有任何作用，自己瞎琢磨出来的方法怎会可靠？尸体正在腐烂，水族箱内充斥着甲烷，于是塑料布慢慢鼓起来，发出声响。

至于门缝中透出的弱光,白天时察觉不到也不奇怪,第一晚处理尸体时自己就忘了关灯,这样就可以解释了,一定是这样的。

袁午突然笑了起来,他不明白这个反应由何而来。他等待着塑料布膨起后再次发出声响,良久没有动作。

屋外传来遥远的鸟叫声。天亮了,彻骨的寒冷让他清醒了一些。倏忽间,有某个小点沿着脑部神经游走,不断躲避着他的追捕,随后"嗡"的一声撞散在颅骨内壁,遍布脑海。——他看见了女房东和她哥哥坐在牛排餐厅时的画面。

"一手攀在窗外,一手还要用精细的工具开窗……"

对了,这个房子,在女房东居住期间有人进来过!是那个丢掉烟头的男人吗?

窗外的世界一片青蓝。袁午扶住门框站起来,从卫生间拿起凿墙用的铁锤,走到衣帽间前,鼓足勇气,像警察闯入匪窝一般迅速拉开门把。

水族箱、尸体、盖住缸口的塑料布,一切都原封未动。水族箱沿着衣帽间的深度纵向放置,袁午站在门外,只能看清父亲微蜷的双腿,被毯子包住的头部在更深处。他慢慢走进去,检查每一档柜格,还是那几件衣服,哪儿都藏不下人。地上只有一箱倒空的黄粉盒。父亲浸泡在金色的溶液中,呈现完全放松的侧卧姿势,相比之前略微肿胀,衣服和裤子因此看起来都变小了。

袁午微微屈膝,使视线与水族箱口平齐,塑料布确实鼓起来了。

他退出衣帽间瘫坐在地,长长呼出一口气。既然有人进来过,那就听天由命吧。就算罪行被发现,就算被绳之以法,他也不想刚才那恐怖的幻想成为现实。

稍后,袁午回到自己房间,从外套里取出钱包查看,卡和现金都原封未动。他握着锤子走遍所有角落,战战兢兢地俯身检查床底下,没有发现什么痕迹。

入室者已经离开了。他察觉到袁午睡在房内，没敢进来动他的衣服。随后潜入父亲的卧室，为了搜寻财物钻进衣帽间，打开筒灯后发现尸体，由于惊吓过度直接逃离。

袁午不自觉地为这一结论点点头。

毫无疑问，入室者发现了袁午的秘密，但他在举发袁午罪行的同时，必须合理解释如何发现了尸体。从这个角度考虑，袁午的处境或许没那么糟糕。

这套房子究竟有什么魔力，会两次招惹窃贼呢？是同一个人因为第一次没得手而再度冒险吗？窗户的月牙锁对惯偷来说形同虚设。

不对——袁午立刻发觉自己愚蠢至极——每扇窗户外面都装有防盗窗，这个人无疑是从大门进出的！

他摇摇晃晃地走到门口检查门锁，迟迟不敢相信自己的眼睛，仿佛好不容易探出水面又被拽入恐惧的深渊。

门锁的安全钮落在反锁的挡位上。

"哟呵，好久不见！"保安连忙站起来，对走进传达室的楚萍点头致意。

"是啊……"楚萍差点脱口而出问对方最近忙不忙，忽然意识到这句客套话没准对工作内容一成不变的小区保安来说是个讽刺。

他大约适逢退休的年龄，雪白的两鬓与黑发界限分明，是几名保安中最为年长的。楚萍曾数次见他在大门口拦下外来人员，是个相当敬业的人。青岚园住户上千，他却能一眼分辨出来者是否为业主，楚萍很佩服这项技能。

保安的视线越过楚萍的肩膀，笑容里混入一丝疑惑。

"要麻烦你一下。我朋友那天跟我一起过来，结果钱包丢小区里了。"楚萍堆出笑意，指着跟上来的阿骏，"后来怎么也找不到……"

"噢，要看监控是吧？来。"保安话不多说，带着两人走向角落的一扇防火门。

"谢谢了。"

"嗨呀,客气什么。钱包丢了是麻烦,现金倒无所谓,证件要补,你得掉一层皮。"保安朝阿骏不堪其苦地摆动手掌,表明他对此深有体会。

"唉,是是。"面对陌生人,阿骏又恢复呆头呆脑的本色。

门内是一条走廊,左手边是物业办公室,右侧是活动中心,从中传出麻将牌撞击桌面的声音。监控室大概在走廊尽头。

"你是搬走了吧?"保安没等反应慢半拍的楚萍回答,又接着说,"说到底是个安置小区,你们年轻人在这里住不长久的。"

楚萍干脆笑而不语。

"新房子嘛,是该让朋友准备。"他隐蔽地伸出大拇指点向阿骏。

"这个……"

保安爽朗一笑,从腰间摸出钥匙打开监控室的门。

靠墙有一张办公桌,上面只有一台显示器,看起来还很新。角落里堆放着不少电子设备相关的杂物,并没有看到存放服务器的机柜。阿骏或许没猜错。

"如果青岚园的监控是最近几年安装的,录像很可能存放在云端,系统默认会开启分辨率自动降级功能。"

云端服务器有更大的存储空间。当视频容量超出限定部分时,会逐级降低分辨率以支持更长时间的回放。这样一来,小区安装一套监控设备只需支付摄像头的费用,储存设备的低廉租金会分摊到每年的物业费中,几乎难以察觉,因此更容易说服业主同意安装。

"总之,监控录像的回放最长能到一年。"阿骏昨晚在电话中向楚萍解释她一窍不通的网络技术,这是他最后的结论。

如果凶手曾在半年前由大门进入楚萍的房子,就能在监控中发现他。

"明天请个假,早点过去。这很花时间。"

和阿骏同时请假外出,再加上小晴的大嘴巴,这段暧昧的关系势必会成为公司里的新话题。但现在管不了这么多了,楚萍急于验证心中的某个猜测。

"这玩意儿我可弄不来,你们等一下,我去叫物业。"保安说着转身要走。

"不用!"楚萍连忙喝止,"我们自己来就行了,他本来就是做这行的。"

"是吗?"保安瞪大眼睛走回来,"那么,在哪儿丢的知道吗?"

阿骏交代过,要说想不起钱包遗落的具体位置,这样可以争取更多的时间。楚萍照此回答。

"哎哟,那可费功夫了。"保安颠了颠手里的钥匙,"那行,你们慢慢看,有事叫我。"

阿骏点开日期菜单,月份一栏的备选项有一长条,最下方恰好是去年的十二月,他的估计没错,录像的保存时间足足有一年。楚萍的心跳加快了。

因为不知道具体编号,找到那个摄像头花了点时间。阿骏将监控画面放大:视野正对车行环道,左下角恰好拍摄到了楚萍楼下的单元门。

那一天是六月二十七日,楚萍记得很清楚。天已经热了,但晚上不盖被子还是会着凉。她洗过澡换上睡衣,从微波炉里取出三分热的牛奶,加入一勺蜂蜜搅拌均匀,然后坐在床上边喝边看手机上的新闻。

那晚是怎么睡着的呢?如果牛奶里有安眠药,也许合眼时仍是半躺的姿势,手机也搁在手边。可现在怎么也想不起来了。

第二天早上,伸手关掉闹铃的动作楚萍是记得的,手机确实在床头柜上。但因为凶手来过了,这不能说明什么问题。

还有,当时杯子是空的吗?如果药力很大,在喝完之前就睡着了也很有可能。那么后来洗杯子时，就会把剩余的牛奶先倒掉。但那是从医院回来之后的事了，自己完全是失魂落魄的状态，又怎会注意这些细节。

楚萍昨晚彻夜难眠，除了思考这一系列问题，脑海中出现最多的便是自己的童年——有哥哥陪伴的童年。

录像从事发前一天早上天刚亮开始，起初以正常速度回放。每出现一个人，阿骏便向楚萍确认是否邻居。三楼及以下的住户楚萍都能报出相应的门牌号，上面两层的就有些不太确定。阿骏不以为意，很快记住了所有邻居的身形，随后直接调到四倍速。尽管如此，看到傍晚楚萍下班回家，也花去了三个小时。其间除了清扫楼梯的阿姨，没有看到邻居以外的人，更让楚萍欣慰的是，也没有看到哥哥。

如果是同一个单元的邻居作案，光看这个监控就无法判断了。所有邻居都出过门，老年人买菜或者带着孩子散步，年轻人都和楚萍差不多时间出门上班，但有其中两位在中午回过家。至于别人如何才能得到自己的钥匙，楚萍想破了头也想不出来，丢过钥匙这种事不可能没印象。她坐在一旁支起脑袋默默思索着，却不敢多问一句。

"我要找的不是邻居，是你哥哥。"万一阿骏这样回答，那该如何是好？但楚萍心知肚明，阿骏的目标就是哥哥，他在昨晚说出那番话之前就有了结论。

哥哥有钥匙，白天可以随意出入自己家。哥哥是医生，能轻易弄到安眠药。每天睡前喝牛奶的习惯，哥哥也是知道的。

也就是两天的时间，哥哥和阿骏对于自己的意义好像就要颠倒过来，缺乏真实感的境遇一时间让楚萍觉得孤独无依。

"你先去吃午饭吧。"阿骏伸了个懒腰说。

"你还要继续？"

"嗯，再往前看看，凶手提前几天下药也有可能。"

楚萍不解，连续几天吃下安眠药自己难道不会察觉吗？

阿骏看懂了楚萍的神情:"不管是牛奶还是蜂蜜,都不可能一天喝完,他大概会做好多次尝试的心理准备。只要药量控制得好,轻易不会察觉。"

药量控制得好……这也是医生的技能。

楚萍全无食欲,两人一直坐到下午三点多。播放速度调到了八倍,楼下的樟树叶痉挛似的抖动不止,人的动作只剩飞速横移。其间保安来过两次,递上烟询问进度,第二次明显面露疑惑,大概以为楚萍丢的是什么不可告人的东西。

连同上午,总共回看了四天,哥哥的身影始终没有出现,楚萍松了口气。是啊,怎么想都不可能嘛。

阿骏走到窗口慢悠悠地抽完一根烟,转身问道:"那天帮你做化验的医生,他的样子你还记得吗?"

收费和取药窗口排起长龙,队伍末端有四排铁漆椅,坐着几位目光呆滞的老人。一旁的服务台内,护士一边给哭闹的孩子量体温,一边大声回答问题。再往外,靠近大厅正门的地方竖立着一长条告示栏,其中一块区域为医生介绍。

楚萍很快找到了哥哥的照片。

林文昭,消化内科副主任医师,二零零一年毕业于浙大医学院。擅长治疗胃肠道常见病、疑难杂症和重危急症,娴熟掌握消化内镜检查和治疗技术……

这段冠冕堂皇的文字反而让哥哥变得陌生起来。踏上社会之后,他潜移默化地向这一身份靠拢,对待病人和领导的态度会带到家里。那时楚萍在外地上大学,难得回家一趟,偶尔与哥哥产生交流上的隔阂,却未曾深思。深思也不一定会有成形的结论,因为彼此都在改变。楚萍自己工作后又何尝不是如此,人的改变多数还是依赖于自己的意愿。

但若要说哥哥是凶手,那就绝不是某种改变。他经历了什么样的遭遇竟会对自己的亲妹妹产生欲念？这种改变有可能发生吗？难道从小就流淌着罪恶的血液？数个青春期的片段在楚萍脑中闪过，找不到哥哥对待自己异样的姿态。

阿骏一定是搞错了。

"这儿没有吧，化验科的医生贴出来给人看没有意义啊。"阿骏打断了楚萍的胡思乱想。

经过玻璃隔断的化验窗口，楚萍向内扫了一眼，朝阿骏摇摇头。随后两人坐电梯来到三楼，找到挂着"临床检验科"的房间，但门关着。

阿骏推门而入，夸张地把门开到最大，楚萍在稍远处趁机看向内部，在一台设备旁找到了熟悉的身影。头顶微秃，有些像高中的历史课老师，就是他没错。

假装找错地方的阿骏被赶了出来："看到了吗？"

楚萍点点头。

"运气不错。"阿骏因为演戏脸都红了。

两人回到停车场，坐进车里，像警察盯梢一般直直地望着门诊楼大门。

"这个岗位的医生，下班应该会准时。"

果然如阿骏所说，五点半左右，目标走出自动门。他换上了便装，从口袋里掏出车钥匙。楚萍连忙下车迎上，尽可能自然地展露笑容。

"唉？下班了啊。"

打个招呼，不管对方反应如何，先表明自己的身份，是林文昭的妹妹，因为他可能对你没有印象。如果直接说出"前几天麻烦你了"这句话，你无法分辨他脸上的疑惑是因何产生，是不知道你是谁，还是根本没有那回事，所以表明身份很重要，把第一层疑惑过滤掉。可别一紧张忘了。

"啊，你好……"对方的笑容不像是见到了陌生人。

"我是文昭的妹妹。"

"我知道。"他稍显尴尬地低着头,不再说下去。

"前几天,真是麻烦你了。"楚萍说出了关键的话。

这时候,他可能会有三种反应。第一,面不改色,然后说句客套话。这说明你哥找他化验我的烟头的事是真的。第二,惊讶。这是因为听到你毫不避讳地谈论这件事。在大多数人看来,遭遇这种事的女孩子巴不得一辈子不要提起任何沾边的话题。第三,困惑,进而反问。如果是这样,凶手十有八九就是你哥。惊讶和困惑的区别很小,你能分辨吗?

"别这么说,根本谈不上麻烦,我跟你哥十几年朋友了。"对方的回应毫无停顿。

是第一种!

楚萍呼出的气息在颤抖,手心满是冷汗。放松时的释放比紧张更难伪装。

"你怎么了?"

"啊,没事。我去配点药,谢谢。"楚萍掉头跑向门诊楼,脚步越来越轻快。

"昨晚,全国各地的老百姓们吃上了不尽相同的家乡美食,饺子、汤圆、米酒、羊肉汤、糯米饭。没错,就在七小时十五分钟前,二零一七年的冬至悄然降临。今天的天气也十分应景,持续一周的大雾终于消散,那种黏糊糊湿漉漉的感觉总算走远了,真是叫拨云见日啊。"

纪录片频道也未能免俗。女主持人身着海蓝色的呢大衣,站在一排古建筑前的青石板路上,也不知是真心激动还是气温太低,感觉声带的振动受到了胸腔颤抖的干扰,声音飘忽不定。陈述以下内容时,视线微微偏离镜头,一定是看着提示板。

"《易经》有'先王以至日闭关,商旅不行'的说法,意思是说这一天黑夜最长,最好是休养生息。古人认为,冬至是计算二十四节气的起点。其后,白天慢慢变长,是阴阳转化的关键节气,也是夏病冬防的最好时机。冬至也喻示新生的开始……"

袁午拉开合拢多日的窗帘,确认主持人所言非虚。久违的清晨阳光斜照在胸口,暖意使人内心平静。窗玻璃上映出他半透明的身影,仿佛有潮气自肩膀升腾而起。

准备工作终于完成了。此刻卫生间内一片狼藉,砖块和粉末几乎盖住了淋浴房全部的地面,马桶和洗脸台上灰尘遍布。小半面墙的废料竟然如此之多,万一让女房东看到也很难解释,还是要尽早运出去。尼龙制的公文包怕是不顶用了,得想别的办法才行。

那堵墙从离地一米的位置往上,开出了一个约八十厘米高的宽大缺口,再往上直到吊顶的墙体仍然保留。这么大的缺口,应该称之为断面更准确,但没有完全断开,靠角落遮住水管的墙体连接着上下两部分。袁午的工作,相当于在一个竖立的扁盒子上开了一扇窗户。

每天七点左右开始,一直忙到日暮时分,最初一天只能卸下五块砖,慢慢摸到窍门以后速度越来越快。尽管全程戴着棉纱手套,掌心还是磨出了好几个血泡。

几天来吃的东西只有泡面和饼干,毫无营养可言,而"大友"的盒饭至少还有荤素搭配。再加上不见好转的高烧,身体状况恐怕已经到达极限。

垮了也好,被人发现也罢,只剩最后一步了。父亲的尸体不能就这样泡着。袁午发觉自己想要了结这件事的意愿似乎超过了结果带来的意义。

衣帽间里奇怪的声音没有再出现。也许出现过,只是麻木的神经已经无法感知。

袁午不信鬼神,世上没有死而复生的事。衣帽间的筒灯到底是不是自己开了忘关,他已无心深究,也许这一切只是一场梦而已。即便真的曾有人入室,难道现在停下来去自首吗?袁午蓦地一转念,仔细想想,只要赌瘾不犯,看守所里衣食无忧,也没那么糟糕吧,反正这辈子好好工作已经没有指望了。

楼下忽然一片嘈杂,好像聚集了不少人。袁午慌忙拉好窗帘定了定神,走回卫生间,最后检查一遍那堵墙开口处的砖块是否牢固,准备实施下一步:将尸体放入墙内。

然而,仿佛被上帝凝视一般,某种力量再次让袁午听到了异响。

"*丝丝……*"

因为楼下的人声仍然能传进耳朵,袁午花了几秒钟才确认这个声音确实存在。他的脖子抽搐了一下,耳朵自然而然地转到卧室的方向。

"*丝丝……*"

有什么东西在地板上摩擦的声音第二次从衣帽间传出来。

又来了,果然又来了!

袁午从镜子里看到自己,内心明明惊恐无比,镜子里的人却露出令人费解的笑容。他伸手摸到脸颊,触感犹如刚刚凝固的蜡。

突然间,他像被唤醒似的迅速弯腰提起墙根下的锤子。指甲深深陷入掌心,抓握的力量穿过手臂直冲脑门。

来吧,管你是什么东西,大不了同归于尽!

袁午大跨步走到衣帽间跟前,几乎就要用尽全身力气将紧闭的柜门砸烂。

举在半空的铁锤迟迟未能落下。他听见塑料布被翻动的声音,只隔着一层薄薄的柜门,清晰可辨。

"*沙沙……*"

紧接着,有什么东西从门缝下流淌出来。袁午低头凝视——是金黄如琥珀一般的液体。

突 破 · 另 一 侧 的 试 探

"是的，没错。他姓陈，住在五楼。他老婆可是个会来事的人。"物业值班员伸长脖子盯着显示器，捏住眼镜说道。

暂停的监控画面里，一个肥胖的男人正边走边拆开一包香烟。

"对对，今天早上和你一起来的那个女人就是他老婆。"年轻的保安在一旁附和。

那这位就是501室的男主人了，项义心想。

说起来，今天已经是第三次来青岚园的监控室了。第一次是让物业经理联系许安正回来开门，恰好遇到正通过监控寻找杨莫的陶芳和501室的女人。第二次是为了确认许安正的行踪，连现场勘查都错过了。而现在是要找的——按张叶的说法——是曾在302室出现过的"另一个人"。

项义重新点击播放按钮。肥胖男人点上烟后恢复步伐，慢条斯理地经过二单元入口，朝一单元的方向走去。当然，一单元的入口远在监控画面之外。就连二单元的楼道口，也是因为靠近车行环道才能沾光被纳入广角摄像头的范围。

多装一个摄像头对着一单元又能怎么样呢？项义不禁懊恼起来。全城"天网"的年代，一个小区却因为经费问题在安全设施的配备上捉襟见肘，老百姓的生活区域才应该是关注的重点，这不是本末倒置吗？

带走杨莫的人一定知道青岚园的监控漏洞，才能搞出那么复杂的名堂。

一单元靠近围墙，二单元紧挨车行环道。正常情况下，一单元的住户出入小区需要经过二单元，会被这个摄像头拍到。但若有心回避，可以从别处沿着围墙绕出去。

"这个人呢？"画面上出现另一个行人时，项义再次暂停。

"这个嘛……也是十七号楼的业主，至于住哪一户，我就不清楚了。我们不可能整天跟在业主屁股后头，你说是吧。"物业值班员回答。

项义只当没听见，拿起笔在本子上做了个记录，继续寻找下一个目标。

根据物业提供的资料，十七号楼一单元共有三十一名住户。张叶交给他的任务，是把这三十一张脸记下来，运气好的话，说不定能发现第三十二个人。

运气好的话，说不定能中五百万呐！项义觉得这两句话没什么区别。他确认过可选日期范围，这里的监控录像居然能保存一年之久，心下更是叫苦不迭。

不过，张叶的推理并非天马行空。项义逐渐清晰地意识到，自己一直试图找出许安正带走杨莫的时机或方法，这个思路本身存在着矛盾。

对许安正形成明确的怀疑，源于他接到物业经理电话后的迟疑。也就是说，即便许安正是罪魁祸首，在他介入案件时，杨莫已然失踪。这样一来，许安正的行动只能解释为"补救"，而捅出娄子的是别人。

张叶想必一开始就思路明确，才会调查许恩怀。女儿是父亲的帮手，这也很有可能，可惜实际情况却并非如此。于是"另一个人"便在她脑袋里呼之欲出。

然而，项义刚才穿过抵达监控室的走廊时，无意间看到了贴在物业办公室外墙上的小区户型图。他驻足细看，原本因为置身其中难以察觉的事实在平面图下变得显而易见。张叶关于"另一人"的推测或许站不住脚。

外面传来汽车引擎声，年轻的保安听到动静迎了出去。稍后张叶推门而入，朝项义投来疑问的眼神。项义耸耸肩示意没有进展。物业值班员朝张叶微笑致意，见她头也不抬，自觉没趣地回办公室去了。

"怎么样，见到了吗？"项义问。

张叶坐进一旁的转椅中，顺势转了半圈，这才点了点头。

现在刚过十一点，她去拜访许恩怀的母亲大约花了一个半小时，除去路上的时间，应该没有聊多久。

"你看，人家好好的住在那儿吧？"

张叶低着头给项义一个白眼。

"问到什么有用的信息了吗？"

"没有。离婚之后她就没联系过许安正，连女儿都没见过面。"

"好像积怨很深啊。"

"不是，和平分手。她走的时候没要财产，许安正私下打了一大笔钱给她。她再婚之后又把钱还回去了。"

"这么客套啊。那当初为啥分手？"

"谁知道呢。选择不一样吧，很多女人结婚生子之后才慢慢认识自己。"

"是吗？女人决绝起来，也真是狠心啊。再怎么说，孩子是自己的，怎么一点儿都不心疼。"

许恩怀的母亲三年前与许安正离婚，同时辞去一家私企的助理工作。两年后成为了一名旅行摄影师，目前和现任丈夫生活在城东的某高档住宅，没有孩子。

"旅行摄影师啊……"项义一时感慨，良久没有闭合张大的嘴巴。那也是令人羡慕的工作，或许都算不上工作，却能养家糊口。

张叶试着从她口中了解许安正的过往。有犯罪细胞的人通常很早就能看出一些端倪，询问曾经的枕边人是上佳的选择。但对方似乎不愿提起往事，并不是刻意讳莫如深，而是真切地为此感到疲倦。对杨莫失踪一事，她无法给出任何见解。

总的来说，张叶白跑了一趟。

"我说……"项义打了个哈欠，"302室到底有没有另外一个人，明天也差不多知道了吧。小沈那边应该会有结果，我们这么耗着，效率实在太低了。"

单独抹去一个人的指纹是很难做到的，除非这个人的活动被限定在一个狭小而独有的空间内。许安正哪怕心中有鬼,也没有抹去杨莫的指纹,就是怕弄巧成拙。

"可是,一旦想象杨莫现在的情况,我今晚怎么也不可能睡着了。"张叶把脑袋枕在低矮椅背上,仰面望着天花板,"我只是觉得,只要我不停下来,就能离那孩子更近一点。"

项义深深叹了口气,无言以对。隔了一阵,摸出手机凑到张叶跟前。

"张姐,你看看这个。我在外面走廊里拍的。"

"户型图?"

"对,这张跟302室的格局一样。"

"你想说什么?"

"我刚才在这张图上想象一遍杨莫在失踪前的行动轨迹。按你的说法,杨莫在餐厅北窗观察楼下的情况时,听到许恩怀的房间有声响,于是走到房门前想打开看看,结果门没有打开,却被里面的动静吓得躲到了许安正的衣柜里。可是你看,许恩怀的房门就在玄关旁,而许安正的卧室在最里面,中间还隔着客厅,杨莫为什么不直接从大门出去呢?当时的情况应该非同小可,赶紧出门找爸妈才对啊。"见张叶无动于衷,项义挠了挠腮边新生的胡茬,"难道说,他想去那家民宿的意愿那么强烈,死活要等许恩怀回来?"

张叶低垂眼睑悠悠地说道:"这个孩子,你我都没有见过,他会怎么选择,不知道。嗯,你说的很有道理。我太想当然了。"

项义不禁哑然,他有些后悔说出刚才那番话。

"你……是不是累了?累了就睡会儿吧,监控我来看就好了。这儿空气不太好,要不去物业办公室?"

"就这样吧。"张叶合拢衣襟。

项义把空调调高两度,回到显示器前继续刚才的工作。他给自己定了个目标,往前看一周,差不多也该天亮了。到时如何行动全凭所里差遣。

入职两年来，破不了的案也经历过不少，小到偷鸡摸狗，大到蓄意杀人，可像现在这样看似近在咫尺实则遥不可及的无奈还真让人觉得不是滋味。

时间慢慢流逝，外面传达室里忽然响起了对话声。项义抬头看钟，十一点五十一分，马上迎来第二天了，多半是另一位保安前来换班。两人嗡嗡地交谈了几句，想必是在讨论警察上门办案的事情。

不一会儿走进来一位年岁较长的保安，两鬓雪白，与黑发界限分明，老远望去以为戴着一对翻毛耳罩。

"哟，这么晚还在忙啊。"他递过一根烟，瞥了眼显示器。

"没办法。"项义摆摆手示意不抽烟。

"干这行真不容易，听说有孩子走丢了。"

"嗯，头大呀。"项义抹了把脸。

"爹妈非急死不可，唉？是在这里走丢的吗？"保安用夹烟的手指着监控画面。

项义实在不愿多做解释，闷闷地"嗯"了一声。

保安站在斜后方，没有离开的意思，唇齿间"嗞嗞"作响，就吸烟而言，发出的声音也太大了。项义浑身不自在，一边用力掏耳朵，一边转过头去看了他一眼。

"那辛苦了。"对方似乎意识到自己的失礼，迈开脚步往门口走去。

"等一下。"张叶直起身，像用枪瞄准目标一般指着显示器，"在这里走丢有什么问题？"

"哦,不是不是。"保安驻足，笑得很尴尬，"前几天有人丢了钱包，正好也是在这个地方，我只是觉得巧了。"

张叶站起来走到保安跟前，仿佛问题写在对方脸上，走近了才能看清似的。

"谁丢了钱包，哪一天？"

"大概……三天前吧。"保安下意识地往后退了半步,"是个小姑娘——不,也不小了——是这里的业主,不过最近搬走了。她男朋友在小区里丢了钱包,两个人一起过来看监控。"

"你确定是这个位置?"

"那当然,我每天要在小区里转上好几圈,要到每栋楼下打卡的。"保安拍了拍胸口的牌子,又指着显示器说,"一看就知道,这是十七号楼没错吧。"

"结果呢?找到钱包了吗?"

"没有。从早上看到下午三点,结果还是没找到,估计钱包里有什么重……"

"早上到下午三点一直在看这个画面吗?"张叶提高嗓音。

"反正我过来打了几次招呼,只看到这个画面。"

"她叫什么名字?住几栋几号?"

"这个……"保安弯曲手指不断在太阳穴附近敲击,随即赔出笑脸,"只要从这道门过,我就知道是不是这里的人,但进了门之后往哪儿去,我可一下子说不上来。你等一下。"

他说着小步跑出监控室,稍后从走廊里传来他和物业值班员的对话声,两人你一言我一语,共同描述了那名女子的几个特征。年轻美貌,身材高挑,栗色长发,迷你肩包,很可能独居,并于大约半年前搬出青岚园。

"对对对,就是她,她原来住哪一栋来着?"

"不知道……"

项义重重地咂了下嘴,回头看张叶。她细眉紧蹙,眼中已然重新绽放出光芒。

楼下的路灯泛出微弱的荧光,几乎只能照亮路灯本身。一片枯叶飘落下来,卡在引擎盖和前挡玻璃之间。许久以来这是周遭唯一的变化，杨远觉得自己需要感受一些变化，于是便期待第二片落下的叶子。

这辆美国产的轿车只比杨莫小半个月，里程数还很少，但车况不容乐观。发动机声音很响，深踩油门会导致车身左右摇晃，还有中控灯闪烁等诸多电气故障。陶芳一直期盼着换车的那一天。杨远想象自己收了钱，把车停在二手市场，走出门口时回望的情景，大概会流下眼泪吧。车不再属于他了，承载在车里的回忆也将无从寄托。

初次驾车上街是设宴满月酒的那一天。杨远双手紧握方向盘，一顿一挫地跟着如织的车流。陶芳坐在副驾驶，一手抱着熟睡的杨莫，一手指指点点。现在想来着实后怕。

九年多后的今天，杨远断然不敢再做如此冒险的事了。再有十年，小莫该离家上大学了。他多半会长得比自己高，长出胡子和喉结，像个大男人那样说话。这番光景在杨远脑海中有好几个版本，无论哪一个都显得很可笑。

如果那一天不会到来，十年后——不，一年后，一个月后，一星期后都会变得毫无意义，我的生命将永远停留在今天。

杨远认为自己应该感到困乏，如果能睡上一觉，说不定醒来时警察已经带来找到杨莫的消息。但现在的疲倦脱离了困乏单独存在，一根手指都不想动，却毫无睡意。

三楼卧室的窗户倏忽变暗，许安正熄灯了。现在是十一点三十八分，恩怀在半小时前睡下。在此之前，父女两人有过怎样的对话呢？杨远有些后悔刚才情绪失控。是的，这于事无补。

之后没过多久，陆警官打来电话说明调查进展。

302室完整的痕迹鉴定报告要明天才能出来，目前仅能确定杨莫进入过室内，无法判断其行动意图；九户邻居的个人资料都已汇集完成，并未发现犯罪记录或债务危机；当时停在小区监控盲区内的车辆信息仍在调查；城区和乡镇的寻访工作还在持续，天一亮会启用无人机；届时消防大队会配合搜索附近河道、工地及其他一些事故易发区域……

"找回孩子我们责无旁贷,就算没有领导督促,我们也丝毫不会松懈,您请放心。"

看来是陶芳舅舅的人际关系起了作用,陆警官虽然这么说,口吻相比上午还是柔和了许多。他特意打电话来,像做汇报一样说了一通对家属没有帮助的话,也是迫于压力吧。对杨远来说,没有这通电话或许还不至于想这么多。

亲属们得知小莫进入302室的确凿信息后,并没有显得多惊讶。整件事的来龙去脉已听陶芳讲过。姑妈和舅妈毫不掩饰对恩怀的嫌恶之情。

"你们也真是……她硬生生把小莫带坏了啊。这种没人管教的小孩要离远点,怎么像过日子一样帮别人养孩子呢?"

杨远独自坐在餐厅角落听到这番话,只觉得无所适从。

每次见到杨远一家,长辈们总会感慨时代变迁,现今年轻人的生活以工作为轴心,孩子念书也比从前更为辛苦。他们以自己子女家庭为参考发出由衷的感慨,但别人家的状况究竟如何,其实一无所知。

家庭和家庭之间的区别,不比人与人的区别更少。杨远深以为然。

这个世界是由一个个壳套起来的。家庭是一个壳,这个壳里的每个人还有一层壳。无论多亲密,亲密相连的部分只是小小的一块区域,说到底人还是独立的个体。即便突破重重壁垒彼此交心,也只限于短暂的时光。就连小莫,不也套着一层壳吗?

杨远推开车门,犹豫片刻又把门关上了。现在除了守在这里什么也做不了。万一许安正真的有鬼,错过了逮到他半夜外出的机会,会后悔一辈子的。杨远抽出纸巾,不断擦拭着起雾的前挡玻璃。

临近十二点,陶芳打来电话。手机铃声在封闭的车内震得鼓膜发颤。

"你还在楼下吗?刚才接到一个电话,我觉得有点奇怪。"

"什么电话？"杨远坐直身体。

"有个女人说捡到一个学生证，问我是不是小莫的。"

杨远心中一凛，但马上意识到小莫的学生证一直放在家里。

"为什么她会打来电话？她看到那条新闻了？"

"对。她说学生证上的名字看不清，就问我住址。我说了，她说跟学生证对不上。"陶芳的鼻音很重。

"然后呢？奇怪在哪儿？"

"她说了很多安慰的话，然后开始问我小莫失踪的具体情况，还问他去的邻居家是哪一户。"

当时邻居家里有没有人？孩子如何进入邻居家？有没有看到孩子从邻居家里出来？电话的后半段，女人关注的焦点完全转移了。

对方的问题循序渐进，陶芳如实陈述。她一时心乱如麻，放下电话良久才隐隐感到异常。

的确不对劲。会不会是另一个媒体的记者，怕家属不堪其扰不愿接受采访，才编造捡到学生证的谎言呢？

杨远快步上楼回家，亲属们正围在一起讨论刚才的电话。

"再打回去问问吧。"姑父说。

"等等。"姑妈伸出手掌朝下，"问什么呢？先想想好，如果这个女人真有啥问题，直接问搞不好会……"

"会什么呀？"姑父急了。

"会让小莫的处境更危险。"

姑妈的顾虑不是没有道理。假设对方是绑匪，会因为家属洞悉自己的意图而改变原来的计划。但原来的计划是什么呢？到现在才打这个电话，说的内容又完全让人摸不着头脑。

"或者委婉一点，先要求见个面怎么样？"舅舅提议。

"还是先报警吧。"

"我们这儿那几个警察不一定灵光。"

杨远走到茶几旁拿起陶芳的手机查看通话记录："是个座机号码？"

"是吗？"舅舅凑过来，"那就有办法查到地址。"

杨远不再犹豫，直接拨通了那个号码。

"喂……"

杨远愣住了，是个中年男人的声音。

"刚才……有人打过电话吗？"

"有的，走了。"

"走了？"

"开车走了。我这儿是公用电话，嗯。"对方好像要挂断。

"等一下，那个女人长什么样子？"

"这我哪儿说得清啊？二十七八岁吧，也可能三十岁，不知道。"

"车牌号看到了吗？"

"停得老远咧，黑灯瞎火的。"

"就她一个人吗？有没有带着一个小男孩？"

"没有小男孩，大男人倒是有一个。"

"车里呢，车里有没有孩子？"

"哎呀，我都说了看不清啊，我大半夜的做个生意也不容易，你就饶了我吧。"听筒里传来嘟嘟声。

现在没有年轻人会使用公共电话，这是为了隐蔽自己的身份。这个女人绝对可疑。

杨远当即拿出自己的手机，按下了张叶的号码。

"停！就是他们。"保安兴奋地指着显示器。

物业值班员将监控切换到小区大门的探头，很快找到了三天前来找钱包的男女。

男人中等身材，戴着黑框眼镜，俯视的镜头下看不清容貌，但可以肯定不是许安正。女人长发披肩，穿着凸显身材的外套，走路的姿势颇为妖娆。

"很眼熟啊，但就是不知道叫什么名字。"物业值班员用手指叩着桌面。

这两人都没见过。项义在脑中搜索白天见到的几张面孔：建材市场的孙工，老马工队那几个小伙，感觉都对不上。

那天全城仍处在大雾的笼罩之中，张叶反复回播，也没什么新的发现。

四人沉默之际，张叶的手机响了，是杨远。她接通电话应了几声，走进物业办公室，拿笔记下一串座机号码，紧接着照此号码拨出另一通电话。

"是元桥路那家烟店。"挂断后，她注视着窗外的树影喃喃说道。

项义连番追问，总算明白了情况。

"是那里啊……"保安和物业值班员面面相觑，他们想必也知道那个门框大小的铺子。

在西城区，准备熬夜的烟民一旦发现"弹尽粮绝"，去元桥烟店大概是唯一的出路。

那家铺子搭在一幢民宅的入口处，一个柜台挡住了整间店面，里面只有烟和一部公用电话。每天晚上十一点准时开张，第二天早上六点左右收工。因为这个特点，巡警队的同事几乎都跟老板打过交道。

据老板陈述，半个多小时前，一对年轻男女用他的座机打出过电话。由于老板当时正在看电视，对女人的外貌没有过多留意。

"女人是第一次见，这点可以肯定。男人倒是来我店里买过几次烟。"

身高和老板自己差不多，一米七二左右，应该还没到三十岁，戴黑框眼镜，头发自然卷，看起来老实巴交。

这形象和三天前来找钱包的男人大致吻合。

"学生证？没有这个印象，没看到女人手里拿东西。对，电话是女人打的，不过那个男人一直在旁边嘀咕，总感觉好像他说一句，女人照搬一句。"

事发三天前来看过十七号楼的监控，又在事发后打电话给陶芳询问孩子走失的详情，同时也曾是青岚园的住户，怎么想都绕不过去了，这对男女必然和杨莫失踪有关。项义右手握拳，在左掌上清脆一击。

利用监控寻找失物的过程项义太熟悉了，遗落点不确定就得反复切换探头画面，盯着一个录像看上大半天，除非是年代久远连日子都记不清了。找钱包的说法纯属扯淡。

如果他们是许安正的帮手，难道是为了诱拐杨莫做什么准备吗？

"不像。"张叶摇头否定，把手机一角轻轻靠在嘴唇上。

项义也深感其中蹊跷，现在所看到的迹象似乎还拐了好几个弯。只是案子的进展一度让人失望，他习惯了先提出最糟糕且最直接的假设。

"做准备的话，去现场看就行了，如果怕被人发现，躲在附近的楼道里，视野怎么都比监控好啊。"

年轻的物业值班员发表看法，立刻得到了保安的认同。

"是啊，那个小姑娘看着不像是坏人。"凑到物业值班员身旁看过《拾光新媒》上那条新闻后，保安也开始不安起来，好像因为自己的大意错过了什么重要线索。

"那个女人跟陶芳说，她看了这条新闻才打了电话，这一点应该不假，但打电话的意图就……"项义试探着征询张叶的看法。

"阿义，我有种感觉……"张叶的停顿让人心里发毛，"这两个人，正在做和我们同样的事情。"

这么一提醒，项义也意识到了。长时间盯着同一处监控，并且调查杨莫的失踪细节。如果看监控不是在事发前，怀疑是私家侦探也不算离谱。

"为什么会做同样的事情呢？"张叶离开窗口在室内来回踱步，仿佛走的步子越多就能离答案越近。

"莫非她也丢过孩子？"物业值班员说着大咧咧地坐进转椅，看到张叶驻足投来如炬的目光，挪了挪屁股说，"我开玩笑的。"

"她都还没结婚呐，之前都是一个人住。"保安说。

张叶恢复步伐，物业值班员松了口气。他这个玩笑倒也不失为一种提示。

做同样的事情是因为有过相同的遭遇，这样理解是很自然的。但若发生过类似案件，辖区民警不会不知情，除非没有报警。她的遭遇是否和许安正有关呢？项义越来越觉得答案是肯定的。

孩子去了哪个邻居家？孩子如何进入邻居家？有没有看到孩子从邻居家里出来？

虽然经过了陶芳和杨远的转述，但问题不会无中生有。如果第一个问题的答案不是302室，还有必要问后面的问题吗？对于问题的答案，这个女人心里早有预期。

张叶停下了脚步，风衣下摆由于惯性在膝盖旁晃了几下："一个人住？"

"是，是啊。"因为这一问题间隔时间太长，保安有点反应不过来。

"有业主的水电费缴纳记录吗？"

物业值班员听到这句话瞬间容光焕发，但马上又暗淡下去。

"有是有，但小区里独居的老人也很多。"他边说边打开电脑上的物业代缴系统，翻到半年前的记录，"光凭这个，恐怕还是很难确定啊。"

果然，无论是水、电或天然气，接近一人份使用量的住户仍然遍布好几页。

"她有车对吗？"

"有的。"保安点头，又立刻摇头，"车牌号我可记不住。"

"小区里现在有空车位吗？"

保安翻了翻白眼："没有。这小区那么多人，空车位是不可能有的。她肯定把车位转让给别人了，只要租期没到，我们是不会过问的。"

"那就有办法了！"张叶的眼角浮现志在必得的笑意，"我们把她找出来！"

竖立在花坛边的广告牌上有青岚园的平面地形图。保安指着图纸，将小区的车位分成三个部分。环道一整圈，加上被环道围在中间的车位归项义检查，外围东部归张叶，西部归保安自己。

"这样分，数量应该差不多。"

三人各拿一根手电筒，开始分头行动。

青岚园属于西城区最早建设的一批安置小区，没有地下车库。每个地面车位上标有对应的车牌号。那女人转让了车位，但尚未在物业处登记。如此一来，她曾经的车位号码就会和现在停泊的车辆号牌不符。

"但是，一户人家买几辆车的情况也不少见啊，但车位只有一个，后买的车停在原来的车位上……"保安在行动前提出疑问。

"这种情况的住户，水电用量就不是一个人的了。"张叶指着物业值班员面前的电脑。

保安年纪虽大，眼却不花，加上熟门熟路，比项义和张叶先完成统计工作，又帮张叶分担了一些。三人回到物业大楼时接近午夜两点。

符合特征的车位总共有二十九个。物业值班员输入电脑检索，找出对应的二十九位业主姓名，再和水电用量表对照筛选之后，留下来的名字只剩两个。

十七号楼二单元303室，林楚萍。

三十号楼一单元202室，钱云珠。

"林楚萍，十七号楼二单元！"项义恍然大悟，"是她没错吧，她看监控原来看的是自己家啊。"

"303室……303室……应该,应该早就想到的……"张叶丢了魂似的喃喃低语,不自觉地倚住墙壁,"我懂了,我懂了!"她突然大喊起来,五指插入发际,"杨莫为什么没有逃出去,他为什么要推许恩怀的房门,搞反了,搞反了呀!"

"什么反了?怎么回事?"

"有人要从外面进来,他听到了!我要把许安正叫回来开门,他听到这句话了!"

什么!这怎么可能?那时候杨莫还在房子里?

"根本没有什么奇怪的声音,我简直是个傻子。让他躲起来的人,是我啊!"

张叶冲出物业大楼,朝十七号楼的方向飞奔而去。

挣扎·迷雾中的海岸

耳蜗里传来没有波动的蝉鸣，振频越来越高，变成金属切割的声响，一直钻到头顶。紧接着，袁午先后察觉后背和臀部传来猛烈的撞击感。肩胛骨的疼痛让他清醒过来，他退到墙根坐在了地上。

衣帽间的门自己打开了！这是什么？这是什么啊？

一双眼睛注视着袁午，无边的恐惧凝成微光，在清澈的黑眸中闪动——一双男孩的眼睛。

男孩头朝外，双手撑地，保持爬行的姿势，全身筛糠似的颤抖着。

袁午脑中的信号系统出了问题，他看不明白眼前的画面——衣帽间深处的背板只剩右侧一半，左侧露出了白色的墙体，墙体下方竟然有一个方形缺口！

这些异常信号组合起来形成的影像附着在视网膜上，迟迟没有转化成实际的含义，直到男孩倒转身体，连滚带爬地退回衣帽间内。

电光石火间，袁午一个鱼跃扑上去，右手紧紧钳住了男孩的脚踝。男孩的头肩已经探回缺口另一侧，双手扒住缺口边缘用力拉拽，张大嘴巴惊声尖叫，用另一只脚的后跟奋力蹬踩袁午的虎口。

袁午左肩倚住水族箱借力，全身力量灌注右臂，奋力往回一拉。男孩支撑不住，指甲刮过墙壁断面，发出让人汗毛直竖的噪声，喊声也越来越大。袁午想捂住他的嘴巴，却发现左手一直紧紧握着锤子。

不一会儿，男孩安静下来了。伸在空中的手臂软绵绵地垂落，滑过袁午的脸庞。脑袋歪向一边，双眼平静地闭合起来，脸上的恐惧已然消失。

衣帽间亮着灯，男孩枕住的地板上出现一块发亮的红色，不断变化形状，而后越来越大。袁午茫然看向手中的锤子，好像锤子发出了提示音一样。

不知过了多久，他听见了自己的喘息声，耳鸣停止了。他慌忙伸手搭在男孩颈部，血管仍在鼓动，还活着！

他跑进厨房找出一卷纱布，跌跌撞撞返回衣帽间，捧起男孩的脑袋检查伤口。鲜血将后脑的头发黏成一片，一时找不到伤口在哪儿，只好胡乱往上缠。纱布上很快渗出一个红点，但扩散速度渐缓，最终停止。

袁午架住男孩的胳膊，把他拖到衣帽间一角，然后跪坐下来凝视那个缺口。缺口位于衣帽间背墙的左下方，大约五十厘米见方。从房屋结构来看，缺口对面分明是另一户人家。现在里面黑魆魆的，上方有类似布料的东西垂下来。稍稍靠近一些，能看清是衣服的下摆，是了，对面也是一个衣柜。

同时，袁午注意到缺口下方的地面上有细长条的金属物，间隔均匀地嵌入滚珠，是一条轨道。而右侧的半块背板，就竖立在轨道上。

他伸手摁住背板向左用力，背板在轨道上悄无声息地滑动过来，直至挡住整面墙体，也挡住了缺口。衣帽间恢复原样。

原来如此……背板还是完整的一块，只是右半部分可以插入右侧柜格的后方。柜格的背板看似和移动背板在同一深度，实际要稍浅一些，正面看根本无法察觉。那么，缺口另一侧的衣柜，应该也是这个结构。

这究竟怎么回事？为什么要这么做啊？袁午穷尽自己的想象力，仍然无法得出合理解释。非要有个解释的话，那便是命运注定的惩罚。

失败了，最后还是失败了。说到底，我仍然什么事情都做不好，和从前一样。

真的……无路可退了吗？袁午看着满脸血污的男孩，这个问题的答案开始有了变化。刚才为男孩包扎伤口的行为有些不可思议，几乎没有经过考虑，仿佛另一个人在操纵自己。

男孩大概比婷婷小两三岁，从衣着打扮来看，是正常家庭的孩子，这个时间应该去上学才对。衣柜通道是精心设计过的，一个小男孩的恶作剧不可能做到这个份上。

他的牛仔裤裆部位置颜色很深。他开灯看到尸体，吓得尿裤子了。

拉门附近有一片黄色的水渍，刚才流出门缝的只是尿液而已，水族箱的缸口封得好好的。

父亲的尸体开始膨胀了。系住毛毯的细绳深深陷入粗大的脖子里，眼看着好像就要绷断。

现在已经拿水族箱毫无办法，二百五十升水重达五百斤，外加底座和玻璃的分量，简直跟长在地上没什么区别。

接下来该怎么办啊？帮帮我，妈妈，帮我一把！

再迈进一步似乎就能有所改观的局面袁午很熟悉，他不愿遭遇这样的局面，因为不知道该往哪个方向迈出下一步。

"你啊，就是犹豫。越是不做选择，两难的境地就越是会频频光顾。"母亲的道理袁午懂，但就是学不会。

听天由命吧。这样好吗？要不然，还是先钻过去看看，好歹弄清眼下的状况。你觉得呢？

袁午去卫生间冲掉手上的血迹，回来重新打开背板，小心翼翼地探入隔壁的衣柜里，一股阴冷的木漆味围绕周身。

他料想的没错，一条相同的轨道固定在墙体另一侧，背板同样插入右侧的柜格底部，两个衣柜的背部结构以墙体为中心对称。这是个普通大小的衣柜，深度不大，袁午下身仍处于自己一侧的衣帽间，伸手就已经能碰到这个衣柜的柜门了。

等了一会儿，确定外面没有动静后，袁午像调节精密仪器般将柜门扯开一条缝。卧室里没有人，被子叠得整整齐齐，窗帘扎了起来，阳光洒在洁白的床铺上。窗外一只麻雀从树梢间跃起，飞到看不见的地方去了。

袁午躬身收腿，整个人完全钻了过来。他把门缝拉大一些，以便看清衣柜的格局。

宽大的挂衣间占去四分之三，横杆上挂着几件款式相近的西装和长款外套，侧旁叠放着四个收纳箱。另外四分之一便同样是一列分成五档的柜格，为背板的平移提供间隙。

随着阳光渗入，他发现缺口的断面上有亮闪闪的东西，凑近一看，是一个金属搭扣，而衣帽间的背板上有个扣眼，把背板移动到关闭位置，搭扣恰好插入扣眼——这是一把简易锁。

也就是说，这个房子里的人可以自由开关这把锁，而女房东则不能。等这边的背板也关闭之后，锁也就看不见了。

这是一个隐蔽的单向通道！

正在此时，外面传来钥匙开门的声音。袁午浑身一颤，慌忙关好柜门，俯下身倒退着爬回自己的房间。纷乱的脚步声由远及近，好像有一大批人朝他直奔而来。

他从缺口缩回脑袋，迅速关闭对面的衣柜背板，自己这一侧的背板还没来得及移回原位，就听到有人拉开了柜门。

袁午屏住呼吸匍匐在原地，丝毫不敢动弹，汗毛竖了起来，胸口只觉一阵针刺般的灼热。

翻箱倒柜的声音持续了好一阵，隔壁房间才安静下来。但凝神静听，还是能听到一些动静，稍后传来遥远的交谈声，难以分辨方位。

这些人……是在找这个男孩？

袁午把额头枕在手背上，感到一片湿漉漉的冰凉。他轻轻移回背板，跪坐在男孩身前。

男孩胸口均匀地起伏着，脸上涂鸦般的血迹是刚才包扎时不小心抹上去的，他的伤口应该只有一处，不知道颅骨有没有碎裂。绷带缠得又多又乱，把左眼完全挡住了。他很瘦，睫毛很长。

蓝灰相间的羽绒服领子里系着红领巾，胸口别着一枚塑料制的卡片，上面印着小字：东源小学三年级五班，41号，杨莫。

是正准备去上学的打扮。

这究竟怎么回事呢？袁午想不明白，当前的状况也不容他多想，男孩醒来势必大叫大嚷。

他抱起男孩，走出衣帽间来到客厅，让他坐在父亲的藤椅上。从厨房的杂物柜里找出塑料绳，将其手脚分别绑在椅背和椅脚上，又剪了一段透明胶带封住男孩的嘴巴。

他身形太小，在藤椅上呈半躺的姿势，腰部腾空了。袁午注视片刻，拿过沙发上的靠枕塞入男孩腰下。

事到如今，做这些还有什么意义呢？他已经看到了父亲，难道我要永远囚禁他吗？

母亲的面容浮现在空中，前所未有地显露出犹豫不决的神色，在这一刻，她也不知该如何是好。

楼下的嘈杂声仍在持续。袁午走近餐厅北窗向下望，只见三五成群的住户遍布各处，交头接耳的同时朝楼的东侧指指点点，有些甚至还穿着睡衣和棉拖鞋。环道上的车辆堵在最近的路口，后方传来催促的喇叭声。

一晃眼间，袁午看到了一辆警车，就停在环道对面的车位上。

已经报警了吗？如果刚才那批人之中就有警察，意味着警察暂时没有发现这个通道。

按理说，找他的人里应该有他的父母。能用钥匙开门进来，必然是户主，然而他们却不知道这个通道的存在。除了户主，还有别人能制造出衣柜通道吗？

那么，隔壁并不是男孩自己家？

袁午觉得自己的好奇心很可笑，得到这些问题的答案根本于事无补。这个世界真的太可笑了，上帝仿佛时刻注视着自己，不断给予干扰，最终彻底抹杀所有希望。既然如此，为什么不一开始就阻止我呢？

陷入恍惚之际，袁午听到了木板划过滚轮的声音，心脏猛烈地跳动起来，可瞬间又坦然了。

结束了，一切都结束了，该来的还是来了，就这样吧……

他等着衣帽间传来惊叫声，但却迟迟未有动静。

过了大约一分钟，有人从卧室里一步一顿地走出来，厚重的胶底鞋触碰到木纹地板，由鞋跟至鞋尖慢慢踩实，发出宛如活物被挤压时的"吱吱"声。

一道暗影落在卧室门口。影子的主人身材高大，穿着淡蓝色的工装服，金框眼镜后的两道浓眉之间聚起了精悍的川字纹。

是他！瓷砖店的老板。

他发出一声叹息，眉宇间放松下来，平静如常地说道："你看你，你都做了些什么啊。"

袁午瞪大双眼，那张名片上的字在脑中叠化而出——融合装饰，许安正。

额头上方的神经突突直跳，袁午不知道自己此刻的神情。他的样子大概给了对方毫无威胁的提示，僵持数秒钟之后，许安正眼中的戒备渐渐褪去。

他站在走廊里，检视废墟般扫视室内。在这个位置可以同时看到卫生间和茶几旁的藤椅。袁午不敢直视他，只听见沉重的鼻息缓慢起伏。

稍后，他迈开步子走到藤椅边，把杨莫的脑袋推向一侧。

"纱布里面最好衬一些棉花。血倒是止住了。用了什么，嗯？锤子吗？"

这不是他的孩子，袁午确信了。

许安正无疑就是隔壁302室的户主，只有他才知道衣柜通道的存在。他瞒过了警察。

工装服的袖口和肘部粘有石膏粉，翻毛的皮鞋上头也是灰蒙蒙一片。他不久前还在工作，是突然被警察叫回来开门的。杨莫不知怎么的跑进他家里去了。

见袁午不回答，许安正开始摸索杨莫的口袋："你啊，可惹了大麻烦了呀……"他发出一声哀叹，不知这句话到底是对谁说的，最终找出一把钥匙,端详片刻,放进自己衣袋里了。

随后他走到北窗口,撩开窗帘凝视下方。楼外的喧闹声有增无减。

"接下来打算怎么做?有主意吗?"他对着窗户说,"要继续保守秘密,你得封住两个人的嘴巴。我可以装糊涂,他可是会醒来的。"

袁午没有答案。从许安正进来开始,他没有挪动半步,全身的汗液已经凉了。

时间在沉默中静静流逝,许安正背对袁午头也不回,好像完全不担心袁午会轻举妄动。

一股可怕的气息在他的背影周围聚集。有那么一瞬间,袁午甚至希望警察能找到这里,但这个念头尚未成形便消散不见了。

过了一会儿,许安正转过身,挑了餐桌旁最靠近客厅的椅子,坐下时的姿势像刚刚走下擂台的拳击手,关节有些不适,但并无大碍。他侧身面向袁午,手腕搭在椅背上。"坐会儿吧,警察还得折腾一阵子。"

袁午依言坐进沙发里。三个人的位置构成了一个扁长的三角形。

"里面那个,是你爸?"

"他,喝了点酒,喝了……很多酒。"袁午费力地咽了口唾沫,喉管内壁好像一点水分也没有。

"就这样而已吗?"

袁午点头。

"既然如此,为什么要那样处理?"

是啊,为什么呢?为了活下去吧。这样说,对方能明白吗?还是回答,是为了按自己的意愿完成一件事呢?他一定会觉得荒唐透顶。

"你这里是不是有病啊!"许安正用食指顶住太阳穴。

袁午的身体颤抖起来。

"真有你的。原来如此,买瓷砖是为了这个。"许安正的声调重新降了回来,伸出大拇指朝卫生间的方向晃了晃,"但做工实在太差了。你要是不介意的话，我可以帮你。"他站起来走到杨莫身后，两手搁在椅背上拍了拍，"不过在那之前，你得把他安顿好。"

袁午揣摩着"安顿"这个词的含义。

"警察一直在隔壁楼道忙活，但不保证他们不会找到这里。你这个烂摊子已经没法收拾了。"他摊开双手耸了耸肩，"尸体损毁加故意伤人，能在里头待好一阵子。"

被捕获刑的觉悟袁午不是没有，但自己想象是一回事，听别人亲口说出来却感到难以承受。

许安正突然像头猛兽扑上前来，一把抓住袁午的衣领，把他摁在沙发靠背上。

"你清醒一点啊！你知道你干了什么吗？啊？把自己老爹泡在鱼缸里。如果被抓了，你在别人眼里永远是个怪物，比杀人放火的罪犯更加恶心的怪物，还不如死在监狱里好！"他脸上的肌肉几乎扭曲，却只发出嘶哑的气声，仿佛嗓子里灌满了粗糙的沙砾，"你想不想这样？想不想？！回答我！"

"不……不想，不想……"

为了卸去对方的手劲，袁午不得不站起来，不断重复着这两个字。

许安正双手向下一甩，把袁午整个人侧摔在沙发上。袁午蜷缩双腿，用小臂夹住脑袋。

"不想，就起来帮忙！"

袁午不敢违抗，跟着他走进卫生间。

"你挑出一些碎砖块，越碎越好。"许安正说着抱起一叠完整的水泥砖走向卧室。

袁午用锤子将碎砖块砸成粉末状，取来簸箕抄起，按对方的指示堆到衣帽间缺口的另一侧，也就是许安正自己的衣柜内。两人跑了几个来回，直到材料足够。

"可以了。接下来，你听好了。"他忍不住瞥了眼水族箱中的尸体说,"我不能长时间留在这里,否则就太可疑了。孩子是在我家里走丢的,警察迟早会明确这一点,很可能会再找上门。你有在听吗?"

袁午连忙点头。

"我现在从这里回去,然后把这个通道堵上,但不会堵死。等警察转移了注意力,我会再过来。在那之前,不要再伤害孩子。你刚才做得很好,这样就可以。如果他醒来,务必控制住他,别让他闹腾。能做到吗?"

"能……"

"很好。振作一点,事情没那么糟,我会帮你渡过这一关。"他重重地拍了一下袁午的肩膀,俯身钻了回去,"我的名片还在吗?有什么变故给我电话。"

背板后很快传来砖块堆叠的声音,那些碎屑粉末,应该是用来填充砖块和木板间的空隙。

"砰砰砰……"气枪钉一个接一个打入木板。随着通道被关闭,暴风雨暂时过去了。

袁午一动不动地躺在沙发里,诧异自己的身体没有旧病复发。迄今为止,他都无法预测那种莫名的腹痛会在什么情况下降临。现在,他只感到沁入骨髓的寒冷。

与此同时,脑袋终于可以正常思考了。尽管高烧未愈,但和刚才的恐惧相比,高烧根本不算什么。

袁午想起了女房东凄婉的笑容。许安正的通道是为她准备的!

"这款瓷砖是从意大利原厂进货,货源比较少。其他店家都没得卖,你眼光不错。"

融合装饰,主营室内施工,兼售建材。这套房子的设计装修出自许安正之手,这是毫无疑问的。只有同时身为两套房子的装修工,才能制作出通道。

"一手攀在窗外,一手还要用精细的工具开窗……"

错了，这个贼不是翻窗户进来的，而是从衣帽间里爬出来的。

许安正可以随时出入女房东的卧室，当她不在家或者熟睡时。女房东有许安正的DNA样本，她被偷走的东西是什么，已经不难想象了。

现在的局面清晰明朗：袁午和许安正各自拥有一个秘密之盒，但却存在一把钥匙可以同时打开两个盒子。

有没有办法让钥匙失灵呢？除了毁掉钥匙。

"呜……"

袁午一惊，撑起上身朝藤椅的方向看去。

杨莫的脑袋摇晃了一下，睫毛颤动起来。

"别再动了！"

男孩的反应让人吃惊，只有腰和头可以活动，却像只虾一样不停挣扎。可他的身体太小了，藤椅纹丝不动。嘴巴被胶带封住了，喉咙里挤出的声音不至于惊动邻居，却快让袁午崩溃。

袁午用手按住他的肚子不让他挺起来。杨莫用力反抗，脖子上青筋浮起，扭动手腕试图挣断绳子。

"没用的，没用的。就算你挣脱了，我还是能把你打晕再绑起来。"

这个逻辑陈述起了作用。杨莫停下来，盯着袁午看，露出的右眼睁得滚圆，突然又往下耷拉，呜呜地哭了起来。

杨莫明白了。醒来的瞬间，他并不记得发生了什么事，对于眼前的陌生人和自己被绑住手脚之间有何关联完全摸不着头脑，于是凭着本能的反应抗争。等听到袁午说"打晕再绑起来"时才明白自己的处境。

袁午不禁后悔说出这句话，但也不尽然。孩子已经看到了他，看到这个地方，头上还带着伤口，就算全然忘了之前的遭遇，也不能放他回去了。

左眼处的纱布被泪水浸湿，吸附在眼皮上，杨莫觉得难受，不停眨眼。袁午伸出手去帮忙，杨莫以为他要伤害自己，使劲歪倒脖子，直到躲无可躲。袁午将纱布卷边上翻，牵动了后脑的伤口，杨莫痛得鼻梁起皱，眼泪加倍涌了出来。

袁午手足无措，只得退回沙发里抱头不语。他本来就不擅长跟小孩子打交道。如果是许安正，说不定有什么巧妙的办法和杨莫达成共识。他应该会有办法的。

时间一长毕竟也累了，痛哭转变成间歇性的抽噎，杨莫渐渐平静下来。

"你……"袁午咳嗽一声，打算把事情弄弄清楚，"你是怎么跑到那里面去的？"

杨莫连续发出几个字的音调声，听不懂说了什么。

袁午想了想问："你家住在这栋楼里吗？"

杨莫点头。

"是隔壁的一单元吗？"

杨莫眨眨眼，先摇头，马上又点头。他大概不知道"单元"的概念，或者连通道另一侧是别人家这一点都不清楚。

如果他今天是第一次去302室，有没有可能认为自己现在仍然在那里呢？如果把他蒙上眼睛带出去，能否逃过这一劫？

303室和302室的格局呈镜像对称，只要稍有方位感，就会察觉出不是同一套房，室内的布置也必然大相径庭。杨莫不是三岁小孩，这是不可能的。

杨莫的鼻涕挂到了嘴唇上，鼻孔里哧溜作响，胶带的褶皱有节律地起伏着。他有点呼吸困难。

"我现在撕掉胶带，你要是敢乱叫，我就……我就把你从三楼扔下去！"

杨莫连连点头。他很守信，呼吸顺畅后小声问："我什么时候可以回去啊？"

袁午别过脸不回答。

"我再也不乱跑了，我知道错了。求求你，你让我回去吧，我现在就去上课。"他说着嘴角下挂露出牙龈,又哭了。

袁午摇头叹息,问道:"你本来打算逃课?"

杨莫低下头,肩膀颤抖不止,看得出来是在极力控制哭泣。袁午想起学生时代闯下大祸后用头顶接受老师目光的孩子。

那种情形多半出现在走廊上,袁午坐在教室里隔窗遥望,感到诧异和厌恶,却难以把注意力拉回课堂。他们身上有某种独特的气质在吸引他。那种吸引并没有持续很多年,便被与己无关的冷漠所取代了。

"你怎么能做这种事呢?"

"我想……去找莫远。"

"莫远?"

杨莫出神片刻,抬起脸胆怯地问:"现在几点了?"他背对电视墙,看不到上面的挂钟。

"一点半。"

"姐姐找不到我了……"

"你还有个姐姐?"

磕磕绊绊沟通了半个多小时,袁午总算大致明白了起因。莫远是狗的名字,姐姐是许安正的女儿。这男孩逃课居然是为了去乡间看望一条别人家的狗。

袁午再度回忆往昔,自己在他这个年纪是什么模样,又整天在做什么呢?二十多年前的景象一片朦胧,教室、黑板、课本……印在脑中的只是一种状态,确切发生过的事情一件也想不起来了。

"让警察抓到就完蛋了,我真的不是故意的……"杨莫一脸真诚,他所说的"不是故意的"是什么意思呢?

"我现在,还不能让你回去。我犯了错,被警察知道也会完蛋的。"

杨莫的眼珠转了半圈:"你是说里面那个人吗?"

袁午心一沉——他记得。

他不仅记得,而且懂得。"不是故意的",指的是钻过通道后发现尸体的行为。出现尸体和有人犯错之间的关联，三年级的小学生也能洞悉一二。

"我会帮你保守秘密的。"

"真的吗？"

"真的，你也不要告诉我爸妈我要去找小狗。"

袁午只觉一阵酸楚，这就是他保守秘密的条件。

不让父母知道行动意图，是为了将来可以故技重施。他内心的渴望没有因为失败而减弱一丝一毫。"再也不乱跑"不过是违心之言。

还有"将来"吗？如果这个男孩有，他自己便没有了。

成功掩埋父亲的尸体，是否就能拥有"将来"？他忽然意识到自己其实并没有仔细考虑过这个问题。我究竟为什么要做这一切呢？我这样的人，连过去都没有，何谈将来呢？

在时间的长河中，他不过是飞溅到岸边的一颗水珠，而眼前的男孩却如同洄游的鲟鱼奔涌向前，他是走廊里的坏孩子吧……袁午竟然有一点点嫉妒了。

杨莫又开始苦苦哀求，声音不大，嗡嗡如蜂鸣，一遍又一遍重复。袁午头痛难忍，去厨房喝水，也给杨莫倒了一杯。杨莫伸出脖子一口气喝光，继续喋喋不止。袁午打开电视转到儿童频道。杨莫看着电视，仍是间歇性地说着"放我回去吧"。

时间已过午后两点，小区里还有几个警察在远处的楼宇间徘徊，不知许安正什么时候返回。袁午从冰箱里取出两个鸡蛋，煮熟了喂给杨莫吃。这一周来他未曾真切地感受到饥饿，连煮鸡蛋也觉得麻烦。此时见杨莫吃得津津有味，也感到肚子里空落落的。

杨莫吃完提出要上厕所，袁午只解开他的手腕。杨莫跳进卫生间小解，出来后反复抓挠着先前尿湿的裤裆。家里没有小孩的裤子，袁午找出一块干毛巾，打算让他垫在裤裆里，一回头却发现杨莫正低头弯腰，试图解开脚踝上的尼龙绳。

袁午愣愣地看着，并没有阻止。

让他去吧，什么都别管了……

可杨莫怎么也解不开，急得哇哇直哭，泪水倒流下来，把绳子浸湿了。

窗外突然传来呼啸而过的警笛声，紧接着听到车轮碾过路面的声音，袁午顿时清醒，冲上去一把将杨莫推入藤椅，粗暴地用胶带绕过后颈封住嘴巴，并再次绑紧他的手脚。

一单元楼下停着两辆警车，小区住户们纷纷出动，重演上午的骚乱。

警察已经发现通道了吗？暂时还没有人从这个楼梯上来，可迟早会被发现的。啊不，通道已经被堵上了。但是，孩子在302室凭空消失，逻辑上无从解释，警察会考虑到这一点的。

袁午一惊一乍地喃喃自语，在客厅里来回踱步，焦虑渐渐转变为恐惧。与关进监狱相比，更难承受的是被捕的那一刻。

杨莫从胸腔里发出嘶吼，涨得满脸通红。袁午感到窒息的压抑，捡起父亲的空酒瓶奋力朝杨莫砸去。

酒瓶击中电视机，弹落地面摔得粉碎。

"你故意砸歪的吧，靠近一点，别再失手了！"

"你要面对这一切，收拾你的烂摊子，然后等着赎罪。"

"你现在明白了？没有我，你什么也做不成。"

"快逃！"

最后两个字恍若晴天霹雳，袁午连滚带爬地冲出门外。

龙眼的糖分本就不少，若再掺入两勺白糖，会甜得喉咙发痒。妈妈就是这么做的，外加半碗酒酿和三个鸡蛋，肚子里再难容下别的食物，可解决糯米饭也属于核心任务。每逢冬至，楚萍便对当日的晚餐望而生畏。

嫂嫂端上来的桂圆烧蛋却是赏心悦目。荷叶状的蛋清处于刚刚凝结的状态，勺子一拌，会随着汤汁扭动起来。酒酿和桂圆肉退回辅料的本色，零星悬浮在鸡蛋四周，并点缀着金色的桂花粉。

"哇，碗底都看得见呀。"楚萍忍不住双手合十。

"温水的时候就放下鸡蛋，蛋清就不会起沫。"嫂嫂捏着围裙笑逐颜开，"你们先吃着，我去煎糯米饭。"

红豆糯米饭是一大早就煮熟的，连同电饭煲内胆晾在窗口，让水分蒸发掉大部分，煎炸之后就会变得酥脆可口。

楚萍在厨房帮忙的时候听嫂嫂分享烹饪心得，突发奇想道："嫂嫂这么能干，可以在自媒体上开设美食专栏，一定会火的。"

"好是蛮好，不过我只会生火做饭，拍照写文章，可没这天赋。"

"好的自媒体都是团队经营，一个人哪里做得来这么多事呀。"

嫂嫂停下洗菜的动作，看着楚萍皱眉微笑："这么说，其他的事交给你？"

两人就筹备自媒体合计二三事，八字算是有了一撇。

将来能有一番属于自己的盘算，这是楚萍近些年的心愿。年近而立，她慢慢认识到自己工作能力有限，而岗位的竞争却永不停歇，熬走前辈来了后生，为了保持优势必须时刻打起精神工作。如此经年累月地付出，换来的只是纯粹的物质和流逝的青春。

再者，结婚生子这件事总有一天要面对的。为人妻母，有一份可自由支配时间的工作至关重要。

时隔半年多，曾经的憧憬重回心田。今天的太阳像是要把缺席一周的光照补回来，世界成了金色。中午吃过饭，楚萍拉着阿骏陪她买衣服，也挑了一件新上市的春装放到他胸前比画。阿骏一看标价吓得掉头就跑。

一会儿吃过晚饭，再去那家店把那件蓝格子衬衫买下来，明天送给他吧，就这么定了。

这个家伙，上进心能再强一点就好了。

"你笑什么？"嫂嫂问。

"哪有啊？"楚萍一扭身，连忙从水槽边离开了。

哥哥一直忙着在医疗平台上回复病人的留言。今年开始，二甲以上医院的影像科都将检查结果以数字胶片的形式保存在服务器上，打开手机随时可以查看。哥哥也设立了自己的网络诊所，不出两个月便流量惊人，发展形势一片大好。

有哥哥做靠山，嫂嫂就算辞掉工作和自己一起投身互联网也说不上有多大风险。吃饭时嫂嫂随口一提，哥哥毫不犹豫地支持。

嫂嫂提供原素材，自己负责文案兼设计，阿骏搞定后台，简直完美呀。楚萍对未来充满向往。

当然，阿骏的事楚萍并没有向哥哥提起。她自己还有些猝不及防，就像一阵风刮得人头晕目眩，自己已经不年轻了，可得慎重考虑。

更为重要的，楚萍担心阿骏在她心中的优势源于他对那场遭遇的认同。被侵犯后，楚萍考虑最多的是如何面对未来的伴侣。这种事当然不可能主动陈述，无论彼此多么深爱对方，自己这边总是多守了一份秘密，她不喜欢这种感觉。如果是阿骏，就没有这层顾虑了。

但若仅仅是这样的话，那就……仅仅是这样而已吗？

楚萍回到住处，举起喝剩的半杯牛奶，一边对着灯光观察色泽，一边在脑中细数阿骏的种种优缺点。

"你干吗？有虫啊？"小晴侧身倚着沙发扶手，从手机上抬起视线。

"有毒！"楚萍两眼一翻往沙发上倒去，差点把牛奶洒出来。

"恋爱中的女人是傻子，你这傻得也太离谱了。"

楚萍自己笑了半天，小晴只是挑了挑嘴角。连续几晚和阿骏约会，小晴这边是瞒不过去了，她没准还有些嫉妒呢。

"啧啧，真的假的，太不可思议了吧。"小晴对着手机直摇头。

"什么啊？开个玩笑呀。"

"不是,我是说这新闻。小孩子跑到邻居家里不见了。他爸守在楼下等他上学,没见他出来。"

楚萍把脑袋凑了过去。

"耶?青岚园这名字有点熟啊,是你以前住的小区吧?"

楚萍握住了小晴的手机。

"今晨八时许,西城区派出所接到一起儿童走失报警……杨先生守在楼梯口等待却迟迟未见儿子下楼……由此可见,孩子很可能在独自下楼的过程中遭到意外……据杨先生推测,孩子或许曾进入邻居家中……警方正针对该住户进行全屋痕迹鉴定,这在以往的人口失踪调查程序中实属罕见……究竟是否存在绑匪,绑匪与该户邻居有无关联,又如何在父亲眼皮底下劫走孩子?——敬请关注《拾光新媒》后续报道,为您揭开重重迷雾。"

楚萍的目光被文中的配图牢牢吸住了。

这是一张照片,拍下了很多人在室内搜寻孩子的瞬间,其中包含一位女性民警。照片从餐厅最北端向客厅的南窗拍摄,广角很大,厨房的灶台也出现在边角位置。

根据文章描述,这就应该是那位邻居家了。楚萍将照片放大,又左右移动。很像啊,厨房和餐厅打通了……是那一家吗?

"哎呀,我发你链接你自己看好了。"小晴夺回手机,趿着拖鞋朝自己房间走去,"睡觉啦。"

电视机还开着。楚萍眼神空洞地望着变化的屏幕,脑海中的画面也在不断变化着。

那一天,房产证刚刚拿到手不久,她独自前往青岚园的新房。要去做什么事先并没有明确主意,只是想多看一眼正式属于自己的家。她面对灰色的毛坯墙幻想着心中的布置,听到隔壁传来装修声,更是蠢蠢欲动。

何不去串个门,参考一下别人的设计风格?

楚萍下了楼梯,走进隔壁一单元上到三楼,只见302室的门半开着。

地砖已经铺好,客厅的布置初现端倪,半悬空的电视机柜和茶几露出原木纹理,看样子是木匠手工做的,线条简单有力但不失变化,是楚萍喜欢的造型。

她循声走进卧室,却只看到一名站在长凳上打洞的装修工。攀谈之下得知他便是302的户主,在建材市场经营家装公司。

"好几个单子还没完工,不好意思再叫工人来这里加班了。反正也不着急搬过来,我就抽空自己慢慢弄。"

"从头到尾都是你一个人做的吗?太厉害了!"

离开时楚萍心里已经有了打算。隔天再去,便从对方手里收下了名片。

"你想尽快住的话,这边我可以暂停。"

"那怎么好意思……"楚萍想说她也不着急,但事实并非如此,也就不再客套。

两人商定好价格装修风格的大致方向,第二天就签订了合同。

那个孩子,去了他家里……消失了?

楚萍回过神来,已经深夜十一点。茶几上的牛奶仿佛渐渐变得浑浊黏稠。

"喂?睡了吗?"她拨通了阿骏的手机,"我想见你。"

阿骏虽然一个人住,这个时间去他房间还是有些顾虑。楚萍把车开进院子,早已等在楼下的阿骏拉开车门坐上副驾席。

"你看看这个。"楚萍将打开新闻链接的手机递过去,趁他阅读的时间说出了心中的猜测。

"嗯,是有点问题。"阿骏看完抬起头,耸出鼻梁上的褶皱将眼镜顶上去。

"对吧,我不是瞎琢磨吧。"

"这小孩进去了,不知道怎么出去的;而你这边呢,正好相反,有人来过,但不知道怎么进来的。这两套房恰好紧挨着,只隔着一堵墙……"

也可以说,只隔着一个衣柜,只要衣柜后面是空的,那便可穿墙而过,两边都有了答案。如果凶手是那个装修工,要做到这一点并不困难。

"那个装修工你之前完全不认识吗?"

"不认识。"

名片上的名字一点也想不起来了,就连对方的样子也只记得戴着一副金框眼镜,大概因为只有这个特点和装修工人反差较大。

"装修房子是在三年前,你被……那件事是在半年前,两年半……"阿骏忧愁地转过脸来,马上又把目光移开了。

楚萍先前的猜想尚未具体成形,现在听到这句话,只觉得胳膊上的汗毛竖了起来。

难道这两年半的时间,他一直这么对待我?最后一次我才察觉吗?

"不,别乱想。"阿骏急忙说,"现在不确定这小孩是不是进了302室,就凭这一张照片也说明不了什么问题,打通餐厅和厨房的做法也很常见啊。"

"茶几的样子我记得的,还有电视机上面那块搁板。"

"你看到那会儿不是还没完工嘛,涂上油漆之后会有很大变化的。"

楚萍痛苦地摇了摇头。

"那这样吧。"阿骏叹了口气,"文章末尾有电话,直接打过去问。"

刚过午夜,三三两两的夜宵摊已经收进桌椅准备打烊了,小城市的夜生活毕竟还是保守。

"还有多远?"楚萍心急如焚。如今要找个公用电话真是费劲。

"前面左拐,进元桥路,右手边第二个路口的香烟店就是。保持这个速度大概还需要一分半钟,你再踩油门就超速了。"

"我们这样做真的好吗?"

"可能不太好吧,但稳妥的做法也只有这个了。"

编造捡到学生证的谎言与家属联系,用核对信息的办法从对方口中套出详细地址,如果是十七号楼一单元,那这一猜测就八九不离十。为了隐蔽自己的身份只能使用公用电话。

孩子家属此刻必然心乱如麻,这办法或许行得通。可是,带给人希望转眼又把希望夺走,未免太残酷了。也亏阿骏想得出这种办法。

不得已这么做的原因,只是为了帮我保守秘密。楚萍更用力地握紧方向盘,对自己萌生出轻微的厌恶感。

那家烟店缩在一幢民宅的门口,可以说是用露天玄关当铺子,上面撑着帆布雨棚。五十开外的老板背朝外正在看电视,听到脚步声转头跟阿骏打了声招呼,得知来客只是要用电话,便把刚拉出一半的烟柜推回去了。

楚萍和阿骏交换眼神,深吸一口气拿起话筒拨出号码。铃响一声,对面立刻接通了。

她按照刚才排演的顺序说出事由:看了新闻后担心捡到的学生证是那孩子的,但姓名栏字迹模糊不清,只好对比地址信息。

"青岚园十七栋401室。"孩子的母亲说,"对吗?是这个吗?"

"对不起。"楚萍对着座机深深低头,"不是。"

阿骏凑上来小声说,问她孩子进了哪户邻居家,怎么进去的,有没有人看到他出来。

楚萍依次重复,对方的回答让她痛苦不堪,没说任何告别的话就生硬地挂断了。

阿骏丢下零钱,连忙扶住她的肩膀坐回车里。

"真的是302室……"当真到了面对凶手的那一刻,他也拿不定主意了,敏锐的大脑在选择与代价面前不起作用。

"报警吧。"楚萍说。

"你想清楚了吗？怎么解释你的推测？瞒是瞒不住的，警察搞不好还会怀疑我们和孩子失踪有关。坦白说明的话，你的事大家都会知道的。"阿骏满脸忧虑。

"让警察保守秘密不行吗？"

"警察和你非亲非故为什么要帮你保守秘密，这对他们来说就是案件，是工作。保守秘密怎么走程序？抓人，起诉，提供证据，法庭要判，检察院要审，你会被折磨疯的。"

"那怎么办啊？！"

"这个推测还有很大的疑问。"阿骏缓了缓说，"你那套房子里，现在可是住了人的啊。那个腿脚不便从来不出门的老人，对吧？有人钻过来了难道不会发现吗？为什么不通报警察呢？"

"他几天前回老家去了。"

就在此时，楚萍回想起和阿骏一起检查雨水管那晚注意到的情形：老人的房间亮着灯，儿子的房间却暗着。

"阿骏，你陪我去看看好吗？我越来越觉得不对劲。"楚萍抓住阿骏的手，"我不想那孩子有事，万一真的是那样……就报警吧。"

青岚园的电动折叠门通常在零点三十分关闭，只留供行人出入的小门。现在早已过了这个时间，楚萍正担心该说什么借口不让保安起疑时，却见小区大门敞开，传达室里空无一人。

整栋十七号楼只有一单元401室亮着灯。万籁俱寂之下，自己的房子看起来并无异常。

楚萍疾步跑上三楼，阿骏在身后压低嗓音唤了声"慢着"，但为时已晚，她已经顺手把楼道灯摁亮了。

"你不早说呀！"楚萍用气声说。

阿骏急忙跨到门前，伸出食指堵住猫眼，慢慢把耳朵贴了上去，稍后摇了摇头。

"你站我身后,远一点,对。"阿骏艰难地咽了口唾沫,扶正眼镜,"等下开门之后,你就站在原地说话,别上前。现在把手机拿出来,拨好 110。如果发觉苗头不对,不管什么情况,直接冲下楼呼救,同时按下拨号键。听明白了吗?"

"阿骏……"楚萍一瞬间有些后悔了,可一想到失踪的孩子可能就隔着一道门,便郑重地点了点头。

"只是为了以防万一,这种情形出现的概率应该不会很大吧。"口吻像是在安慰自己,阿骏也有些害怕。

他用指关节叩响门板。两人绷紧身体屏住呼吸,良久却没有反应。他加大力度又敲了两次,第二次在楼道里激起了回应,但结果还是一样。

两人相互对望一眼,楚萍从包里取出钥匙,阿骏并没有制止她。

钥匙只转了半圈就到了受力的角度,继续用力,锁舌滑入榫槽内,门打开了。

玄关地面被楼道灯照亮,与之相连的走廊前端隐没在黑暗中。阿骏跨进门槛,摸到了吊灯开关。青白色的光顿时填满室内,楚萍松了口气。

"有人在吗?"阿骏连喊两声,回头朝楚萍笨拙地摊手。

莫非儿子也回老家了吗?啊对了,今天是冬至。

一想到父子两人也许正和亲眷们围在酒桌上推杯换盏,楚萍忽然觉得自己有些可笑。

"我去里面看看。"

里面指的是主卧室,阿骏在客厅走了一圈未见异常,也觉得有些大惊小怪吧。

楚萍站在门槛处探身环视自己曾经的家,忽然察觉到某种变化。

住户换成了别人,家里固然会有变化,但这一变化似乎显而易见却又难以被视线捕捉到。她慢慢迈过玄关,看向宽敞的餐厅。

水族箱？水族箱去哪儿了？！

"阿骏，阿骏？"

卧室里没有回应。卫生间的门却猛然被拉开。

跟前的男人一翻底牌，狠狠啐了一口，把牌甩在铺了绿绒布的桌面上。他大概连输了好几把。

势头正旺的庄家手握对子，直接通杀，像拥抱一个大块头那样将筹码捞回跟前。男人把烟头扔到地上退出牌局，立刻又有人凑上来填补空位。

袁午站立的位置，介于参与者和围观者之间，他试图让自己像往常一样沉浸其中，也入场摸过几次牌，但眼中所见和心中所想难以对应，便退了出来，剩下筹码也拱手让人。

连日沉浸在极端的状态中，几乎难以感知时间的变化。来到"大友"棋牌室发现一切如常，他甚至有些茫然。

大家都好好的，明天也是一样。

他仍坐在藤椅上吗？

男孩的身体那么小，脚踝被绑在椅脚上，往下蹬脚尖也碰不到地面，脑袋和竹枕还有一指的距离，无论怎么挣扎都只是徒劳，连翻倒藤椅都做不到。

袁午想象着家里的景象，就像一周前思考父亲的尸体那样。如果杨莫也成为一具尸体，袁午的明天也会一切如常。

他频繁地摸出手机看时间，八个小时了。警察第二次搜查十七号楼到现在过了八个小时，如果找到杨莫，我应该已经被抓起来了吧。女房东那里有一份租房合同，上面写有袁午实名制的电话号码。

要与这世界毫无关联地活着，还真是一件困难的事啊。

由此看来，警察的行动和发现通道并无必然联系，一旦他们的怀疑从青岚园转移，许安正就会对杨莫下手了。

如果发现秘密的是个成年人，与其达成某种约定要方便很多。什么样的筹码会让孩子感兴趣，以及能保持多长时间的吸引力根本说不清楚，况且揭示秘密是孩子的天性。许安正会用什么方法一直掐住这个定时炸弹的引线，袁午无法想象。他是处心积虑性侵女房东的罪犯，这个形象和杀人灭口的野兽——不，凭什么下结论呢？建材商铺的老板和性侵犯难道没有反差吗？他对许安正一无所知。

罢了，怎样都好，只要别人让我面对就好。

如果警察救下孩子，袁午将会入狱服刑。能有多糟呢？他对于这个世界原本就是个局外人，母亲生拉硬拽，最终还是撒手了。

袁午已经准备好了从挣扎中解脱出来，什么结果都能接受，让他恐惧的是选择本身，正如他生命旅程中遭遇过的为数不多的分岔路口，如今，没有人再会帮他堵上其中的一条路了。

如果许安正抢到先手……就当没见过这孩子吧。

杨莫嘴角残留蛋黄屑末的样子浮现在脑海。一瞬间，袁午有些想回去看他一眼。他穿着尿湿的裤子，不吃不喝已经八个多小时了。警察为什么还不来找我呢？

角落里的排风扇持续发出低频蜂鸣，宛如遥远的海面上驶过游轮。袁午坐到远离牌桌的方凳上，就能听得很清楚。包厢里除了他每个人都在抽烟，白烟被排风扇吸了进去，他注视良久，看到一个倒转的半透明的旋涡。

如果在这里被捕，会给人带来麻烦的，还是回去吧，回去看一眼。

"唉，你最近这是怎么了？"经过前台时小红叫住他，她的声音像是划过黑夜的星火。

"有点事。"袁午挤出一丝笑容，"没时间过来。"

"我不是说这个，你的脸色……你不是吸毒被抓进去了吧？"

"吸毒？"

"不信你自己看。"小红从挂在椅背上的羽绒服口袋里拿出一个小圆盒。

袁午接过亮闪闪的盒子,轻触边缘的突起部分,盒子像海贝一样张开了,一股幽香扑面而来。

若玫也会在镜子前花不少时间,出门倒从来不带这类东西。

"还好吧,就是有点累。"袁午象征性地照了照,他当然知道自己什么样子。

"还好?你是不是已经忘记自己长什么样了?"她一脸不屑地夺过化妆盒,"脸上陷出两个坑,眼睛都突出来了,我看你起码瘦了十斤。"

她说完反抓羽绒服,一个旋转套在身上,拎起桌上的包走出前台。"终于下班咯。"

"下班?"

"我也得睡觉吧。"

袁午没来由地一阵咳嗽,接不上话。

"感冒了?"

咳嗽仍在持续,袁午摆了摆手。

"要不要去吃夜宵?"

"嗯?"袁午喘了口气,"感冒了吃夜宵不太好吧。"

"感不感冒吃夜宵都不好,所以无所谓啦。"

袁午一阵迟疑,没来得及说出拒绝的话,小红已经背向他走向卷闸门。

出门右转,过一座桥,马路斜对面是一家烤鱼店,店内灯火通明,靠近窗口的位子都满了。

"青鱼,不要辣。"小红经过服务台,扭过头用一句话点完餐,脚步不停,径直走到一张二人桌旁坐下。袁午慢吞吞地跟在后面。

"你爸还没回来?"她喝了一口服务员递上来的大麦茶。

"嗯,要待上一阵子。"

"那你估计还得再瘦十斤。"

袁午想说"跟这个没关系",但又怕她下一句会问"那跟什么有关系",就没搭话。

服务员动作麻利地端上一个盛着烤鱼的铁盆,用打火机点燃底部的固体酒精。铁盆有小孩的枕头大小,这一份足够四个人吃。烤鱼周身点缀着各种蔬菜和辅料,袁午不适时宜地联想到了母亲的葬礼——棺木内的遗体旁塞满了纸钱和陪葬品。

"真香,这里面的豆豉酱是他们家特制的,别的地方吃不到,快尝尝。"小红脱下外套挂在椅背上,把毛衣的袖子捋到肘部,一副准备大吃一番的架势。

"你常来这里?"

"嗯,我就住在附近。"

因为工作性质的关系,小红想必还是单身,和老板之间的暧昧关系也让追求者望而却步,不知她是否也像自己一样有过婚史。袁午沉默着,没有继续问出口。现在说什么都已经没有意义了,如果可以的话,袁午真想把事情和盘托出,小红会作何反应?

"你怎么不吃?"她好像被烫到了,舍不得把鱼肉吐出来,翻卷着舌头一阵吸溜。

袁午拿起筷子勉强吃了一口。

"看来你病得不轻啊,点份清淡的主食吧。"

"不用了。"

"那总得吃点什么,你看你现在的样子。好像随时要倒下一样,你忙的那是什么项目啊?"

袁午答不上来,借咳嗽掩饰。谁知一假装,咳嗽真的持续了好一阵。

"吃饱了回家睡一觉,明天去趟医院。没钱的话我借你。"

袁午一脸无奈地摆了摆手。

"这个动作什么意思啊?不想去医院还是不用跟我借钱?"

袁午招架不住了："行了，我会去的。"

小红叹了口气，然后探过身来小声说："唉，你是不是偷偷拿了你爸的钱？"

她加了一个"拿"字，听起来就委婉很多，但其实是一个意思。

"为什么这么说？"袁午坐直了身体。

"你上次从口袋里掉出来的钱，有好几千吧，都是崭新的百元钞，折起来呱呱响。"

"那又怎么了？"

"如果从取款机上提，是不可能一下子出来那么多新钞的。这肯定是去柜台特意要的。"

"好像是这样。"

"你这人是不会提那种要求的，那只能是你爸的钱。"

"那……说不定是我爸给我的。"

"不太可能。"小红用鄙夷的眼神斜看他，"这种钱通常是用来送礼的。"

"送礼？送给谁？"

小红动动眼珠，用筷尖抵住牙齿。"比如……给孙女的压岁钱。"

袁午微微一惊。

"快过年了。新年送钱就得用新钞，老人家如果特别心疼孩子，都会在年关之前去银行换新钞。所以说呀，你拿的其实是你女儿的钱。"小红不由自主地皱起眉毛，似乎为这些钱感到惋惜。

五千元如果全部作为压岁钱给婷婷，确实是太多了。离婚协议书上有袁午支付抚养费的义务条款，若玫当时不假思索，直接放弃了这项权利。父亲会不会是为了补偿抚养费而准备了这笔钱呢？

袁午看着自己的空碗，用自己才能听到的声音说："我刚才……去见我女儿了。"

小红没听清楚："啊？你说什么？"

"没什么。"

撇下杨莫逃离青岚园后，袁午一路往西走过住宅区和红联大厦，拐向第二个十字路口北侧，抵达公交车站。父亲和他初来这里，就是在那个站台下车的。

他以为自己的徘徊漫无目的，看到站牌上的文字时才慢慢理清意识，他正在朝家的方向靠近。

久违的阳光穿透云层，照得耳根发烫。路面有些刺眼，视觉焦点忽远忽近。坐在方管焊成的长凳上等了一会儿，七十九路车缓缓进站。车里两位老妇人讨论着大雾天出门买菜的神奇经历，为今日的天气感到由衷的喜悦。

大约一个小时后，袁午在终点站下车。这里是他无比熟悉的小镇，他在这里长大，婷婷也一样。

转搭两趟市内公交，总算赶在五点前抵达第二实验小学。袁午远远站在马路对面一家便利店的雨棚下，看到了站在校门左侧的若玫。她和围在一起聊天的家长保持一定距离，独自一人低头看着手机。

长发剪短了，顺着脖子向内弯曲，发梢在锁骨的位置微微翘起。她抬起脸望向排队放学的孩子们，不经意地抖开额前的刘海。那张脸变得更成熟了，更消瘦，却也更漂亮了，仿佛久病初愈后的新生。

是啊，她再也不用为原来的家庭犯愁。离开袁午，重新掌握了自己的人生。父亲说她仍然单身，只是时日尚短罢了。

婷婷出来了。一年多不见，她长高了，可也没到父亲说的大姑娘的程度。她看到若玫，双手搭着书包肩带小跑起来，最后轻轻一跳，在母亲身前站定。

婷婷的性格像若玫，绝不会做出格的事，她和杨莫没有任何相似之处。但在看到杨莫之后，袁午却不知为何想在这一切结束之前见女儿一面。

母女俩手牵手朝便利店走来，大概是要买什么东西。袁午迅速转身，拐入最近的小巷，一路狂奔而逃。

当时的心悸仍在胸口回荡，他感到口干舌燥，喝光了整杯大麦茶。小红拿起玻璃壶帮他倒满。

"今天有个孩子走丢了，看新闻了吗？"

"没……没有。"袁午闭上眼睛，"对不起，我想回去了，不太舒服。"

"道什么歉啊，休息要紧。"她招手叫来服务员，点了份红糖糍粑打包，并从钱包里捏出纸钞递到对方手里，"晚上回去说不定就有胃口了，这个东西耐饿。"

"谢谢。"

小红眯起眼一笑。

"你……叫什么名字？"

"嗯？为什么突然问这个？"

"没什么。"袁午用摇头表示"算了"。

"我叫熊雨燕。"好像为了掩饰难为情，小红耸了耸肩，"像我这么娇小，却姓这个，是不是反差很大？但这也是没有办法的事。"

袁午轻轻重复了一遍："我会记住的。"

"干吗呀，你要表白啊？"小红捂着嘴大笑不止。

"不，不是，真的不是。"袁午慌了，他也不知道自己为什么会那样说。

"行啦，你可别告诉别人。"

袁午应声说好。

"不过我得说一句，说起反差，你就太配不上你的名字了，老这么阴郁可不行啊。"

"我的名字？"

"是啊，午就是正的意思，你不知道吗？"看到袁午一脸茫然，小红又补充道，"那时候阳光直射地面，是一天中最温暖的时候，你爸妈一定盼着你长大了阳光正直,才给你起了这个名字。"

传达室里照常亮着灯,这时却没有保安在岗。袁午看手机确认时间,十二点四十分。小区里寂静无声。

走过环道拐弯处,他从树杈间遥望十七号楼,望向客厅的窗户,是暗着的。杨莫被绑在藤椅上,当然不可能开灯。

袁午走上楼梯站在家门前,低头看着手里的塑料餐盒。糍粑表面裹了一层碎末状的甜食,小孩子应该都喜欢吃。可是不管饿到什么程度,杨莫恢复自由行动后第一时间就会跑回家,我拿这个做什么用呢?袁午觉得自己太可笑了。

打开门,他隐约闻到一股刺鼻的气味,但并没有随之联想到尸体。家里什么也没有变,男孩也一样。

杨莫歪着脑袋躺在藤椅上,胸口均匀地起伏着,大概是筋疲力尽睡着了。

袁午关上门,倚在门板上静静出神,然后跨过玄关,准备给杨莫松绑。

"你可回来了。"

一个男人的声音从沙发的方向传来。袁午惊得餐盒脱手,一个趔趄跪倒在地。

许安正起身走到跟前,慢慢向袁午伸出手掌,仿佛施授洗礼的主教。

对方给予的压迫感是无法在想象中预演的,虚脱和恐惧将袁午击垮了。他双手撑地不住颤抖,正如早晨打开柜门后看到的孩子。许安正抄起他的腋下一把将他甩进沙发。这一刻,袁午觉得自己轻飘飘的,像一张被揉皱又展开的纸片。

茶几上很杂乱,却还是能一眼看出多了一样东西,一个棕色玻璃瓶。

开关清脆一响,眼前一片漆黑。许安正关了灯,坐上茶几一角,和袁午面对面。

"警察现在没有头绪,不过稳妥起见,还是关灯比较好。"他好像朝南面指了指,"这个窗帘不遮光的。"

在刚才短暂的接触中,袁午注意到他戴着棉纱手套,头发、眼镜框上沿和肩膀都沾上了干燥的胶泥,灰蒙蒙一片。

"嗯,我刚才仔细量了一下那堵墙的尺寸,你可能没有把砖块本身的厚度算进去,里面的空间有些不太够。当然,你可以压断胸骨再把尸体放进去,不过这个做法——"他从牙缝里吸进一口气,"你是打算这样做的吧?是吗?你可以正常说话,他一时半会儿醒不过来的。"

"不是的。"袁午感到喉咙发黏。

"好。既然这样,就只能把墙往外再挪一点。外面地上贴了瓷砖,水泥砖直接砌在瓷砖上不太稳当,尸体可能会继续膨胀造成内压。所以地砖也得撬掉,等砌好墙再重新铺。我说的意思明白吗?"

袁午点点头,怕对方看不到又说"明白"。

"至于宽度,放下两个人勉强也可以,幸亏一个是小孩子啊……两个人头脚交错就行了。"

袁午庆幸身处黑暗之中,对方看不清他的表情。

"你放心,这些工作我会帮你完成,你到时只要负责盯梢就行。但现在——"

手腕上传来粗糙的抓握感。紧接着,一片清漆木料的冰凉落到掌心。他熟悉这个材质,是锤子的木柄。

"你得把他处理掉。"许安正的口吻平静如常,就像化学老师在教学生做实验一样。

袁午却像触到滚烫的烙铁,手臂抽了回去。

"怎么了?你已经试过了吧,只是角度有些偏,重来一次。你看他现在的样子,他不会有痛苦的。"

袁午转动眼珠。窗外的路灯散出惨白的弱光，还未照亮茶几便被黑暗吞没。如果刚才接过锤子朝他砸去，有没有机会呢？这个想法让他不由自主地抱住了膝盖。

"你倒是说句话啊，嗯？警察在我家做了两个小时的痕迹鉴定，蟑螂脚印都验出来了，还是没找到孩子。你明白吗？这个通道已经不存在了——不，它从来都没有存在过。全国每年有两千多个孩子失踪，警察不会盯着不放的，这对他们来说只是多个失败的项目而已。只要这孩子从此消失，一切就会安然无恙。这么简单的道理，你懂了吗？"

"你让我……让我考虑一下。"

"考虑到什么时候？已经一整天了，再有一天，尸体的味道就盖不住了。"

许安正拖起袁午，重新把锤子塞给他，帮他合拢僵硬的手指。

"来，肩膀放松，小臂用力，一下子就解决了。"

"我看不到……"

许安正拉过袁午的手放在杨莫头顶。杨莫额头温热，脖子柔弱无骨。

"不行，不行……"袁午丢下锤子退到一旁，抱住脑袋以防他暴怒发作。

许安正却立在原地陷入了长久的沉默。随着沉默持续，未知的险恶在黑暗中弥漫涌动，他的体内好似装着一把紧绷弓弦的巨弩。

他打算自己动手吗？为了掩盖性侵而冒险再搭进一条人命，除非有十足的把握不会暴露。他费尽口舌让我动手，不正说明他没有把握吗？

疑虑间，一道黄色的灯光扫过墙壁，汽车引擎声由远及近。

许安正冲到窗口，握紧拳头发出一声恼怒的低吼。

"你去卫生间躲起来，关上门。快点！"许安正说着连人带椅托起杨莫，走进卧室深处，"你敢出声，我就拧断他的脖子。"

袁午摸进卫生间，跨过碎裂的砖块撩开百叶窗帘。下面只有一辆车没有停在车位中，从形状上看并不是警车，借着路灯隐隐泛出红光。

是女房东？袁午困惑不已。她这个时候来做什么？

敲门声来得很迟，试探性地间断，由轻渐响。袁午正要祈祷刚才自己进屋后顺手反锁了大门，却已然听到锁芯转动的声音。

客厅的灯打开了，卫生间门缝下透进一线光亮，有黑影在光亮中游移。

"有人在吗？"

出乎意料的，是一个男人的声音，听起来比女房东的哥哥更加年轻。

"我去里面看看。"黑影划过门缝，朝卧室的方向移动。

不！不要去！

袁午在心中呐喊。他后退到浴室柜旁，担心即将发生的剧烈冲突会一直涉及这个小小的空间。然而几秒钟过去，他只听到极其微弱的布料摩擦声，好像有什么东西被人放到了地板上。

"阿骏，阿骏？"女房东的呼唤就隔着一道门板。

袁午的呼吸已经跟不上胸腔起伏的节奏，他窒息难耐，拉开门冲了出去。

"走，快走，走啊！"

袁午攀着已然惊呆的女房东的肩膀，强行转过她的身体，一直把她推回玄关。

一阵风从身后袭来，脸颊两侧同时掠过一条臂膀，在前方形成包围。电光石火间，许安正的右掌精准地盖住女房东的口鼻，同时左臂就近折弯过来，锁住了袁午的咽喉。

敞开的大门近在咫尺，可还是晚了一步。

女房东发出一声轻微的鼻音，双臂慢慢垂下，全身骨架融化一般瘫倒在地。许安正的掌中拢着一块蓝边手帕。

袁午的喉结正在发出声响，眼球鼓胀外凸，视线变得模糊。

"你看你干的好事！你这样的废物，关几年出来还是一样。冷静下来，我给你指条明路。"许安正贴着袁午的耳朵，"你想想清楚，你把尸体藏起来是为了什么？嗯？你要的我都可以给你。孩子我带走，你把他们两个人的事揽下来，条件由你开……"

后面的话袁午听不清了，他低头蓄势奋力后仰，脑袋猛地撞上许安正的眼镜。

脖子上的力道忽然完全卸去了。许安正接连后退几步，慌忙掸去变形的镜框。一条细血自内侧眼角流出，沿鼻翼淌进法令纹。他的半张脸完全扭曲了，怒火攻心之下抡起右腿踢向袁午。

袁午的呼吸尚未恢复顺畅，半匍匐的姿势致使脆弱的腰间成为受击部位。内嵌在工装鞋头的防护金属片撞上左肋，肋骨的形变突破了临界点，发出不可思议的声响。袁午像虾一样蜷缩起来，张大嘴巴发不出声音。

还没缓过一口气，第二脚再次挥到面前。袁午下意识一侧身，忍着剧痛借肩膀挡住力量，顺手缠住许安正的脚踝。许安正重心不稳，一跤摔倒在地。袁午死死抱紧对方的小腿，许安正无法起身，两人在茶几旁扭作一团。

时间一长，袁午终究敌不过势大力沉的对手。许安正抓住他的头发，迅速推向坚硬的地面。

"砰"的一声闷响，整个屋子晃动起来。下一秒，袁午的眼前一片漆黑，耳中除了尖锐的噪声什么也听不见，意识却仍然清醒。

又一次撞击之后，上唇忽觉一阵温热，是鼻血淌出来了。

就在第三次被拉起脑袋的同时，袁午放弃保护动作，一把抓住茶几上的瓶子朝上方挥舞，正中对方额角。

瓶子完全碎裂，大量溶液泼溅到许安正脸上，他发出野兽般的嘶吼，手上的力量却渐渐失去方向。他接连晃动头部，难以置信的眼神转而变得迷离暗淡，终于仰面倒下。

一股刺鼻的气味正在扩散。袁午艰难地爬起来，扶着墙走进卧室。和女房东一起来的年轻男人侧卧在床边的地板上，已经失去知觉。袁午看了他一眼，有些眼熟，但现在显然无暇顾及他。

杨莫手脚的绑绳都没有打死结，袁午却尝试了很多遍才解开，他的大脑已经不允许手指轻易完成精准的操作了。

"醒醒！"袁午拍打杨莫的脸，"回家了……"

杨莫吧嗒嘴巴，脑袋转了个向便又不动了。

袁午用袖口擦掉鼻血，挺直腰杆，使骨折的疼痛达到顶点，正想抱起杨莫带他离开，忽听外面传来急促的脚步声。

一位短发女人气喘吁吁地闯进卧室，紧锁的细眉中聚集起防备和懊恼，接着视线一转，目光落向藤椅上的杨莫。

"别动！蹲下！"

"他只是睡着了而已。"

看到女人敞开的外套衣襟内露出警察制服，袁午长长呼出一口气。即使隔着薄纱窗帘，他也依稀能看到大雾散去后的第一抹星光。

重塑·花朵与触手

上回一家四口坐在同一辆车里是什么时候呢？楚萍望着车窗上半透明的树影回想。

母亲一直紧紧握着楚萍的手，她也望着她那一侧的窗，转过头来便露出微笑，可映在车窗上的面容却暴露了她的忧愁。

没事的，其实没有那么糟。楚萍想这么说，又担心父母会觉得她是在勉强自己。从昨晚到现在他们对事件的缘由只字未问，哥哥已经打过预防针了。

哥哥半夜赶到医院，听完楚萍的陈述目瞪口呆，接着脸色越来越严厉。

"你们真是乱来！为什么不跟我商量一下？"

"哎呀，你有话不能回去说？"嫂嫂在一旁劝阻，"她还躺在病床上呢。"

"简直无耻！"哥哥握紧拳头走了个来回，眼里燃起怒火，"世上居然会有这样的禽兽！"

护士长一看哥哥来了，马上把楚萍转到急救室隔间内的专用床铺，但哥哥的嗓音还是太大了，随救护车送楚萍到医院的巡警神色紧张地推开门看着哥哥。他应该是临时接到任务，负责阻止家属意气用事吧。

楚萍开始反思，为何在行动前一刻，出现在脑海里的只有阿骏。哥哥为了自己的事劳神费力，对他有所保留似乎不太公平。不想再给哥哥添麻烦这种理由，她自己也不信。哥哥和阿骏，他们都曾怀疑过对方是凶手，但都因确凿的反证而释然了。两人之间互有芥蒂只是楚萍自己的假想而已。她常常将其他男性和哥哥放在一起比较，这一次，心中的天平却始终没有出现过。

两种不同的砝码，无论天平怎样倾斜都没有参考价值。妈妈让我真心实意地接纳异性，是早就预见到这一点了吧。

想起来了，上回全家同车出行是去酒店赴哥哥的定亲宴。从那时开始,哥哥就已是另一个家庭的人了。

下车前母亲帮她扣上大衣领口,刚跨出车门父亲便从副驾席绕过来抢楚萍手里的药袋子。

"我自己来就行啦,又不是动手术。"

父亲憨憨地笑起来。

邻居徐阿姨迎上前,递给母亲一个菜场常见的黑袋子,跟兄妹二人打过招呼,带着笑容回去了。

"家里只有一点素菜,这个钟点准备午饭来不及了,我让徐姐帮忙带的,放生土鸡,补得很。"母亲如获至宝一般托着袋子。

很久没回来了,也难怪爸妈兴师动众,甚至他们的一举一动都表现出试图弥补当时未能照料的缺憾。

"你别给我添乱,快去休息,吃饭了我叫你。"母亲把楚萍赶出厨房。

自己房间的地板和桌椅出乎意料地干净,楚萍脱去外套,翻开罩住床铺的遮尘布躺了下来。这张单人床年代久远,陪伴自己度过了少女时代,原本贴着明星海报的床头板上还留着胶布的痕迹。此刻久违的安稳舒心,让她联想起青岚园那张宽敞的欧式木床,那些精细浮夸的雕饰无不透出一股危险的气息。

为什么我会遇到这种事呢?我明明什么也没有做啊。楚萍侧身蜷缩膝盖,拉过被子盖在身上,眼泪滚滚而下。

哭了一阵,哥哥在门外招呼吃饭。

"还是困的话,睡醒了再吃也行,给你留着。"

"知道了,马上就来。"

楚萍抹掉眼泪,拿过手机拨下阿骏的电话。

"喂,检查做完了吗?"

"还差一个化验单,快了。"

"对不起啊。"

"不是没事嘛。嗯——有事也不用说对不起,谁都不知道会发生什么。"

"有事就没有说'对不起'的机会了啊,笨蛋。"

阿骏遭袭击时猝不及防,吸入乙醚的量比楚萍多得多,直到早上十点,楚萍准备出院时才苏醒过来。

"刚才你爸妈都在,我有点害怕就没多说,他们的脸色好像不大好看。"

阿骏睡在急诊室的普通床位,楚萍很想走到床边握住他的手,可当着两位初次见面的长辈这么做实在太突兀了。阿骏的父亲向楚萍回以微笑,母亲始终关切地看着面色惨白的儿子。

"儿子晕过去了,父母脸色不好是正常的,这不代表他们在责怪别人。我爸妈都很讲道理。你放心,我就说送同事回家遇到贼了,他们也不会多想。"

楚萍沉默了。

阿骏马上意会沉默的含义:"警察来找过你吗?"

"早上联系过我了,说是今天会来。"

"嗯,你打算怎么说?"

"我也不知道。"

"实在想不好的话,就先糊弄过去,不过可能比较难。如果警察先来我这边,我就当什么也不知道,之后不管你怎么说都不会有矛盾的。"

"不,不用,你就实话实说好了。"

"实话实说?"阿骏顿了几秒钟,"你已经有决定了,对吗?"

"我以后会被人看不起了。"楚萍再度哽咽,"但我不想被自己看不起。"

阿骏深深叹了口气,听筒里依稀能听到指甲摩擦头发的声音。"我那时什么也做不了,如果能早一点认识你……"

楚萍抽了抽鼻子："你认识我都四年了啊，谁让你不早……不早说呢。"

这句话其实毫无意义。客观地想，如果没有这件事，她和阿骏不可能有任何交集。但愿这不会成为另一种负担。

"哎，那句话你可别忘了啊。"

"不会的，无论你怎么选择，我对你的看法都不会改变。"

楚萍微微一愣，她以为阿骏会问哪句话，然后她自己说出答案。说他木讷刻板好像也不能一概而论。

"你就不能把'看法'两个字换一换吗，搞得我像一篇论文似的。"

"嗯……"

"行啦，我去吃饭了。"

午饭时的气氛有些尴尬，哥哥不说话，父母亲也不敢多问，只是一味给楚萍夹菜。麻醉效果并未完全消散，饭后催生的睡意比平时更强烈，楚萍回房打算小憩片刻，醒来时却已近日暮。对着镜子梳头的时候，门铃响了。

"打扰了，身体恢复得还可以吧？"

四十开外的警察身材臃肿，打招呼时不含笑意，警察证上的警种一栏印着"刑警"。他身后的年轻女警则没有出示证件，与身着便装的前辈不同，她外套里面还穿着制服。

哥哥将两人请进门，示意不用换鞋。父亲递上烟，母亲说要泡茶，都被谢绝了。

"很快就走。"刑警摘下帽子掸了掸板寸头，"如果可以的话，我们想和你妹妹单独聊一聊。"

哥哥有些为难，他一直没有回医院上班，就是为了警察问话时能有所干预。

"这只是程序惯例，希望能理解。"刑警看向楚萍微微颔首，传递出鼓舞的眼神。

家人们各自回房之后，刑警开始陈述案情经过，并详细描述了衣柜通道的结构。听到袁午准备将他父亲的尸体砌入墙内，楚萍吓得不敢喘气。原本只是以为许安正将孩子转移到隔壁，同时胁迫袁午帮他掩盖罪行，没想到还有如此骇人听闻的隐情。

"现在初步有了验尸结果，他父亲死于脑梗死，看起来跟他没什么关系。"

"为什么要做这种事……"

"之前跟他们接触，你有没有注意到什么？比如父子之间因为矛盾有过争吵。"

楚萍摇头："他父亲人很好，对儿子很关心。儿子有些冷漠，但也……就这样而已。"

刑警在本子上记下一笔，身体前倾调整坐姿。

"昨天晚上，应该说是今天凌晨，你为什么突然回青岚园的房子？"

问到重点了，楚萍已经做好了准备。她调整呼吸让自己平静下来，然后说出看到孩子失踪的新闻后引发的猜想。

"为什么会这么考虑？"

"许安正，他对你做了什么？"坐在沙发侧座的女警突然插话。

刑警停下手中的笔，惊讶地瞥了她一眼，随即把满含期待的目光投向楚萍。

"他用药把我迷晕，然后对我……"楚萍闭上眼又睁开，"他强暴了我。"

刑警心中石头落地似的长舒一口气，挺直腰向女警点点头。

"你能确定吗？"女警问道，"有没有证据？"

兄妹二人决心找出凶手，哥哥是医生，一直保留着凶手的DNA样本信息。听楚萍这一说，刑警几乎要拍手称快。

"那太好了！这家伙在劫难逃了。"说完又觉情绪过于高涨有些不妥，补上一句表示惋惜，"当时就应该报警的啊，女性更应该及时用法律的武器保护自己。"

女警微微蹙眉，倚住沙发靠背，恢复先前默不作声的姿态。

接下来刑警开始核实相关信息：三年前入住青岚园，找许安正装修房子；半年前被性侵后搬离，四天前和同伴调查监控，昨晚借用公用电话向孩子家属确认地址，以及遭到袭击前的细节等等。楚萍一一予以肯定的答复，并补充了许安正为了干扰调查，将手帕留在窗台上的事。

"这家伙当真阴险，好。"刑警合上本子站起身，"今天只是初步了解情况，之后还得麻烦你跑一趟派出所做一份正式的笔录，具体时间会通知你。公诉案的周期很长，请做好心理准备，在家人的陪伴和支持下渡过难关。"

最后找哥哥确认过样本一事，两人便起身告辞。

母亲坐下来拍了拍楚萍的肩膀，努力挤出的笑容奋力与内心的悲伤抗衡，终于溃败下来，捂住脸失声痛哭。

"很快就会过去的……"楚萍抱住妈妈，对她也对自己这样说道。

哥哥陪着爸爸聊了一会儿，好像是在商量请律师提起民事赔偿，稍后走到门口换鞋，坚持回自己家吃饭。

楚萍回到自己房间，正打算给阿骏打电话，却听到门铃再次响起。妈妈推开房门，神色凝重地说警察又来了。

"抱歉，还有点事想确认一下。"刚才那位女警独自一人出现在母亲身后。

楚萍心生疑惑，但还是马上请她进屋。对方递上名片，介绍自己隶属于西城区派出所。

"今后你的案子会移交刑警队，我或许还会协助，或许就不再参与了。"她似乎是在陈述去而复返的理由。

单看相貌，她应该比自己还小一两岁，却给人成熟可靠的感觉，细碎的短发和脸形很配。比起刚才那位满口说教的中年刑警,她显得更为凌厉,必要的礼数恰到好处,没有任何多余的动作和暧昧的表情。如果不是她在场,恐怕自己还在犹豫吧。

"那件事发生在半年前,而房子装修好已经有三年了。在这两年半的时间里,你都是一个人住?"

"是的。"

"身体被侵犯的感受,那天之前从来没有过吗?"

楚萍低头深思。关于这一点,阿骏也曾问起过。

"我不太确定。"

"不确定?"女警看向窗外红色的云朵,"单从身体感受而言可以确定没有。但逻辑上又说不通,许安正足足等了两年半才对你下手,这不合理。也许他之前用了比较温和的做法,又或者只是没有进入你的身体。倘若他只需为最后一次的行为负责,你会觉得心有不甘,所以才说不确定,对吧?"

楚萍望着她的背影一时不知说什么好。

"如果确实没有,就不能加入主观猜测,否则你的回答会影响我的判断。"女警走过来和楚萍同坐在床沿,抱起双臂展露笑容,"晚霞真美啊。"

"是,是啊,好久没见到了。"

"嗯。"她抿住嘴点点头,"还有一个问题,那对父子是什么时候住进来的?"

"大概四个月前。"

"这么说,你在那之后仍然住了两个月,然后才搬走的。"

"不,过了十几天就搬到我同事那里住了,那十几天是我哥陪我的,我……"

"十几天?我的意思是,具体从哪一天开始到哪一天结束?"女警的眼神像是捕捉到了空气中的异常扰动。

"嗯?这个……有什么关系吗?"

"现在还不知道,不方便说?"

"啊,不是。第一天可以确定是六月二十七日,就是事发那天,但具体哪一天结束想不起来了。不过,可以去查公司的考勤表。"

"那就麻烦你了。"她嘱咐一句好好休息,起身告别。

"那个……这件事还会有变化吗?"楚萍不安地问。

"你指什么?"

"他会被判刑的吧?"

"会。"她说得斩钉截铁,"不管在审理过程中出现什么情况,你只要坚持就好,你很勇敢。"

项义推开粉红色的病房门,差点和手捧药皿的护士撞个满怀。

"哟呵!"身材滚圆的护士拍着胸脯打量他,嘴里啧啧有声,"这可受不了,不是记者就是警察,这还有完没完了……"

杨莫盘腿坐在病床上玩平板电脑,一看项义身穿警服,手上的动作停了下来。

项义弯腰凑近平板电脑:"呀!死了。"

杨莫低下头害羞地笑了起来。他的脑袋上扣了一个白色的网帽,伤口位置有一块厚纱布。

"这么多好吃的啊,送我一点儿呗。"

床边堆了半圈慰问品,大多是水果篮和鲜花。最大的一束像是菖蒲,其间插着一张贺卡。项义取出来翻开——"杨莫同学,我们想念你。祝你早日康复。东源小学三(5)班全体师生。"

朴实无华,却也有些小小的感动。此外,床尾还立着两棵塑料制的小型圣诞树,上面挂有彩纸条和金色的铃铛。

病房很宽敞,另一张床上坐着一位十三四岁的小女孩,左手打了石膏,仍然坚持在矮桌上写作业。她母亲躺在折叠椅里仰头打瞌睡。

杨莫翻下床打开柜子一阵倒腾，经过比较之后递过来一包薯片。仔细看，他手腕上还留着淡紫色的印痕，是被绑了十多个小时导致的瘀血不畅。

"项警官来了啊。"杨远从阳台上返回，扑面一股烟草味。

"叫我小项就行了。"项义摘掉帽子，"办事回来经过这里，顺道上来看看。小莫没事了吧，我看他动作挺利索的。"

"头上缝了四针，其他倒也还好。这次真的多亏了你们。我这两天正琢磨写感谢信呢。"

"你们也太讲究了。"项义摆摆手，"我也就凑个热闹而已。"

"张警官……在忙别的案子吧。"

"是。呃不，也不太忙。"

张叶此刻正在下面院子里游荡。她交给项义的任务，是从杨莫口中寻求一个答案——是否在事发前就已经知道衣柜通道的存在。

"我不太擅长和小孩子打交道，这件事就拜托你了。"

想象一下张叶撑着膝盖和小孩逗趣的样子，确实有些怪异。

杨莫入院的第二天，陆仕明协助负责侦办此案的刑警在病房内完成了问询工作。以他细致严谨的作风，必然面面俱到地问过杨莫发现通道的经过。项义因此觉得没必要再跑一趟。

杨远拉过陪护椅让项义坐下，递来一杯水，自己坐在床沿看着儿子。

"许安正已经承认自己的罪行了。"项义决定慢慢把话题引入正轨。

"哦……"杨远心情复杂地点着头。

"受害人保留着他的DNA信息，铁证如山，他没招了。"

"真是没想到，好端端的为什么要做这种事。"

"确实很难理解，不过嘛，任何事都是由好端端开始的。"项义叹口气表示惋惜，"恩怀现在一定很不好过吧。"

"是啊，换了环境，一下子或许不太适应。"

"幸好她母亲来接她了。"

许安正和袁午被捕当晚,许恩怀也被传唤至派出所接受盘问。深夜接到民警电话的母亲匆匆赶到,对于前夫的行为表示完全无法理解。确认过必要信息之后,民警允许她将女儿接回自己家。不出意外的话,这个铁石心肠的女人将会重新获得女儿的监护权。这些情况项义比杨远更清楚。

"运气这种东西,真的很难捉摸啊。"项义轻轻拍着大腿,觉得自己像个茶馆里磨洋工的老头子。

杨远露出不解的神情。

"恰好在隔壁,又恰好是那个时候……"项义看了眼沉浸在游戏中的杨莫,压低嗓音说,"时间和地点刚好吻合,发生意外的概率大概和中彩票差不多吧。要我说,小莫一不留神打开了衣柜背板,这是最不凑巧的。"

关于这一点,陆仕明在昨天的小组会议上作过说明。杨莫钻入衣柜转身之际,后背刮蹭到了竖立在最内侧的木板,导致其横向移动,这是最有可能的情形。衣柜的挂衣间内还叠放着四个收纳箱,剩余的空间不算宽敞,身体与活动木板发生接触几乎难以避免。为了尽可能降低噪声,许安正在木板下端安装了滑轮轨道,极小的横力便可让杨莫察觉到异样。

这是陆仕明结合杨莫口供得出的结论。杨莫的回忆是在多次陈述和诱导之下渐渐清晰起来的,与实际情况有出入也在所难免,就算让他重回衣柜,也不可能还原每一个动作细节。说白了,究竟如何发现通道连他自己也说不清楚,那会儿他只想躲得越远越好。

陆仕明在幻灯片上轮替展示两个衣柜的照片,与会人员无不伸直脖子看得聚精会神,对巧合发生的偶然性未置一词,因为这不重要。重要的是许安正侵犯林楚萍的手段和证据都已明确。三起案件捆绑成串,一经发现便告破在即,这种好事百年难遇,实在大快人心。

起初，许安正无论是否在家始终关着卧室门。随着女儿长大，渐渐意识到欲盖弥彰的风险，于是重新加工衣柜，在多块木板夹层中置入隔音棉，将从303室传来的声音阻绝在衣柜之内，也就不再紧闭房门了。

"老天爷总喜欢拿人寻开心。"杨远用一种宿命已定般的口吻说，"现在的结果算是对他网开一面了。"

"杨莫家属来一下。"把门推开一半的医生撂下一句话又走了。

"不好意思，你再坐会儿。"杨远连忙跟了出去。

项义心中一动，磨洋工不是完全没用啊。

"小莫，叔叔问你个事。"他凑过去看着平板电脑上闪转腾挪的小黑人问，"那天你是第一次去恩怀姐姐家吗？"

"嗯？你说我被打晕那天啊？"这孩子的精神承受能力当真不一般。

"唉，是。"

"不是，暑假的时候去过一次，好像是暑假的时候。"杨莫的一大半的注意力都集中在游戏上，这种状态正好。

"那次去是做什么？"

"家里有什么东西用完了，去姐姐家借了点。"

估计是油盐酱醋之类的吧。

"有没有在姐姐家玩呢？"

"没有。"

"没有去卧室里看看吗？"

"没有。"

"那……姐姐之前有没有说起过，她家里有个秘密基地什么的？"

"秘密基地？"他总算抬头看了一眼项义。

"就是衣柜里的密道啊。"

杨莫一脸失望。"没有说过。"

项义沉吟片刻又问:"衣柜里面有几个叠起来的箱子,记得吗?"

杨莫索性把平板电脑屏幕锁上,不太确定地回答说:"好像有。"

项义双手比画出大小:"这么大,白色塑料的,有四个。"

杨莫看向右上方,撇着嘴点点头。

"那么你打开衣柜的时候,箱子放在哪儿?左边还是右边?"

通道的开口大约五十厘米见方,位于挂衣间的右下角。如果收纳箱放置在右侧,即使背板移开,开口也会被箱子挡住。这样一来,杨莫必须将箱子移到左侧才能进入通道。可他的记忆却在这一点上变得模糊起来,一会儿说箱子原本就放在左侧,一会儿又说移动过箱子。

这孩子不会左右不分吧?看样子这个细节暂时没法确认了。

项义点点头。行了,完成任务。

杨远还没回来,就这么贸然走了有些失礼。项义探身看着临床小女孩的作业:"现在的孩子真辛苦啊。"

"没办法,又快考试了。"她母亲打着哈欠说。

"还是身体重要啊,一只手写作业也不方便。"

"是啊,我都急死了。要是这次平均分到不了九十七,保送卓才可就悬了。"

卓才高级中学是本市的精英教育机构,每年从各所初中选拔生源。"对班级排名进不了前五的同学而言,卓才只是水中月"这样的说辞,项义也是早有耳闻。

这位女孩上体育课时从单杠上摔下来折断了小臂。住院五天,其中两天都有考试,她照样挂着绷带走进考场。

"这么说,卓才的选拔标准就是平时的考试成绩?"项义问。

"是啊,从初一开始就统计了。"这位母亲用力甩出食指表示"一"的重要性,"虽然最后计算的是平均分,但也有最少考试次数的要求,所以每次都很关键哦。"

说到最后一句,她把头转向女儿。女孩涨红了脸,握笔的指关节绷得发白。

项义忽然想起黄老师对许恩怀的评价。

"不错,这次也是最高分。影响还是有的,这份试卷,按她平时的水准应该会接近满分。"

提前保送名牌学校,对她来说十拿九稳吧。

杨远拿着出院小结走回病房,项义起身告辞。

"替我向张警官表示感谢。"

出了住院部,项义朝草坪走去。张叶正坐在长椅上晒太阳。

"问到什么了?"

"该问的都问了。"

项义耸耸肩,转述刚才和杨莫的对话。几句话就说完了,也确实没有值得探讨的内容。

"你觉得这种巧合真的会发生吗?"张叶眯起一只眼。

"可它就是发生了呗。概率小不等于零,这世上每个角落时刻都有危险的事发生,总有那么几件运气不好让我们撞上。身为警察,这是没办法的事。"

"很有道理嘛。"

"假设另外有人知道许安正的秘密,也只能是他的女儿,既然许恩怀没说,总不至于是许安正自己告诉杨莫的吧。"

张叶望着草坪上休息的人群默不作声,或许她仍在为自己把杨莫赶进衣柜感到自责。再者,她的思路虽然一度逼近真相,可最后的行动却无关痛痒,袁午会把杨莫送回家然后自首。案子虽然破了却无法体现价值,她会因此难以释怀倒也不奇怪。

项目经理从茶水间走出来,叫住杨远。

"对了,那张海报……客户那边的意思,还是希望能接近参考图的质感。"他的口气有些为难。

"是吗，那行，改一下倒也方便。"杨远接水的动作没有停止。

参考图固然完美，但客户要求的造型风格与之大相径庭，如果仍然沿用原先的材质，会出现类似钢制洋娃娃的不协调感。

项目经理捧着杯子回到饮水机旁："我们那几个销售和客户沟通的能力，你也不是不知道，这多半还是他们自己的主意……说不定还会改回来。"

"没事，我懂。"

"哎。"项目经理心满意足地回办公室去了。

他的为难有两层缘由。其一，他的职位原本属于杨远，而且是因为杨远要求降职主动让出来的。不论项目操作还是技术执行，他的能力远在前辈之下。其二，则是同情。

已经过去三周了，同事们的态度仍是小心翼翼的，温柔的措辞和委婉的要求以前从未感受到。或许在管理层的潜意识里，认为施于杨远的工作压力是这次事故中一个不可回避的因素。老板甚至建议他休假一段时间来调整心情。这个社会对于连带责任的恐惧已经到了这个地步。

这其中，媒体起了相当大的诱导作用。《拾光新媒》的延伸报道更是大张旗鼓地表达了中年家庭的事业观，列举多起家长无法脱身工作而导致悲剧的儿童失踪案，同时将矛头指向教育问题。

"孩子的主要任务是学习，但并不代表他们就此成为一台录入知识数据的机器。作为人，作为儿童，家长却对他们的诉求和希望视而不见，从而抹杀了他们对生活的热爱。现今的教育环境，难道没有违背人的成长规律吗？"

真是家犀利的媒体，那位被风吹乱长发的女记者在杨远脑海中浮现。经历了十多天的案件追踪，"消失""藏尸""迷奸"等关键词已经刺激不了读者日新月异的感官，便开始向教育发难。这或许只是他们的惯用套路而已,就像衔接流水线上两道不同的工序那么自然。

随着时间的流逝,一切都会回到原先的样子。教育还是那样的教育,生活也还是那样的生活。陶芳在医院把小莫抱在怀里,足足四个小时不愿放开。那一刻,夫妻两人的心意前所未有地统一:今后不管什么要求都答应你,千万别再做傻事了。但一成不变的生活很快会将人们集中爆发的情感慢慢消解。

小莫身上遭人厌烦的部分又开始显现,这次的经历并没有让他沉静下来,医生担忧的心理后遗症怎么也看不出来,面对作业比从前更浮躁,强迫性计算失误和阅读障碍依旧让人头大如斗。三年级加入了英语和科学两门课程,要学习的内容更多了,杨莫有些跟不上节奏了。

"为什么恩怀姐姐不来了?"杨莫气鼓鼓地用尺子拍打被他折磨得坑坑洼洼的桌面。

他知道姐姐的爸爸因为挖密道偷了邻居家的东西被抓起来了,但要让他接受恩怀从此离开他的生活,却不是件容易的事。

"姐姐说不定连学校都要换掉,她爸爸犯了罪,这是很严重的事情,你不这样想吗?"陶芳说。

"我知道啊,但这跟她又有什么关系呢?"

陶芳答不上来,低头喃喃说:"是倒也是。"

杨远坐在工位上摆弄一枚回形针,出神良久。直到不经意和隔了三排的一位同事对上眼。在他们看来,他仍在为如何平衡工作和家庭苦恼不已。

今天令他心神不宁的还有一件特别的事。上班路上接到一通陌生电话,对方自称是某某事务所的律师,在这起案件审理中担任袁午的辩护人。

午休的音乐一响,杨远便跟着人流出门。最近两年这种情况很少见。退回技术执行的岗位后,和从前的下属一起吃饭不免有些尴尬。

赶到茶室的时间比约定提前了四分钟,正在小声对话的一男一女站在走廊内一间包厢门口，看到杨远立刻迎了上来。

"打扰您工作了，杨先生。"身着黑色西服的男人伸出手来，展露自信而不失诚恳的微笑。他大约四十岁，寸头的边际和脸形完美衔接，给人以精干强势的印象。

女人没有说话，两手交叠在小腹的位置，浅浅鞠了一躬。

"这位是袁午的妻子，赵若玫。"看到杨远脸上的疑虑，男人又补了一句，"去年因为家庭债务离婚了，准确来说，是前妻。"

包厢内的长形茶几上放满了各类小食，明显地靠近一侧边缘。两人站到另一侧请杨远入座。男人递来名片，他姓钱，职务是一级辩护律师。

"大致的情况电话里已经说过了，我们的诉求是想让您在这份请愿书上签字，麻烦您先过目。稍后我会说明缘由。"

这种表达方式还真不需要怀疑他的律师身份。

杨远接过他从公文包里取出的文件，一言不发地看了起来，但却很难集中精神。女人满怀期待的眼神在安静的空气中干扰他。

标题是《关于被告人袁午故意伤害罪从轻量刑的请愿书》，A4纸大小的文件共有十多页，从性格特点、成长环境、心理障碍、案情细节等方面阐述袁午的犯罪起因，不亚于一部人物纪录片台本，一字不落地看完恐怕午休时间早已过去了。

"正式审判还没有开始。"钱律师见杨远连续翻页，呷了口茶开始说话，"袁午对于自己的罪行供认不讳，这份请愿书必然会在判决前交到法官手里。到时内容会缩减到四分之一左右。因为法官没有那么多时间来看。这份资料，事实上是写给杨先生您看的，由赵女士口述，我落笔整理完成。"

杨远和赵若玫目光相接，对方向下移开了视线。

"每一起犯罪都事出有因，这恐怕不能成为轻判的理由。"

"您说得一点没错。被告人的经历也许并不重要，但即便只考虑案件发生时的情况，也有值得权衡的地方。"钱律师上身前倾打出手势，"警察赶到时，他已经解开了绳子。当时他折断了两根肋骨，颅内严重出血，在送往医院的途中才陷入昏迷。这种意志力，绝不单单是靠悔恨支撑的，他从头至尾都没有想过伤害您的儿子。"

"这些情况我已经听警察说过了。既然你理由充分，那就去说服法官吧。"

"归根结底……"钱律师没有放弃，"他只是为了掩盖先前的罪行，一时冲动才会……"

"一时冲动？"杨远将文件放回桌上，"把一个九岁的孩子绑在椅子上足足十七个小时，律师你对'一时'两个字的理解是不是有偏差？"

钱律师自觉无趣地用舌尖顶住牙根不说话了。杨远也觉得自己的态度过于冷漠，沉默在狭小的空间内弥漫开来。

"对不起……"女人轻轻地说了三个字，隔了半晌才继续，"我想去医院看望孩子的，但律师劝我别去。后来知道孩子没事，我真的松了口气。哦，您别误会。我不是说这个结果可以逃避责任……"

"事实上，"钱律师打断她，"从以往看，请愿书对最终判决的影响微乎其微。但您是受害人的家属，意义自然不同。有没有作用是一说，我们是真心实意请求您的原谅。当然，您别认为我是在施软功，法官能够酌情处理也是我们希望看到的结果。伤害罪名的刑期浮动很大，一切要看您自己的意愿。"

他这么一退，杨远反而不知道该说什么。想必对方看得出来，杨远绝非蛮不讲理或铁石心肠的人，对袁午本人的抵触也没到仇恨的地步。

女人的双手始终放在膝盖上，视线停留在杯口，偶尔会抬起来一些，但也只到杨远胸口的位置。她脸颊消瘦，不知是原本如此，还是为前夫的事奔波所致。

"他已经跟你没有关系了吧,这又何苦呢?你难道还想跟这样的人一起生活吗?"

"不,不,我没想过复婚。袁午他只是……他什么也不懂,他会改过自新的。"赵若玫的眼眸中流光闪动,"婷婷,我的女儿,她还小。我想让她在长大成人之前,看到她爸爸重新做人。"

杨远不由自主地拿起茶杯,喝了一口已经凉透的绿茶。

"这样吧,您不必那么快作决定,可以跟家人商量一下,毕竟事关重大。"

杨远默然点头,拿起请愿书离开茶室,没有说告别的话。

在上午的电话中,钱律师并没有提到袁午的前妻也会介入这次谈话。不得不说,他这张突如其来的感情牌打得很漂亮。但即便如此,杨远还是被赵若玫最后的话打动了,他心底缠绕起另一股难以释怀的情绪。

过了八点,杨莫把错题订正完毕,不一会儿电视机传出声响。杨远快步从书房走出来,切断插座电源。杨莫在沙发上跳跃腾挪咯咯大笑,不让杨远抢到遥控器,觉得有人跟他嬉闹比看电视更有趣。

杨远拦腰抱起他走进卧室,丢给他那本看了小半年的书。杨莫盯着某个短篇书名念了一句,中弹似的倒在床上。

半个小时后陶芳回来了,与往日的疲惫姿态不同,她一脸好奇地走进书房拍了下丈夫的肩膀。

"唉,楼下亮着灯。"

"楼下?"

"恩怀家呀。"

杨远没换拖鞋走到302室门前,猫眼内确实透着白光。杨莫追着陶芳冲下来,看了父母一眼,对着门板满掌拍打。

里面的人在门后站定片刻,把门打开了。

"姐姐!"

杨莫既兴奋又紧张，跨进一步后左右望了望，确定没有其他人后抓住了恩怀的手。

"你怎么……回来了？"陶芳也是一脸惊喜。

"嗯！"恩怀笑着点了一下头，并未多说什么。

她穿了一件厚厚的天蓝色兜帽卫衣，两条洁白的帽绳挂在胸前，牛仔裤十分贴合腿形，却没有散发出成熟女性的妖娆之感。短短三周不见，似乎又长大了一些。母亲的照料周全与否暂且不论，单就打扮而言，清新细腻的雕琢是一般父亲难以做到的。

杨远的目光落到玄关内的地面，那儿有个硕大的帆布软包，拉链打开了，能看到里面折叠成堆的衣物。

"来拿东西？"杨远问。

"不是……我还是想回来住。"

"你一个人？"

恩怀点头。

陶芳睁大眼睛："这……你跟妈妈商量过吗？"

"嗯，说好了的。周末回我妈那边，平时就住这里，上学也近。"

上学近可以算是一个充分的理由。从母亲居住的小区到这里，几乎要沿东西方向横穿整个市区，而从青岚园去辅城中学，步行只需二十分钟。初中生的到校时间早得离谱，这样可以保证更多的睡眠。

但若仅仅如此，一个未成年少女就必须独自居住，杨远从内心还是认为不大妥当。是否别有隐情，现在也不适合问出口。

"对不起，我爸他……"

"不许再提这个事了，他有错，也不需要你来道歉。忘了吧。"陶芳摩挲着恩怀的肩膀。

那天晚上，恩怀听见大批警员赶到才惊醒过来。她看到陶芳抱着失去意识的杨莫，在楼梯上跪下来双手撑地，无助的眼神仿佛凝视着悲伤的深渊。一位民警搀她起来，安慰说孩子只是昏迷，她仍然伏在对方的臂弯里哭了很久。恩怀从不轻易表露自己的感情，她对小莫的眷惜令杨远动容不已。

"去我家玩会儿吧。"杨莫拽了恩怀的手臂一下。

"现在都几点了，姐姐明天也要上学。"陶芳的语气并不严厉。

"是啊，小莫的睡觉时间已经过了。"恩怀在杨莫头顶摩挲，"还疼吗？"

"那你明天来我家做作业，一定要来。我爸说热水瓶里冒上来的是水蒸气，他太笨了，这样下去我考试要不及格的。"

四个人都笑了起来。

陶芳洗完澡，用毛巾裹住发梢来回搓，走到杨远身旁说："你说恩怀……不会是被她妈赶出来的吧？"

杨远回过神来："应该不至于，不过她自己不太适应是肯定的。"

"嗯，这么久没见了，别说还有个陌生男人，就是自己妈妈也不好相处吧，亏她妈还认得她。"

杨远咂咂嘴："她这么一个人待着也不是办法。"

"说是这么说。不过，恩怀独立生活一点问题也没有，原先不也这样嘛。不，没有了那个禽兽，反而比原先更好。"陶芳的话里隐含着让人不适的猜测。

303室的业主拆掉衣柜，请泥瓦匠修补墙面，好像上周末才完工。或许恩怀从一开始就打定主意要回来住的。

"也就相当于上了寄宿学校，这里就是学校寝室，对吧？只不过……确实有些可怜。"

陶芳的话不无道理，杨远的内心却难以平复。恩怀在他脑海中迅速长大，升入高中，去外省上大学，也许就留在当地工作，最终拥有自己的家庭。但在那之前，如此漫长的岁月她都要一个人度过吗？父亲的阴影是否会长久地伴随着她？她会变成什么样的人……

临睡前，杨远从公文包里取出那份请愿书，匆匆看了一遍，拿起笔在签名处写上了自己的名字。

年关将近，商场内人流量陡增，空调却一味地热浪四溢，闷得人头晕目眩。

张叶脱了外套挽在手上，嘟着嘴呼呼吹气，展平手掌朝绯红的颧骨扇动，加上白色半领毛衣的衬托，甚至像个走在校园里的大学生。不过回神一想，她也不过二十七岁而已。

"随便挑个东西，赶紧走吧。"今天穿了便装，项义连个当蒲扇的帽子也没有。

"也不能太随便吧，毕竟人家郑重其事地邀请了好几次。"张叶侧身劈开人群。

"他喜欢狗，买个狗娃娃得了。"

"那是送小女孩的礼物。他上的那些个培训班，有硬笔书法吧？"

"这我哪记得清啊。"

这个星期天，项义和张叶同时休息。按排班表，这种日子每隔两个月出现一次。但民警的作息几乎与排班表无关，项义记得上一回还是在一年前初次与她搭档那会儿。

前天杨远第三次来电邀请共进午餐，总算在时间上满足了条件。

两人坐电扶梯上到三楼，找到一家文具专卖店。张叶选了一支钢笔，是项义没见过的牌子，标价一百九十八元。

"也不便宜嘛。"项义打量店内环境，装修布置确实比一般的文具店高档不少。

"就这个吧。"张叶用指尖抵着玻璃柜对老板说完，转头朝项义眨眨眼，"你付钱。"

"啥？"

"圣诞礼物，一直欠着吧。"

"这，好像不是这个道理啊。哎，你确定杨远邀请的是我们两个人？他明确提到我的名字了吗？不是你自己的想象吧。"

"要我自己想象的话，是绝对不可能包括你的。"

将钢笔放进垫了红色绒布的盒子，再塞入外包装套上纸袋，拎在手里竟有鞋盒大小。项义提着前后晃荡，感觉今天亏了血本。

按规定，警务人员收受民众酬谢是明令禁止的。但若是设宴聚会，界线就比较模糊，调查途中与案件当事人在餐饮场所会面的情况也很常见。如果彼此成为朋友，只要时日一长，必要的社交活动并不会招人闲话。

只不过以张叶的性格，答应赴宴实属罕见。不，也不能说罕见，在项义的记忆中，两人搭档以来就没有受到过类似的邀请，他只是凭感觉这么认为。

张叶忽然放慢脚步，侧首看向左前方的商铺，最后在玻璃门前驻足。

"又看中啥了？"项义顺着她的目光看去。

这是一家运动品牌专卖店，进门右手边的墙上固定一面漆白的铁网架，吊钩上挂着两排背包。张叶拿起其中一个里外看了看。老板忙着招呼别的客人没有过来。

"改送这个？"项义挑起标签，一百一十元，"这个也不错啊，送这个好了。没走多远，应该可以退吧，钢笔。"

"原来是运动休闲包啊……"张叶仔细检查内部分隔，好像要找出什么东西来一样，"你看，眼熟吗？"

项义接过来仔细端详。外观很难说是时尚还是朴素，两侧各有一个口袋，一个有拉链，另一个敞开，用来放筒形水壶。正面拦腰加入一档分隔。拉开主拉链，里面没有分档，空间很大。

"啊……"项义甩动起食指。

背包本身的款式并没有眼熟的感觉，但张叶对着背包埋头翻找东西的印象不久前出现过一次。

"许恩怀的书包？"

"同款。"张叶点着嘴唇思索了一阵，出门走向电梯。

项义跟在后头，心中闪过某个悬而未落的瞬间，似乎是一个疑问，但又想不起来疑问的内容，也就无从思考下一步。

现在的初中生喜欢把运动背包当书包用吗？项义只记得许恩怀的书包是偏灰的卡其色，而眼前这个是墨绿色，款式设计并没有鲜明的细节，不知张叶是怎么一眼注意到的。

饭店选在位于城东的海滨生态园，环境相当别致。厚重的桌椅由实木简单刨削制成，每一段木料都有天然的缺陷，细节各不相同，椅子不是正方，桌子也非整圆，萦绕周身的田园气息让人心情愉悦。

这里的酒宴价格不菲，五个人的席位摆了十一道菜，杨远一家费了不少心思。陶芳身着颜色清澈的修身羽绒服，看起来比之前年轻多了。

正如项义所料，张叶不善于拉家常，杨远也是个内敛的人，席间多数时候都是由他和陶芳引出话题，气氛倒也融洽。起初的闲聊围绕餐厅环境、菜品和天气，慢慢熟络之后，陶芳关注起两位年轻民警的终身大事来。女人只要稍微上点年纪，就会开始热衷于扮演红娘。

"都还是单身呀，那你们凑一块儿呗。"

张叶没有提起老刘，不知道是碍于特殊关系，还是真没把他当回事。

"这个……再研究吧。"项义不好意思地拽了拽耳垂。

"研究什么啊，要研究你自己研究去！"张叶白了他一眼，完全不配合。

陶芳笑得很尴尬，大概觉得自己搭错线了。

一冷场，只能找杨莫逗乐。

杨莫问项义有没有枪,项义回答说没有,又问有没有手铐,项义说有,放在警察局。杨莫看看天花板:"没有枪就不能抓住坏人,抓不住坏人还要手铐有什么用呢?"

"有道理啊,不过,不用枪还可以用这个。"项义举起拳头。

"锤子吗?"

项义心中一颤,其他人的脸色也忽然暗淡下来。

"不不,锤子是干活用的工具,锤子不能用来打人,打坏蛋也不行。"

"来,看动画片吧,只准看一会儿。"陶芳把自己的手机递给杨莫。

那一天发生的事情,夫妻俩不知是如何向儿子说明的。项义设身处地,觉得实话实说也无妨。但若杨莫刨根问底,势必要解释许安正打通两室的用意,这一点比较麻烦。还有袁午父亲的尸体,他已然亲眼目睹,但愿晚上不要做噩梦才好。

十五分钟后,陶芳拿回手机。杨莫耐不住,跑去室外的海滨游乐场,陶芳放心不下跟了出去。

剩下三个人,话题自然而然转向案件进展。

"审理起诉流程就快走完了,接下来就是等开庭审判。"张叶说到许安正,"大概会判八到十二年。"

"八年……"杨远喃喃地重复着。

"对了,恩怀现在怎么样?最近有见过吗?"张叶翻动自己碗里的勺子,兴之所至般问道。

"不瞒你说,我前段时间去找过她母亲。"

张叶侧过脸看向他:"为了什么?"

"我想……收养恩怀,听起来有些不自量力,对吧。"杨远说起恩怀因为无法融入新的家庭而独自回到青岚园生活的状况。

虽然之前有感情基础,但毕竟是加害人的女儿,就算杨远不以为意,许恩怀也会有心理负担。决定走出这一步不但需要勇气,更需要理解彼此的心意。

"说来惭愧,我到现在还不知道如何当一个合格的父亲。她现在很独立。但其实,在这个年龄段有些过早了,独立会让人全凭自己的意愿行事,如果是非不清,反而更容易走偏。"

项义连连点头:"说得没错,你已经是一个合格的父亲了。"

"她母亲同意了?"张叶问。

杨远眼神空洞地点着头:"嗯,她说她不配拥有家庭。"

"是吗……"项义感到一阵压抑,"可她不是再婚了吗?"

"我想她指的是有孩子的家庭吧,说得更直接一点,她认为自己没有做母亲的资格。"

"竟然这样说,是不是发生过什么严重的事?"

"我也觉得是这样,但她不愿多说,只是一味感谢,我也就没再问了。"

项义一直认为,恩怀父母离异,问题出在许安正这里,现在看来并非如此。当然,这或许是她母亲为了追求自己人生的推托之词。浪漫自由的摄影师步履不停,岂能为女儿所累?又或者是更纯粹的原因——现任丈夫无法接纳一个罪犯的女儿作为自己的养女。

"总之不用想那么多了,她同意就好。以后你们就是四口之家了,真让人羡慕啊!"项义由衷感慨。

杨远一边苦笑一边摇头:"行不通啊,法律不让这么做,我们已经有小莫了。"

陶芳的律师朋友给杨远泼了一盆冷水:《收养法》明文规定,收养的基础条件有两个,其一是送养人不具备抚养条件,包括经济条件和家庭环境。

"这一点倒还好,只要她母亲有这个意愿,律师总有办法。但第二个是硬性条件,这就没法子了。"

其二,收养人必须没有子女。

"如果没生过孩子,需要卫生局出具未育证明;如果曾经有过孩子，要到派出所——也就是你们那儿去开死亡证明。"杨远笑了笑，"真是无可奈何。"

这是为了防止被收养人受到不公平对待吧。如此一来，每有一个被遗弃的孩子，就必须有一个失孤的家庭与之对应才能圆满。

一瞬间，项义觉得身旁聚集起一股时间冻结的气息。他转头看去，张叶仿佛被人扼住脖子一般，凝视着空中，连胸口的起伏都难以察觉。

她突然站起来撑住桌沿，杨远也吓了一跳。

"对不起，我去一下洗手间。"

"你没事吧？"项义和杨远面面相觑。

等了约有五分钟，仍不见她回来，项义心中担忧，起身走向大厅转角。

用三面油画屏风隔开的盥洗台前，张叶与镜中的自己对视，脸上水流滑落，在尖尖的下巴上汇成水珠。

"你怎么了？"项义蹑足靠近。

"阿义，这件事……要重头来过。"

"是啊，有的有的。每天早上……每天倒是夸张了点，不过一周起码有三四次吧。"

301室的住户是个眉毛上扬的精瘦女人，稍稍睁大眼睛，瞳孔上下就完全和眼皮脱离开来。

"有时候是晚上，我在床上听得很清楚咧，就在我头顶，什么'长大是没用的人''还不如早点去死'之类的话，听得我心脏怦怦跳，睡觉都睡不好，差点去物业那边反映呢。哎警官，进来坐会儿吧。"

"不了，站门口就行。"项义盯着手里的本子，可是不知道写什么好，"那个……孩子听了这些话，有什么反应？"

"反应就听不见了。可能哭得很伤心吧，我只是这么一说啊。"女人笑着在嘴前摆摆手，"对了，之前有警察来问过类似的问题，好像就是你吧？哦不，那个人应该更高一些。"

项义跨上两层，敲响501室的门。

"哟，警官好。"501室的女人夸张地敬了个礼，"好久不见啊。"

"是是。打扰一下问几个问题。"

501室的女人的丈夫走出来打招呼，项义在监控里见过这个肥胖的男人。夫妇俩同样请他进屋，项义谢绝。

"是关于那起案子吗？不是都尘埃落定了嘛，许安正判了几年？"二人连连发问。

"杨远家的孩子，平时是不是很……顽劣？"项义原本想说"调皮"，临时换了个词。

"那是的。"她的口吻可以理解为：那是当然。

"他爸妈对他怎么样？"

她嘴巴张开一半停了下来，觉得项义的问题很奇怪："你问这个是……"

"哦，最近不是都在关注儿童教育嘛，我们也代劳做一些寻访工作。"

"当警察真不容易呀。"她脸上的疑虑消去一大半，"那个孩子怎么说呢，挺热诚的，就是比较好动，学习不上心，所以爸妈难免有些浮躁。"

"浮躁？"

用这个词来形容让孩子"去死"的父母，似乎程度不太够。

"嗐，这样的话怎么能当真呢？我儿子小时候没少挨骂，'后悔生了你'什么的，再难听的话都说过。现在上高中了，不也好好的嘛。你还年轻，等你当了父母就能理解了。"

502室住着一对白发苍苍的老夫妻，开门的动作慢得像树懒，项义很好奇平时两人上下楼梯要花多少时间。

"嗯，经常骂，说不定也常常动手。那种孩子，看一眼就知道是什么人咯。眼珠子骨碌碌转个不停,手脚歇不下来,就像身上有蚂蚁在爬。"

"有一回我下楼倒垃圾,那孩子一个人噔噔地往下跑,是被他妈妈关在门外了,就这么不知道要去哪儿。你说胆子大不大?他妈妈追下来脸像白纸一样,眼泪都下来了。要不是我拉着……"

就你一个人的话,恐怕拉不住吧。项义皱着眉想,这种情况应该是发生在晚上,垃圾等不及第二天出门顺带倒掉,特意从五楼来回跑一趟,手脚利索倒也罢了。这老头不是糊涂了吧。

他来到一楼两家门前,想了想觉得没什么必要了。无论是杨莫,还是父母对待杨莫的态度,都给邻居留下了不太好的印象。

项义驾驶警车赶到刑警队。

张叶正在那里查阅案件卷宗。因为还差庭审环节,所有资料尚未归档。

前期的大部分记录都由陆仕明完成,占幅最大的是对应车牌号的户口资料和问询笔录,对象清一色是青岚园的业主,当然也包括了项义刚才上门的那几位住户。陆仕明的记录事无巨细,罗列清晰,光看这一点,张叶还真不如他。

当时他为了排除杨远夫妇报假案的可能性,特意向邻居调查其家庭关系。也就是说,刚才项义的查访他早已做过一遍,因此301室的精瘦女人会对项义的问题留有印象。

"这上面的记录是陈述,没有把被访者说的每句话都记录下来,感觉上会不一样。"

张叶认为有必要让项义再跑一趟。

项义明白了张叶为何能一眼看出挂在商铺货架上的背包是许恩怀的同款书包,因为在她心里,从来没有把这个女孩搁置在与案件无关的角落。

"你说许恩怀为了取代杨莫成为杨家的孩子,才做了这些?不不……"项义用掌根拍了下额头,"我都被你搞糊涂了,她做了什么?她什么也没做啊!"

杨莫的遭遇是一场巧合,衣柜内的通道,水族箱里的尸体以及杨莫的偷偷离家的愿望促成了这个巧合。

但是,设计通道的人是许安正,藏匿尸体的人是袁午,去民宿也是杨莫自身的意愿。这三个条件,只有最后一条和许恩怀沾点边。

"她不知道……好,就算知道,可她没有告诉杨莫有通道这回事,怎么保证杨莫会撞上袁午呢?再退一步,撞上了又能怎么样?她怎么知道袁午会有杀人灭口的想法?"

简直是异想天开。

还有,动机也完全说不过去,她成为杨家的孩子有什么好处?对一个九岁的男孩怀有如此深沉的恶意,这闹的是哪一出啊!

项义心烦意乱地走进刑警队的待客室。张叶在窗口转身,午间的暖阳照在她身上,沿着细碎的发梢勾出一圈金边。

"这一点你说得倒没错。"项义摘掉帽子,一屁股坐在椅子上,"杨莫的家庭环境确实不好。"

我们所看到的,是一个家庭处在案发危机中的特殊情况。杨远夫妻对孩子的爱毋庸置疑,但在平时不是这样表现的。至少不会抱在手里寸步不离,什么要求都答应,这是一种极端状态。

张叶说的项义当然也明白。

项义尝试代入许恩怀,揣摩她听到陶芳训斥杨莫时的感受。

"会信以为真吗?十四岁说大不大,说小也不小了,假如她自己听到父母说她一无是处,会在内心承认吗?让她去死就真觉得不配活在世上?不至于吧……"

"她没有这样的机会,从小到大都没有过。"张叶淡淡地说,"为什么你认为不会呢?你代入的是你自己吧。"

莫非许恩怀的成熟只是缺失亲情造成的假象?而在内心深处的

某个角落，却存在一片空白区域。这种模糊的人性实在难以捉摸，项义少有地烦躁起来。作为警察，又不是心理医生，想那么多干什么，警察只相信证据和逻辑。

"你看看这个。"张叶坐到身旁，把翻开的卷宗推过来。

从当前这一页开始往后数十页，都是青岚园住户的问询笔录，密密麻麻一大片，每个存档看起来都差不多。

项义转脸对着张叶："全看一遍？"

"看这个位置。"张叶指着住址一栏，拈住纸边，查字典一般让纸张"哗哗"落下，"看到什么？"

"十九号楼？"项义根据看到的残影说出第一反应。

"嗯。十九号楼的住户占比最大。事实上，陆仕明问遍了十九号楼每一户。"

十九号楼就是紧挨着十七号楼正南面的那一栋。

"这是为什么？"

"当然是因为他觉得十九号楼的住户可疑呗。"张叶拿出手机打开一张照片，举到项义眼前，"有什么感觉？"

项义见过这张照片，是众人在案发当天上午进入许安正家寻找杨莫的抓拍，由501室的女人拍摄，之后被《拾光新媒》作为报道的配图采用。

"嗯……"项义歪过脑袋，"没有拍到你正面，有点可惜。"

"说正经的。"

"打扫得很干净？"

张叶眼光闪烁，竖起食指一点："没错，为什么有这个感觉？"

"因……因为确实很干净啊。"

张叶缓缓摇头："一眼看上去很清爽，是因为家具少，而且简单，该收拾的都收拾起来了，没有多余的东西放在外面。可是这样的话，脑子里冒出来的词语应该是整洁，而不是干净。茶几上有没有灰尘是看不出来的,为什么会想到干净呢?"

"有区别吗?"

"是因为窗帘。"

项义重新再看,只见阳台门窗帘完全拉开了,分散在两边墙角,并且打了结,果真给人刚刚拖过地板的感觉。室内阳光充沛,也是这个原因。

"窗帘的下摆距离地面很近,有些欧式风格的卧室窗帘甚至直接拖在地板上,见到过吧?所以正儿八经拖地板的话,就要像照片里那样,把窗帘扎起来。'打扫得很干净'的感觉就是这样来的。"

"你这么一说还真是……"轻易地又被张叶牵着鼻子走了。

项义忽然回忆起那天晚上去许安正家检查衣柜,张叶在问许恩怀家里是否只有她和父亲两人之前,就问过她关于打扫房间的问题。

"陆仕明显然也注意到了。"

"拉开窗帘?……是让人看到屋里的动静,许恩怀想让十九号楼的某个人看到杨莫躲进自己家!"项义忍不住越说越响。

不过,陆仕明绝不可能会怀疑到许恩怀这个层面,当时连302室的痕迹鉴定都没有完成,他只是凭自己的感觉行事。这家伙不但刻板严谨,城府还不浅。

"我试过了。"

"试过什么?"

张叶朝窗户努努嘴:"什么也看不见。大晴天从外面看窗户,是黑色的,阳光越强看起来越黑。除非里面的人在窗口附近活动,否则根本看不见。"

刚刚升腾起来的想法又被摁了回去,项义咂咂舌:"那到底是怎么回事啊?"

张叶合上卷宗。"走吧,找那个人渣问问去。"

看守所后面有一排停车位，项义驶过大门，刚想绕过去，张叶的手掌落在他转动方向盘的胳膊上。

"怎么了？"项义轻点刹车。

张叶目不转睛地看着后视镜。项义转头回望，大门口有一男一女正在和两名警卫交涉。

男人手提方方正正的公文包，西装革履，结合当前的场所，不难猜是律师。女人身着褐皮短装，显得双腿又细又长，头发烫成色泽清亮的大波浪，从背后看颇有西方人的感觉。

"许恩怀的母亲。"

"哦？是吗，这么巧。"

看守所负责羁押审前嫌疑人或是刑期三个月以内的罪犯，许安正属于前者，在判决之前禁止和律师之外的所有人接触，就算把张叶、项义这样的警务人员拒之门外也一点儿不奇怪。

果不其然，交涉失败。女人在风里捋了捋头发，和律师交代几句，坐回自己车里，片刻后传来启动引擎的声音。

"跟着看看。"张叶说。

项义待对方开出一小段距离，调转车头不疾不徐地跟在后面。

从看守所开出一辆警车应该不会很醒目。对方的车速也不快，穿过县道路口的红绿灯，马上进入闹市区。

项义谨慎驾驶着，并没有多问，他也对这个女人有些好奇。

许恩怀的母亲最终将车停在一家银行门前的人行道上，走进安装在外侧的自动取款机。两人下车守在一旁，待对方返回，张叶从身后叫住她。

"夏女士。"

她回首寻声，看到张叶又把视线避开了，神情有些迟疑，但并不窘迫，片刻之后才把身体完全转过来。

"张警官……"

张叶走到她跟前促狭一笑："刚才在看守所看到你,就一路跟过来了。有时间吗?"

项义学张叶点了美式咖啡,夏女士只要了杯柠檬水。仅隔一张小圆桌,能看出对方皮肤的粗糙感,稍显暗黄的脖子上也有两圈皱纹。不过身材完全没有走样,看不出是四十岁的年纪。

她打算去找许安正问些事。那晚深夜被叫到派出所,接受了一个多小时的盘问才把恩怀接回家,并没有机会见到前夫。

"他这么做,你觉得意外吗?"张叶问。

夏女士点点头。"他是个冷漠的人,但是……"

和许安正共同生活了十一年,却没有感受到任何与偷窥癖好或异常性趣味有关的征兆。类似的问题,张叶在初次拜会她时已经问过了。

"杨远来找过你吧?"

"嗯,他人很好,我能感觉到他的心意。"她双手捧杯的动作有些拘谨,"恩怀也跟我提过他们一家。"

"看来毕竟是母女,四年没见也很快就有话题可聊。"

夏女士感觉到张叶话中带刺,喝了口水没有接话。

"女儿在你那儿住得习惯吗?"

"说实话,不太习惯。"她笑了笑。

"是你丈夫的问题吗?"

"不,嗯……怎么说好呢,不能简单说是我丈夫不愿接纳恩怀,任谁都一样。我们从一开始就决定了不再要孩子。"

在项义的想象中,许恩怀的母亲是个不拘小节甚至有些跋扈的女人,可眼下的形象却有不小的反差,除了打扮比较都市化,谈吐举止和普通的职业女性并无差别,所谓旅行摄影师的自由洒脱也无处可寻。

见到了母亲,才发觉许恩怀像她更多一些,低头颔首时微抿嘴唇的样子如同模板复刻,只有眼眉之间的部分和许安正相像。

张叶透过窗子望着廊檐下的户外座,那里阳光照射不到,没有客人。

"我还是不太明白,既然恩怀已经长大,学习和生活都能自理,作为父母——嗯,我还没有孩子,说这个话或许片面——完全可以把精力投入在自己的事业中。这么说吧,如果你在孩子很小的时候离开家庭,我反而好理解。"

项义对初为人母的艰辛也有所耳闻。张叶所指的理解,大概就是产后抑郁结合生活压力所引发的综合焦虑,据说在那种环境下,母亲会失去思考未来的能力。

半透明的白色絮状物在柠檬水中慢悠悠地旋转漂荡。

"恩怀,我对她始终怀着深深的愧疚……"沉默良久,夏女士字斟句酌地开口说道,"刚刚生下恩怀那时,我已经下定决心要在摄影方面走出一条路,但手上的工作也不能放,两头顾不过来,恩怀因此常常发生意外……"

"什么样的意外?"

夏女士仰起脸作出回忆的样子:"会从床上摔下来,她的大腿上还有一片疤痕,是被开水烫伤的。"

"这不是很常见吗?没受过小伤小病,这样长大的孩子应该占极少数吧。"

"有些感受,你是不会明白的。"

张叶叹了口气:"父母呢?没有帮你吗?"

"我父亲身体不好,肝脏有些问题,一直由母亲照料才支撑下来。安正的父母……"夏女士把发梢从肩膀拨弄到锁骨的位置,"他是一个独立观念很强的人,没有让他们帮忙。"

"那他自己呢?独立是没错,照顾孩子不能只交给母亲一个人吧。"一提到许安正,张叶就不能心平气和了。

"不仅是孩子,任何人他都不理会的。在他的世界里只有他自己,最好和所有人都不要发生关联,他觉得那是一种负担。"

"这不是独立,这是孤立。"

"嗯，或许你说的没错。他没有朋友，和家人一样，这些都是负担。"

项义忽然有些明白许安正对林楚萍的迷恋究竟缘何而生，孤立而没有负担，一个玩具当然不会有负担。

"你就把恩怀留给这样一个人？"项义第一次发话，恩怀的母亲略显诧异地看过来。

"走之前，我已经让她学会了照顾自己……"

"我还是不懂。"

"对不起，我不想再说下去了。"

她起身拿起账单，低头表示歉意，长发款款垂落下来。

"有话没说完啊。"项义望着她远去的背影说。

"你注意到她刚才的那句话了吗？"张叶啜了一口冷咖啡，苦得鼻子都皱起来了。

"你没放糖吧？哪一句？"

"'不能简单说是我丈夫不愿接纳恩怀，任谁都一样。'"张叶自顾自点点头，又重复了一遍，"任谁都一样。"

"这，有问题吗？"

"仔细体会一下，为什么要说'任谁都一样'？"张叶侧过身，一手搭在椅背上，"不只是我丈夫不愿接纳，无论是谁都是一样的结果。言下之意，恩怀特别不容易被接纳。是不是这感觉？"

项义上身往后一仰："你不是神经过敏吧？"

"这个女人认为，许恩怀对她的现任丈夫而言，是个特别的孩子。这两人连面都没见过，为什么有这样的意识？"

"因为无论对谁而言，许恩怀都是个特别的孩子。"

"没错。"

等了约两三分钟，会见室的小门打开了，许安正出现在铸铁栏杆后。警卫让他坐到房间正中的椅子上，自己两手背在身后，直挺挺地站在墙根。

许安正的目光中并没有流露出罪犯面对逮捕者的恨意,他头发蓬松,瘦了一点,但也没有多憔悴,夹克衫外面套了一件橘色的背心,掩盖了他往日从容的气度。

张叶盯着他的眼睛足足有半分钟,直到他把脸侧到一边。

"你女儿知道你的事吗?"没有任何开场白,张叶单刀直入。

"你是说……"

"在案发之前。"

"不知道。"

"说谎!"张叶凑近栏杆,"她早就发现你侵犯林楚萍,所以才每天锁上房门,怕你对自己女儿下手,没错吧?"

许安正诧异地瞪大眼睛,接着低头苦笑起来:"我现在是阶下之囚,你怎么说都行。"

张叶下巴一扬:"我就当你承认了。"

"她上初中起就不让我进房间了。张警官,这点你应该比我懂。就算不锁房门,给日记本配一把小锁这种事,你或许也做过吧。"

许安正的口气不无挑衅,项义担心张叶会跳起来,可她却重新倚回上身,由着靠背的弹性前后摆动。

静默片刻,张叶从风衣口袋中取出记事本,摊在大理石台板上画起了横平竖直的线条,然后倒转本子,连同水笔推进栏杆内侧。

察觉许安正探身上前,警卫跨出半步,看到张叶朝他点点头,又把腿收了回去。

"什么意思?"许安正躬着身问。

"这是你的衣柜。"

"我知道。"

"挂衣间里还有四个收纳箱,把箱子的位置画出来。"

许安正看着张叶良久,随即低头拿笔,在本子上画了四个叠起来的方块表示收纳箱。项义凑近了看,一列方块紧贴挂衣间的右侧,最底下的箱子恰好挡住缺口。

"平时一直在这个位置?"张叶问。

许安正点头承认。

"案发那天呢?"

"在左边。"

项义偷偷瞥了眼张叶,不知她试图得到什么答案。衣柜的通道缺口五十厘米见方,处于挂衣间的右下角。按收纳箱的宽度来看,差不多刚好挡住缺口,杨莫要钻过去必须挪开这些箱子,于是那天被放到了左侧,这是不言自明的事。

"最后一个问题。"张叶收好本子,"恩怀的母亲,有没有做过伤害她的事情。"

"警官,我已经认罪了,你还在……"

"回答我的问题。"

"太久了,我哪还记得。"

张叶的肩膀放松下来,确信对方已经失去表达的意愿,起身走向出口。

"如果……"许安正第一次流露出为难的表情,"如果恩怀不愿跟着她母亲,让杨远代为照顾,我会支付酬劳。麻烦你转告他。"

张叶背对着他,等他说完便恢复步伐,一句话也没应。

"那几个箱子,"项义关上车门便等不及问,"你认为是许恩怀事先放到左边的?"

"不可能吗?"

"为了让杨莫更容易发现通道的话,倒不是不可能。嗯——有根据吗?"

"目前没有。"张叶顿了顿,"阿义,就算能证明我们的猜测是对的,许恩怀是促成这一切的推手,又能怎么样呢?我们拿她一点儿办法也没有。"

确实如此,她的作为压根算不上犯罪,但若如张叶所料,却胜过所有项义认知中的罪恶。项义转念又想,明明是你,怎么就成了我们。

"这件事情很奇妙,真的很奇妙。我们的对手,只是一个意识。也许她做了,也许没有,已经无法证明了,一切就看怎么选择。我现在要做的,就是说服杨远。只有他的选择,才能改变这个女孩。"

年过五旬的审判长推门而入:"呀,已经来了。不好意思久等了。"

她的头发白了一半,烫成菜花状却没有染。憨态可掬的笑容让项义觉得像是奶奶辈的人。

"没办法,老不中用,不会使电脑。"她端了端夹在腋窝里的资料,放在办公桌上后马上打开了茶叶罐。

"不用客气了。"张叶见她没有停下的意思,只好帮她捧住热水瓶。

这个办公室只有十来平米,印着蓝色花叶的地砖起码是二十年前的款式,却收拾得很干净。红漆桌椅泛着暗光,边角都没有磨损的迹象。

"我来我来。许久不见,小张越发标致了。"审判长抢过水瓶说。

"孙庭长认得我?"

"那会儿镇上办非遗文化节,你帮忙搭棚子,很有干劲啊,比那几个小伙子强多了。"审判长一边倒水一边笑,"西城所治安队就你一个女娃,我肯定记得。"

虽然只是一个乡镇的派出法庭,身为第一负责人却没有任何架子也很难得。这么一套近乎,事情就好办多了。

"许安正,夏云清,我看看啊……"孙庭长戴上老花镜,手指蘸了唾沫翻起庭审记录来,"哦——是他们啊,名字没印象,事情我还记得,居然也有四年多了。"

"嗯,是。我向当事人了解过,离婚时双方没有任何财产纠纷,女方应该是主动放弃了孩子的监护权,所以在系统里查到这起离婚案觉得有些奇怪,就来请教您。"

张叶在电话里简单说明过调查缘由。父亲即将服刑,担心把女儿交给母亲不太妥当,因此前来核实当年的家庭情况。

"还是因为孩子,上法庭不是为钱就是为孩子。不过呢,他们的情况刚好相反,谁都不要孩子。"

"原来是这样啊……"项义不禁感慨,"根本就没有做好身为父母的准备嘛。"

有了之前和恩怀母亲的接触,听到这个起因倒也不至于受到很大冲击,不过还是觉得心里不是滋味。

"我做这个工作这么多年,这种情形不是没有遇到过。彼此都觉得孩子是负担,甚至有些人直接把家庭破裂的原因归结于孩子,但又不能抛弃孩子而两个人继续生活下去,所以嘛……"

"最终还是判给了父亲许安正。"张叶既像提问又像总结,孙庭长慢条斯理的作风让她有些急躁。

"是的。其实呢,按最近几年的判决倾向,不管夫妻双方谁犯错,孩子的归属都由孩子自己决定,除非孩子特别小。"孙庭长摘掉眼镜整理鬓角,"我问那女孩儿,你想要妈妈还是爸爸。她回答说——我都不要。当真很意外,她只有十岁。"

"为什么?"项义感到额头发酸,才发觉自己一直皱着眉。

孙庭长微微摇头:"她不肯说了。"

"那最后的审判依据是什么呢?"

"是这样的。当时在外人看来,都以为和通常的离婚案一样,男女双方为争夺孩子闹得不可开交。他们看到女方隔三岔五往这里跑,她丈夫呢,审判前只露过一次面,除了表态不要孩子之外,好像显得漠不关心。有人担心孩子判给女方,就开始指责母亲的不是。虽然多数都没法提供证据,但女方也没有反驳。后来我斟酌了一下,只能这么判了。至少从经济条件来看,父亲更符合要求,一直拖下去也不是办法。"如今父亲却闹出了案子,她似乎对此有些内疚。

"夏云清是个风评不太好的女人吗?"张叶问。

"不,不是这样。对她的指责只限于作为母亲这一方面。"

"具体是什么样的指责呢?"

孙庭长轻轻"嗯"了一声才说:"站出来说话的是她的一位邻居,她说,夏女士曾经想过杀害孩子。"

项义吃了一惊,转头看向张叶。

"曾经想过杀害?"张叶带着疑问的口气重复一遍,"曾经想过的事,这位邻居怎么会知道?"

"身为法务人员,没有落案的话我不方便说。"她拿起笔在便条上写下一串地址,"小张啊,如果你认为有必要,不妨去找那位邻居问问,她一直住在那里。"

通浦镇面积不大,从建筑外观和街区风貌看,发展进程大概落后西城区七八年的样子。那个地址距离派出法庭不到一公里,因为担心不好停车,两人步行前往。

"这世上真有想杀死孩子的母亲吗?"项义说。

"不知道,应该有吧。有过念头和真正付诸行动,那又是两码事了。"

"是啊……"项义琢磨一番又说,"我觉得,当你产生杀人冲动的时候,是不会考虑对方和你是什么关系的。当你开始考虑这层关系了,杀人的冲动也就没有了。"

"你想表达什么?"张叶难得表现出好奇,显然认为项义说得有道理。

"嗯?我是说,冲动杀人的对象和双方的关系没有关系,有点绕啊。就是说,你可能对一个陌生人产生杀意,也可能对亲人产生杀意,但那都是冲动的结果。相对而言,蓄意杀人的对象,一定是跟你有关系的人，是因为想要抹掉这层关系带来的威胁而杀人。"

"然后呢？"

"就算许恩怀的母亲在一时冲动之下想要杀死她，也不是为了抹掉这层关系，换句话说，不会因此而离开女儿。"

张叶放慢脚步斜眼看他："我现在觉得，跟你搭档也不是一件特别倒霉的事。"

时近黄昏，农贸市场门口的地摊把路面挤占了一半。紧挨市场西侧是一栋外墙喷砂的老旧住宅，爬山虎遍布立面。

这儿就是许恩怀长大的地方。

两人走上二楼，找到对应的门牌。那位邻居的脸出现在逐渐变宽的门缝里，她看起来比许恩怀的母亲稍大一些，眼球外凸，像是患了甲亢的样子。

项义出示证件，向她表明来意，和对孙庭长的说辞完全一致。至于民警像义工那样为了孩子的抚养权东奔西走是不是合适，一般人并不会对此深究。

"许安正？哦……是那个衣柜绑架案啊！"

衣柜绑架案？这案子都已经有外号了。不过想想也是，两地相距不远，作为本市新闻成为坊间谈资也是很自然的事。

"我就说嘛，前几天还在跟我老公讲这个事，法院说不定还会派人来找我。来来，进来坐。"

事实上，许家搬离这里后，户口早已迁至西城区，还能找到她也算是一种奇妙的缘分。

"嗯，不合适不合适。"女人半闭起眼连连摆手，"那女孩儿跟着妈妈不合适，不行的话，宁可送福利院去。小时候，话还不会说，就开始嫌弃，小孩子哪个不哭不闹？稍微大一点，就让她洗衣做饭，简直像童养媳哦。你想想，八岁大，发烧了自己去医院看病，这叫什么事啊……"

项义找到对方一个停顿的空当,连忙问:"小时候就嫌弃,是什么样的情况?"

她伸平手臂,抖着手指说:"边上那个农贸市场,刚建的时候每天沙尘漫天,挖掘机、钻地机响个不停,她却推着婴儿车跑到楼下去看。就站在乱石堆旁,一看一整天。我一开始还不明白哦,后来从旁边经过才发现,在那种环境下,孩子的哭声是听不到的。"

她咽了口唾沫,忽而从亢奋转为平和:"不过那个孩子,哭得确实很凶,连我都睡不好。那时候她还在工作,但又有什么办法呢?哪个妈不是这样过来的。孩子哭闹,你大不了戴个耳罩嘛,她那样的做法就是存心虐待。"

对方的姿态仿佛是在当面控诉,项义听着听着,不由自主地低下了头。

"警官你还没孩子吧?"她面朝张叶,"你知道吗,孩子就是老天赐给妈妈的恶魔,妈妈的任务就是把她变成天使。"

"她做了什么,让你觉得她想要杀掉孩子?"张叶有些不耐烦了。

女人仿佛噎着似的一挺腰板:"好吧,好吧,果然还是要说起那件事啊。这女孩儿呢,小时候出过一次意外,真的很危险呀,就差一点。"

许安正一家住在底楼。某天,这位邻居从窗外经过时,看到三岁大的许恩怀独自坐在厨房里,脑袋歪倒在灶台上,张大嘴巴,像一条砧板上的鱼。

她意识到这女孩儿就快窒息,马上拍打窗户。母亲听到动静才从关着门的卧室里跑出来。两人一起将孩子送到医院,总算捡回一条命。

"是冬枣核,卡在气管里了。"她说着轻轻拍了下桌子,"可是你知道哇,她妈妈从卧室里出来的时候,脸上全是眼泪。她是看到孩子快咽气了才躲进去的。"

项义跟在张叶身后,重新穿过菜市,两人都没有说话,直到坐进车里发动引擎。

"虽然不是自己动手,见死不救也真够残忍的了。"项义转动方向盘,吐出心中一股郁结之气,"不忍直视女儿断气的样子,所以才躲进房间里。可见她当时对于眼前发生的一切是清楚的,并不是精神恍惚的状态。这种心理,我可能一辈子都无法理解。"

"妈妈的任务是把恶魔变成天使……"

"嗯,刚才那女人看起来刻薄,说的话也有道理。"

"可惜那女孩,没有变成天使。"张叶难掩落寞神情。

"变成了……什么?"

"她体会过与死神擦肩而过的感觉,或许就在那一刻,有什么东西开始苏醒了。"

"不会吧,才三岁啊,能有这样的意识吗?话说回来,我们这么查,不管查到什么,也没法证明我们心中的疑问。"

"走吧,去鉴定科。"

"好!"项义踩下油门,隔了一会儿问道,"还去鉴定科?"

"有必要再确认一次杨莫留在衣柜上的指纹。"

"不是已经弄清楚了吗?"

"我要明确指纹的数量。"

"你能不能快一点儿?一口吃掉得了,已经迟到两分钟了。电话手表还没戴起来啊?你一路上都在干什么啊!"

杨莫极其费力地咀嚼着糯米饭团,以至于看起来像在挤眉弄眼,举在手里的足足还剩一半。

"一会儿来接你,上课认真听。"

"爸爸再见。"他推开车门,站在原地目光呆滞,全身的力气都用来咽下嘴里的食物,接着一口塞进剩下的一半,向杨远挥挥手,领着书袋跑上楼去了。

已经上了一整年的英语培训班,也不见成效。没有这点额外的负担,说不定学校的主课成绩能更好一些。

每次来到这栋集结了市内大牌教育机构的商务楼下,杨远总会冒出这样的想法,可是下次却照来不误。

杨远坐在车里发呆,琢磨着去哪里打发时间,很多时候他会找个免费的车位,在车里睡一会儿,但今天不觉困倦。

正想调转车头,却从后视镜里看见一个熟悉的身影走来。犹豫一秒,他还是决定主动打个招呼,便摇下车窗。

"张警官。"

"小莫刚上去吧。"张叶仰望商务楼,肩上挎着一个与风衣不太相衬的背包。

杨远微觉诧异。小莫上楼至少过了三分钟,按她的步行速度,三分钟前所处的位置应该注意不到这里。

"一堂课多久?"她仍然抬着头,仿佛正在搜寻杨莫上课的位置。

"一个半小时。"

"那应该够了,有安排吗?"

她明显是特意等在附近的,杨远回答没有。

"那么,我就冒昧占用这一个半小时吧。"她说着坐进了副驾席。

杨远打算找个就近的咖啡馆,张叶却在经过文化公园时要求停车。两人沿着蜿蜒的石子路走进公园深处。草地一片枯黄,银杏和枫树都只剩下枝杈,却也别有一份清朗。

今天是周末,不少孩子在平缓的土坡上追逐,背后都塞了吸汗毛巾,一端从领子后面翻出来。

张叶一闪身坐在路旁的长椅上,杨远也只得在她旁边坐下。

"小莫没受什么打击,真是万幸呀。"

"是啊,还是那么调皮。"

"小莫是个勇敢的男孩儿,调皮是勇敢的一部分。"她像说了句俏皮话似的微微一笑。

杨远心中惴惴,不知她究竟想说什么。今天的张叶和印象中有些不同。

"恩怀……她还好吗?"她不堪重负般把背包从肩头放到腿上。

"生活上倒没什么变化,和以前一样,来我家做作业,吃晚饭,这孩子比较内敛,轻易不会表露什么。学校那边的话……我跟她说起过转学的事,她觉得没必要。"

"也是,以她的成绩,提前保送进卓才高中也应该没什么问题。"

"她这么聪明,真的让人佩服。"

"光靠聪明是不够的吧,你可能对她的优秀习以为常了,才会忽略她的努力。那一天,即便是答应小莫去民宿,还是不愿错过考试。成绩对她来说很重要。"

杨远点了点头,没有应答。

"不过,她发挥失常了。"

"是吗?也对,心里挂念着别的事……"

"那次考试,她只用了三十五分钟,怕小莫等不及,提早了十分钟交卷。虽然还是全班最高分,但和平时的成绩相比差了一截,影响结果的不是心理,而是效率。"张叶的眼神起了变化,她的口吻渐渐恢复往日的凌厉,"如果不是选在那一天,就不会有这个问题。而小莫也不会单独留在她家里等她回来。"

她似乎在寻找责任根源。这件事谈不上是谁的责任。以张叶的客观理性,这种表达方式仍是有点古怪。

"谁也料想不到会发生这场意外。"杨远叹了口气。

"不要说话了,你爸会听到。我答应你。"

"什么?"

"写在本子上的第一句话,记得吗?决定在那一天行动的人,是恩怀。"

杨远愕然。

"她告诉小莫第二天要考试,不过以小莫的性格,坚持第二天就走几乎是板上钉钉的事,冬至那天是周五,错过了就要再等两天。至于提早十分钟交卷——小莫会等不及,这不是突发状况,行动之前就应该有所预料,明知越早回家越好,为什么非要选这一天呢?"

"张警官,你今天来找我……"

"如果恩怀真的是你的女儿,她在你心中的位置,会不会超过小莫?"

"这个假设不可能成立的,我没法回答这个问题。"

"你没有说不会,就已经回答这个问题了。"

杨远感到周身笼罩起一股无形的压迫感,他有种想尽快结束这场谈话的冲动,但张叶的下一句话已经说出口了。

"我先说结论吧。小莫的遭遇不是意外,是恩怀一手策划的诡计。"

"什,什么?"杨远倒吸一口冷气,一下从长椅上站起来,"这怎么可能?她为什么要这么做?"

"为了成为你的女儿。"

这太荒唐了!

杨远忽觉自己的反应似曾相识。那天在海滨生态园,张叶神色突变,从洗手间回来后便匆忙告辞。杨远一直在思考哪句话冒犯了她。从那一刻往前,自己说的无非是关于《收养法》的规定。

原来如此。

作为监护人的父亲被捕入狱,失去监护能力。如果小莫遭遇不测,收养条件就满足了。这就是张叶的逻辑。

"你怎么会有这样的想法?她不一定知道《收养法》的规定。"

"是的。她和小莫无法同时成为你们的孩子,这一点她也许知道,也许不知道。但这无关紧要,只要小莫还在,她就不可能从你们身上得到关爱。"

"难道小莫不在了她就能……"

"在她看来，就是这样。你们夫妻加上她自己才是一个完美的家庭。而小莫的存在，对你们来说是一种痛苦。"

杨远不由自主地笑了起来，他发觉自己正在试图嘲讽这个神经质的女人，可是发出的笑声连他自己也觉得有些悲凄。

小莫让人感到痛苦吗？

"再坐会儿吧，还有一个小时。"张叶用下巴指向身旁，淡淡一笑，"今天要对你说的话，我在心里演练过几十遍，好歹听完再走。"

杨远并没有坐回去，转过身直视她，但又很快避开了视线看向远方。

张叶干脆把包放到一旁："恩怀从来没有感受过家庭的温暖。或者说，不单是温暖，一切和家庭有关的东西，她都没有感受过。"

这一点杨远是认同的。

"她不明白家庭究竟意味着什么，也许只是一个可以选择的寄居地。母亲抛弃她组建了新的家庭，她为什么不可以？这是偏执的孩子对母亲的挑衅。"

为什么要抛弃我？既然你不回答，我就做给你看，如果你告诉我错了，请解释你自己的行为。是这样吗？

不远处一个小女孩跌倒在草堆里。奶奶慌忙扶起她，嘴里轻声喝骂，蹲下身，一张一张摘去粘在摇粒绒外套上的枯叶。

"她怎么才能做到呢？怎么做到的？这是绝对不可能的啊，张警官。那时候她正在上学，根本不在自己家，这点监控可以证明。你告诉我，她怎么才能同时控制三个人呢？"

"不需要。如果她知道许安正和袁午的秘密，只要控制小莫就行了。"

"你认为她事先就知道吗？"

"对。"张叶斩钉截铁地点头,"孩子其实很容易发现家里的秘密。林楚萍被侵犯后,难以摆脱内心的阴影。她哥哥在家陪她度过了十几天。在这十几天里,兄妹两人会说什么呢?当然是这起事故。凶手如何进房,怎么离开,用什么方法让人昏迷。那段时间是从六月二十七日开始的,再过四天,就是暑假。"

"那又能说明什么?恩怀听到了他们的谈话,于是知道了许安正的罪行?这只是你的猜测而已。"

张叶意外地点头承认:"恩怀每天放学后留在你家,等到回去的时候,许安正也差不多下班了,她发现通道的时机只能在假期,相比周末,暑假有更大的机会。"

"你说来说去都是'只能''机会',你是想说服我远离恩怀,对吧?你是在说服我吧。张警官,你是一名警察,如果没有证据……"杨远轻蔑地摇了摇头。

"很多事情已经无法证明。但我就是知道它们存在过。我开始尝试用恩怀的思路去考虑整件事,什么是最有可能的情况,哪种方式得到结果的概率更大。改变事件发生的概率,这就是恩怀所做的全部。"

"她到底做了什么?"

"这是恩怀的书包。当然不是同一个,只是颜色不一样。"她走到杨远身旁,拉开书包拉链,"里面没有任何分隔,不管书和文具乱成什么样子,找不到里面的钥匙是不可能的。"

杨远托着背包朝里望去,内部确实设计得很简单。

"事发前一晚,恩怀临走前说找不到钥匙了。那串钥匙只有两个,一个是她家的大门钥匙,另一个是她自己的房门钥匙。小莫摘下大门钥匙,把房门钥匙放回书包。恩怀回家才发现房门钥匙被丢在另一个夹层中,这是她的说法,没错吧?可是,究竟丢在哪一个夹层中才会找不到呢?"

杨远再次回忆当时的细节,恩怀站在玄关处迟迟没有开门,轮番摸索外套的口袋,然后用膝盖顶住书包翻找钥匙。

"既然这一点说不通,那么,她为什么故意在你面前找钥匙呢?反过来想,假设她没有这么做,会有什么不同?"张叶盯着杨远稍作停顿,"如果不是这样,你不会猜到小莫偷了恩怀的钥匙,也就不会盯着302室不放,我当然也不会让许安正赶回来开门了。你也许会敲响302室的门,但这有什么关系呢?你根本进不去,小莫没有必要躲起来,大可以站在猫眼后面看好戏,也就不会想到躲进衣柜了。你和我,都是改变概率的一个环节。"

杨远一时无从回应。

"但仅仅如此,还远远不够。"张叶从口袋里取出手机,解锁后直接递了过来。

手机上显示的图片,是一张箱式床,床板像汽车引擎盖那样被打开,以一根木条支撑。床体下方是分隔成若干区域的储物空间,存放着各类床上用品。

"这是许安正的床。"张叶解释道,"十一月份的时候,他接到一位客户的委托,设计一套寝具。和客户沟通后,他发现自己的床正好符合对方的需求,于是拍下这张照片发送给客户确认。我在调查时从他手机里找到了这张图片。"

"你想告诉我什么?"

"仔细看这个位置。"张叶凑过来,指尖落在床体边缘一个狭长的收纳空间处。

席子?

"对,两卷竹席。秋天了,席子当然要收起来。但是在那一天……"张叶盯着杨远的眼睛,"你仔细回想一下,你见过这两卷席子的。"

空调后面!就在立式空调与墙角形成的三角形空间里!

杨远感到心脏正在撞击胸腔。

"小莫听到我让许安正回来开门,只能设法躲起来,空调背后是不错的选择,但是里面却放着席子。拿出来的席子要放到哪儿才好呢?总不能就地一扔,那岂不是此地无银吗? 当然,你可以认为她家里有四卷席子。如果你这么考虑,我也没法反驳。"

张叶慢慢坐回长椅上:"书包,席子。接下来,是第三个问题。窗帘。"

"小莫喜欢玩捉迷藏吗? 我的意思是,不一定非要正儿八经地完成捉迷藏的游戏。有时候,听到你靠近的脚步声,临时找个地方躲起来,比如窗帘后面。有这种情况吧? 他和恩怀也一定玩过这种游戏。"

杨远口干舌燥,咽了口唾沫,他觉得自己正在承受一种折磨,但又无法抗拒。

"那天早上,恩怀家里的客厅和卧室的窗帘全都拉开了,而且紧紧扎了起来,就像是刚刚拖过地板一样。我一直觉得她家里打扫得很干净,但却没有细想这种感觉是怎么来的。直到后来翻阅同事的调查记录,才明白不是只有我有这个感觉。

"你明白了吗? 窗帘和席子是一个道理,就算恩怀的房门紧锁,整套房子里也不是只有许安正的衣柜这一个藏身之处。席子拿出来放哪里才能不引起注意? 窗帘怎么也解不开,厨房的柜子里塞满了东西,书房的柜子里容不下一个人,许安正的床四面都是板,床底下钻不进去,怎么办? 小莫只剩一个选择了。"

"可是你说的这些……"杨远打断她,"每一个都能有两种解释,不是吗? 恩怀真的拖过地板,这难道就不可能吗?"

张叶做了个深呼吸,脸上显露着"你真是执迷不悟"的神色。

"第四个问题,时间。"

"时间?"

杨远再度诧异万分。

"我刚才提到过的,她为什么要提早十分钟赶回来?"张叶站起身在长椅附近来回踱步,"刚才我说到的这几点,在实际躲藏过程中

· 307 ·

不一定会发生，也许小莫直接就想到了衣柜，也许直到我们进门时他仍然找不到躲藏的地方。这是恩怀为了保证成功率所做的准备。有成功率这个说法，也就是意味着会失败。而且不管准备得多么周全，失败的可能性仍然远远大于成功。因此无论多么困难，都不能告诉小莫有通道这回事，一点提示都不能有。这是原则，保证即使失败，她也能全身而退。

"所以，如果不去预判失败之后的情况，就永远想不明白这十分钟的含义。恩怀平时是走路上学的吧，从辅城中学走回青岚园，需要二十分钟。

"小莫失踪的时间是在七点四十分左右，这对恩怀来说是可以猜到的。但是，你会在多久之后察觉到这一点，然后再通知许安正回来开门，是不可控的。事实上你隔了六分钟之后才发现，问过所有邻居后才报警，然后由我来通知许安正。但是，恩怀不能这么考虑，她必须设想最为紧凑的情况，比如，只有五分钟。也就是说，许安正在七点四十五分从宁湾出发，回到青岚园的时间，刚好是八点半。

"考试到八点十五分结束，如果不提前离开学校，恩怀将晚于许安正赶到家。也就意味着，许安正会先打开那个衣柜。"

杨远有些明白了："那个衣柜也动过手脚？"

"是啊，就是这样。如果小莫钻过通道，衣柜里的东西就会和平时不一样，会把动过手脚的变化掩盖过去。但如果没有呢？假如许安正回家以后，发现小莫乖乖地坐在沙发上等待……事后查看衣柜，却发现和平时不一样，这样一来，他自然就知道是女儿打开过衣柜。"

"那个衣柜里，除了衣服之外……"

"嗯，这是第五个问题，收纳箱。"

张叶看了一眼手机，大概是在确认时间。"挂衣间里有四个叠起来的收纳箱，紧贴着背板，平时放在右侧，也就是缺口的位置。那一天被放到了左侧，所有人都看到了这个情况，许恩怀和许安正也一样。

区别在于，其他人并不知道发生了什么，箱子在左还是在右，都没什么不自然的。对于恩怀来说，她回家发现小莫已经消失，就不再需要关心衣柜的问题了，不管衣柜里变成什么样都无所谓，既然小莫钻过去，就必须把箱子移开。而对许安正来说，这个状况是理所当然的。

"假设恩怀真的动过手脚，她为了让小莫更容易发现缺口，就有必要事先把箱子挪到左边，否则，就算背板移开了，缺口还是会被箱子挡住。这一点你认同吗？"

杨远不太情愿地点点头。

"好。那么，到底是谁移动了箱子？其实你可以直接问小莫，如果你相信他的记忆的话。"

陆仕明在医院询问杨莫发现通道的过程时，杨远和陶芳就在一旁。小莫的描述每次都不一样。陆仕明无可奈何，最终依靠自己的想象引导小莫回答是非，由此才完成笔录。

"那几个方形的收纳箱你还有印象吗？宽度和衣柜的深度基本吻合，前后没有多余的空间了。"张叶继续说道，"假设是小莫移动了箱子——他钻进衣柜关上门，紧紧挨着收纳箱，怎么才能把这几个箱子从一侧移到另一侧呢？做不到的，没有空间了。他只能退出去，站在衣柜外面移动箱子，然后重新进入衣柜，再把柜门合上。可是小莫并没有这样做。"

"既然你不相信小莫的记忆，你怎么知道他没有这么做？"

"这是不可能的。你想象一下这个过程。"张叶举起右手，假装在空中握住门框，然后向右侧移开，"拉开柜门钻进去，转身关上门，发现通道入口后决定移动箱子，再开门走出衣柜，搬好箱子以后钻回去，最后再把柜门关上，对吗？这样一来，小莫至少需要接触柜门四次，外侧一次，内侧三次。可是留在柜门上的指纹，内外都只有一处。明白了吗？那几个收纳箱，是恩怀事先移开的。"

从大堂的门口望出去，远处的山峦出现了清晰的明暗交界线。山顶是橙色的，在薄雾笼罩下向天空渗出朦胧的光，山腰却是一片暗蓝。杨远初次意识到，云的影子竟也会如此浓重。

今年春节一直要到下个月中旬，已经一月底了，寒假还没有开始。冬天原本就是田园民宿的淡季，溪田山舍今天好像只有两家客人。

"在林子里玩疯了呢，找得我满头大汗，还不愿跟我回来。"钟阿姨穿着围裙走进来，身后跟着一只全身雪白的萨摩耶，她用小腿轻轻驱赶，"来，你的小主人来咯。"

杨莫又惊又喜，躲到台球桌后面偷偷窥视。萨摩耶吐着舌头凑到杨远脚边。

恩怀蹲下来捧住它的脖子揉了揉："原来你就是莫远呀，跟你妈妈长得可真像。"

"狗不都长得一样嘛。"杨莫高声喊道。

"不一样哦，刚才那只的眼睛就没这么大，你过来看看。"莫远不停地舔着恩怀的手，从手指舔到手背，恩怀装出恶心的样子，接着咯咯笑了起来。

和上回一样，还是订了两个房间。办完手续，四人拎着行李往木屋区走去。

"不行，你得跟你爸待一块儿。"

杨莫依然坚持和恩怀住一间，陶芳没有同意。杨莫甩着手臂开始撒泼。

"那这样吧，我们三个住一间，反正床够大。让你爸一个人睡。"

"不，小莫你跟着我。"杨远断然否决。

陶芳看了丈夫一眼，没再说什么。

晚餐过后，紧接着就是烧烤，食材和工具都由民宿提供，这是含在价目表中的项目。去年春天时客人爆满，在老板的允许下，有人在主屋前的空地上点起了篝火，弹起了吉他，婉转悦耳的弦音如同来自旷野另一边的倾诉。

越是美好的回忆，重新经历后的失望就会越大。围着另一个烧烤架的一家三口坐在几米之外，更显萧瑟冷清。

杨莫和莫远在主屋的各个房间里上蹿下跳，陶芳的喝止声从窗户里传出来。

刷子上的红油滴入铁槽，炭火倏忽变旺。恩怀的脸时而隐没在夜色中，时而被红光填充完整。

寒风一抖，煤烟扑向恩怀，她后仰身体，一只眼紧闭起来。

"我来烤就好了，你进屋看会儿电视。"杨远说。

恩怀笑着摇了摇头，把矮凳搬到杨远同一侧："这样就行啦。"

"妈妈最近还好吗？"

"嗯，挺忙的。"

"那位叔叔——妈妈现在的丈夫，对你怎么样？"

恩怀思索片刻说："说不上来，感觉太客气了，有些尴尬。"

这也在所难免吧，恩怀也算个大姑娘了。

"那时妈妈虽然离开了你，可是……"杨远搜索着合适的词语，"比起很多母亲，你妈妈或许不算尽职，但世上的人千差万别，每个人有不同的目标，你也不要想太多了。"

"不管彼此是什么关系，我们都不应该过多地要求对方，是吧？你说的话，我都记住的。"

杨远一愣："我什么时候说过这样的话？"

恩怀竖起手掌放到嘴边："跟阿姨吵架的时候。"

两人同时笑了起来。

"你对阿姨真好。"

"是吗。"杨远不免感到害羞，"以前你爸对你妈不好吗？"

恩怀犹豫起来。

"啊，不想说就别说了。"

"就吵架的次数来说，真的很少，因为我爸不怎么说话，也就吵不起来。或许他是因为有那种心思，才冷落我妈的吧。"恩怀仰起脸回忆，"我从记事到现在，一直有一个模糊的记忆。那时候发生的其他事情都想不起来了，唯独那个记忆印象很深刻,也不知道是为什么。"

"是什么印象？"

"我爸动手打过我妈一次。"

杨远微微一惊。他至今仍然不清楚许安正的心理究竟是什么形态。他打伤袁午，或许还萌生了对杨莫的杀意，但这依然不能和家庭暴力画上等号。

"他打了妈妈一巴掌，离开时甩门的声音我好像现在还听得见。妈妈把自己关在卧室里哭了很久很久。那时候我大概只有三四岁吧，自己跑到厨房找东西吃，结果冬枣核卡在气管里了。"

"那可太危险了。"

"是啊，幸好邻居经过发现了。不然呀……"恩怀叹了口气，"妈妈对此一直很内疚，其实要怪，也应该怪我爸。"

恩怀的母亲是因为无法忍受丈夫的冷漠而选择离开的。

"所以我看到你对阿姨这么好，真的太羡慕小莫了。"

"我自己都不觉得。有时候，老想着回到结婚前。"

"那不就没有小莫了嘛。"

"说的也是。"

恩怀把烤好的鸡翅举到鼻子前闻了闻，满意地放进铝盆里："再来两串香肠，就可以叫小莫下来吃了。哦对了，要给莫远也烤一份。"

她看起来心情不错。

"恩怀……"

"嗯？"

"你知道我不会怪你的吧。"

恩怀停下了手上的动作，抬起眼看着杨远。

"偷偷带小莫来这里，就算把狗领回去，我也不会怪你的。你知道这一点，所以会答应小莫。"

"嗯。"恩怀低着头若有所思。

"哪怕后来出了意外，我也没有责骂你。可是，如果小莫回不来了……"

恩怀猛然抬起头，眼中泪光闪烁。

"我们的家也就不存在了。或许我还是不会怪你，但每次看到你，我就会忍不住想起小莫。"

"不会的，一定不会的，小莫不是回来了吗？"

"恩怀，我没有那么好的运气。我自己瞎想，把你当成是自己的女儿。"杨远的肩膀颤抖起来，"我不知道这世上还有什么样的痛苦，会胜过对小莫的回忆。如果我失去小莫，也会失去你。以后不管什么事，别再瞒着我了。"

"对不起……"恩怀的眼泪淌进鼻翼，"我真的很想像小莫那样……"

一道白影忽地蹿出大堂，杨莫追着莫远跑到跟前。

"你们怎么了？"他气喘吁吁。

"烟太大了。"杨远眯着眼说。

另一家的女主人起身走进大堂，笑着和正往外走的陶芳打招呼。

"真好啊，一个儿子一个女儿，让人羡慕。"

袁午换上自己的衣服，两手空空地穿过走廊。阳光从囚房的小窗里投射进来，将门栏的影子印在身上，一道一道往后退去。

"好好劳动……重新做人……"

一位狱友以半瘫的站姿趴在门后望着他呼喊，如同街边叫卖似的拖长尾音。

走廊尽头是一扇半年来从不允许靠近的铁门。两名守卫解除门锁，一左一右拉开门把，外面的阳光原来很刺眼。

门外是一条铁网拦起来的狭长走道，正在放风的囚犯向他投来漠然的眼神。让他们看到出狱者的姿态，大概是监狱管理层刻意设计的吧。

被带进来时的印象已经模糊了，袁午走出监狱边门，对眼前的一切感到无比陌生。临近七月，空旷的水泥地上已然涌起热浪。

"袁午。"

有人在叫他，声音近在咫尺。他转过身，心中五味杂陈。

"若玫……"

她手挽一个帆布包，穿着一条藏青色的碎花连衣裙，看起来特别干净。

"婷婷今天有课，前段时间她生病请假，再缺课不太好。"

"她没什么吧？"

"就是普通的发烧，给你看。"她点开手机上的视频。

"爸爸，你明天回来了，先跟妈妈去看爷爷，等我放学了我们一起吃顿饭。"

婷婷穿着睡衣坐在沙发里，嗓音拖沓无力，背课文似的说完这句话，镜头一晃，视频便结束了。

"是你逼她这样说的吧。"袁午忍不住笑了起来。

若玫提了口气："都一样。"

出租车很少愿意来监狱接人，两人只好去最近的公交站搭乘巴士。说是最近，也需要步行十五分钟。若玫静静地走着，没有说话。她来探过三次监，从未提起过以后的打算。今天就算不来接他，袁午也不会觉得意外。

公墓离监狱很远，抵达时已经过了中午。父亲的墓穴在北山脚下第一排，价格最便宜的位置。

若玫从拎袋里取出抹布，蹲下来擦拭印在陶片上的照片。

"袁午来看你了，袁午来了。"她悠悠地说着，没有称呼父亲。

袋子里还有一束线香，一瓶陈酒，和几个苹果。若玫摆放好之后让到一旁。

袁午三鞠躬，在心里叫了声"爸"。

"丧事是大伯办的，他选了这个地方，永安那边已经没有位子了。"母亲葬在永安公墓。

"嗯，无妨，也就是每年多跑一个地方。"

"不能住在一起，但愿他们不会介意。"

照片上的父亲应该只有五十出头吧，这大概是他最后一张照片。

山间的风仍有一股凉意，袁午闭上眼，脑中浮现的尽是父亲临终前醉酒的样子。

"婷婷下半年就上初中了，我的户口现在不在这儿，上民办学校我觉得委屈她了。"

"要回老家吗？"

若玫点点头。

那么，我该去哪儿呢？

"就像一场梦一样……"若玫的裙摆悠悠荡荡。

梦？

忽然，有什么奇异的闪动划过，连接住两个毫无关联的画面。

父亲的梦？婷婷？为什么会突然想到这个？

"她到这儿来看我，她来看我……她现在住的地方，嗯，离这儿可远着呢。她走了很远的路，衣服也没换，直接来看我。她长大了，像个大姑娘了。"

"若玫。"袁午转身问道，"以前婷婷有睡衣吗？"

"以前？"

"就是……我们分开之前。"

"没有，以前从来没穿过。她长大了，嗯……在家里穿宽松的衣服比较好。你在想什么？"

衣服也没换，直接来看我。

父亲是这样说的吧，没错。袁午确信自己的记忆不会无中生有。

父亲为什么会这样说？孙女赶来看望爷爷，需要更换特定的衣服吗？不会的，在父亲的意识中，绝不存在这样的仪式。

那么会不会是这样：并不是要换上特定的衣服，而是要把特定的衣服换下来，是只要出门就必须换下来的衣服——睡衣。

父亲从来没有见过穿着睡衣的婷婷，或许也从来没有见过穿着睡衣的小女孩。在他的梦中，有可能想象出来吗？

如果不是梦，而是醉酒后的朦胧记忆呢？

父亲醉倒在床上，却看到了穿着睡衣的女孩。

"不是，不是梦……"袁午喃喃地重复着。杨莫绑着绷带的样子重回脑海。

（全文完）